Doris Lessing

Ben in der Welt

Roman

Aus dem Englischen
von Lutz Kliche

Hoffmann und Campe

Die englische Originalausgabe erschien 2000
unter dem Titel: »Ben, in the world«
im Verlag HarperCollins, London.

Die Deutsche Bibliothek – CIP-Einheitsaufnahme
Lessing, Doris:
Ben in der Welt: Roman / Doris Lessing.
Aus dem Engl. von Lutz Kliche
– 1. Aufl. – Hamburg: Hoffmann und Campe, Hamburg
Einheitssacht.: Ben, in the world ‹dt.›
ISBN 3-455-04394-1

Schutzumschlag: Büro Hamburg,
Foto: Keith Carter, © The Image Bank
Satz: Dörlemann Satz, Lemförde
Druck und Bindung: Graphischer Großbetrieb Pößneck
Printed in Germany

Lessing · Ben in der Welt

»Wie alt sind Sie?«
»Achtzehn.«
Die Antwort kam nicht sofort, denn Ben hatte Angst vor dem, was jetzt geschehen würde, dass der junge Mann hinter der Glasscheibe, die ihn vor den Besuchern schützte, seinen Kugelschreiber auf dem Formular absetzte, das er gerade ausfüllte, und mit einem Gesichtsausdruck, den Ben nur zu gut kannte, seinen Klienten musterte. Er gestattete sich, auf ungeduldige Weise belustigt zu sein, ohne dass dies den Grad von Spott erreichte. Er sah einen untersetzten, gedrungenen, kräftig gebauten Mann vor sich – er trug eine Jacke, die ihm zu groß war –, der mindestens vierzig sein musste. Und dieses Gesicht! Es war ein breites Gesicht mit sehr ausgeprägten Zügen, einem Mund, der zu einem Grinsen verzogen war – was kam dem denn eigentlich so witzig vor? –, einer breiten Nase mit bebenden Nasenflügeln, grünlichen Augen mit sandfarbenen Wimpern unter widerborstigen, sandfarbenen Brauen. Er trug einen kurzen, adretten, spitz ge-

schnittenen Bart, der nicht zum Gesicht passte. Sein Haar war gelb und schien – wie sein Grinsen – auffallen und aufsässig wirken zu wollen, es fiel lang in einer Tolle nach vorn und in steifen Locken zu beiden Seiten herunter, als wolle es einen modischen Haarschnitt karikieren. Zu allem Überfluss sprach er mit wohlerzogener Stimme; machte er sich über ihn lustig? Der Beamte unterzog ihn dieser Minuten langen Musterung, weil er sich von Ben bis zum Grad der Verärgerung verunsichert fühlte. Er klang gereizt, als er schließlich sagte: »Sie können keine achtzehn sein. Na, los, wie alt sind Sie wirklich?«

Ben schwieg. Er war wachsam, jede seiner Fasern, denn er wusste, dass Gefahr lauerte. Er wünschte, er wäre nicht hierher gekommen, wo sich die Wände um ihn schließen konnten. Er hörte auf die Geräusche von draußen, um sich zu vergewissern, dass alles normal war. Ein paar Tauben unterhielten sich in einer Platane auf dem Gehsteig, und er war bei ihnen, dachte daran, wie sie da saßen und Zweiglein mit rosa Krallen griffen, die er sich um seinen eigenen Finger schließen fühlen konnte; sie waren guter Dinge, mit der Sonne auf ihren Rücken. Hier drinnen gab es Geräusche, die er nicht verstehen konnte, bis er jedes einzelne von den anderen getrennt hatte. Unterdessen wartete der junge Mann vor ihm, in seiner Hand den Kugelschreiber, der zwischen seinen Fingern hin und her glitt. Ein Telefon klingelte direkt neben ihm. Zu seinen Seiten saßen mehrere junge Männer und Frauen auch mit dieser

Glasscheibe vor sich. Manche benutzten Instrumente, die klickten und rasselten, manche starrten auf Bildschirme, auf denen Worte erschienen und wieder verschwanden. Jede dieser lärmenden Maschinen, das wusste Ben, war ihm gegenüber wahrscheinlich feindselig. Jetzt bewegte er sich leicht zur Seite, um den Spiegelungen der Glasscheibe zu entgehen, die ihn störten und ihn nicht genau diese Person sehen ließen, die böse auf ihn war.

»Doch, ich bin achtzehn«, sagte er.

Er wusste, dass das stimmte. Als er vor drei Wintern zu seiner Mutter gegangen war – er blieb nicht, weil sein verhasster Bruder Paul hereinkam –, hatte sie in großen Buchstaben auf ein Stück Karton geschrieben:

Dein Name ist Ben Lovatt.

Deine Mutter heißt Harriet Lovatt.

Dein Vater heißt David Lovatt.

Du hast vier Brüder und Schwestern, Luke, Helen, Jane und Paul. Sie sind älter als du.

Du bist fünfzehn Jahre alt.

Und auf der anderen Seite der Pappe hatte gestanden:

Du bist geboren am …

Du wohnst in …

Dieses Stück Pappe hatte Ben so sehr mit verzweifelter Wut erfüllt, dass er es seiner Mutter wegnahm und aus dem Haus rannte. Als erstes kritzelte er über den Namen *Paul.* Dann über die Namen der anderen Geschwister. Dann, als die Pappe zu Boden fiel und beim Aufheben die Rückseite sehen ließ, kritzelte er mit sei-

nem schwarzen Kugelschreiber über alle Worte, die dort standen und hinterließ nur ein wildes Durcheinander von Linien.
Diese Zahl, fünfzehn, tauchte immer wieder in Fragen auf, die man ihm – so meinte er – ständig stellte. »Wie alt sind Sie?« Weil er wusste, dass sie so wichtig war, prägte er sie sich fest ein, und als das Jahr um die Weihnachtszeit wechselte, was niemand verpassen konnte, zählte er ein Jahr hinzu. Jetzt bin ich sechzehn. Jetzt bin ich siebzehn. Jetzt, wo der dritte Winter vorbei ist, bin ich achtzehn.
»Na gut, wann sind Sie also geboren?«
Seit er mit seinem zornigen, schwarzen Stift die ganze Rückseite der Pappe voll gekritzelt hatte, war ihm mit jedem Tag klarer geworden, welchen Fehler er da gemacht hatte. Und schließlich hatte er die ganze Pappe zerstört, in einem letzten Wutanfall, denn sie war wertlos geworden. Er kannte seinen Namen. Er kannte ›Harriet‹ und ›David‹, und er gab nichts um seine Brüder und Schwestern, die wünschten, dass er tot wäre.
Er erinnerte sich nicht daran, wann er geboren war.
Wie er jetzt so auf jeden Laut horchte, wurde er gewahr, dass die Geräusche in dem Besucherraum plötzlich lauter geworden waren, weil in einer Schlange von Leuten, die vor einer der Glasscheiben warteten, eine Frau begonnen hatte, den Beamten anzuschreien, der sie befragte, und wegen dieses Zorns, der sich Luft machte, begannen sich alle Schlangen zu bewegen und mit den Füßen zu scharren, und andere Leute murmel-

ten und sagten dann laut wie ein Bellen kurze, wütende Worte wie Arschlöcher, Scheißkerle – und dies waren Worte, die Ben nur zu gut kannte, und vor denen er Angst hatte. Er spürte, wie Angstkälte von seinem Nacken das Rückgrat herunterkroch. Der Mann hinter ihm wurde ungeduldig und sagte: »Ich hab' nicht den ganzen Tag Zeit wie Sie.«

»Wann sind Sie geboren? An welchem Datum?«

»Ich weiß nicht«, sagte Ben.

Und jetzt zog der Beamte einen Schlussstrich unter die Sache und vertagte das Problem mit einem: »Besorgen Sie sich erstmal Ihre Geburtsurkunde. Gehen Sie zum Standesamt. Das wird die Sache klären. Sie wissen nicht mehr, wer Ihr letzter Arbeitgeber war. Sie haben keine Anschrift. Sie wissen Ihr Geburtsdatum nicht.«

Mit diesen Worten schweiften seine Augen von Bens Gesicht ab, und er bedeutete dem Mann hinter Ben mit einem Kopfnicken, dass er vortreten solle. Ben wurde abgedrängt und verließ schnurstracks das Amt, er hatte das Gefühl, als ständen ihm alle Haare an seinem Körper und die Haare auf seinem Kopf zu Berge, so ratlos und verängstigt war er. Draußen war ein Gehsteig mit Menschen, eine kleine Straße voller Autos, und unter der Platane, wo sich die Tauben gurrend und fröhlich bewegten, eine Bank. Er setze sich auf das eine Ende, weit entfernt von einer jungen Frau, die ihm einen Blick zuwarf, aber dann einen zweiten, die Brauen runzelte und fortging, wobei sie mit *jenem* Blick zu ihm zurück sah, den Ben kannte und erwartete. Sie hatte keine Angst vor ihm, dachte jedoch, dass sie bald welche haben könnte. Ihr Körper war voller Hast und Anspannung, wie auf der Flucht. Sie betrat mit einem Blick zurück einen Laden.

Ben hatte Hunger. Er besaß kein Geld. Auf dem Boden lagen ein paar zerbröselte Brotkrusten für die Tauben. Hastig, mit einem Blick in die Runde, sammelte er sie auf: Man hatte ihn schon früher wegen so etwas gescholten. Jetzt kam ein alter Mann und setzte sich auf die Bank, er starrte Ben lange an, beschloss jedoch, nicht auf das zu hören, was ihm seine Instinkte sagten. Er schloss die Augen. Die Sonne ließ das alte Gesicht leicht vor Schweiß glänzen. Ben blieb sitzen und dachte, dass er jetzt zu der alten Frau zurückgehen musste, doch sie würde enttäuscht von ihm sein. Sie hatte ihm gesagt, er solle auf dieses Amt gehen und Arbeitslosengeld beantragen. Der Gedanke an sie ließ ihn lächeln – ein sehr anderes Grinsen als das, das den Beamten geärgert hatte. Er saß da und lächelte, ein kleines Lächeln, das ein Strahlen von Zähnen in seinem Bart sehen ließ, und sah zu, wie der alte Mann erwachte und sich den Schweiß abwischte, der ihm über das Gesicht lief, wobei er zu dem Schweiß sagte: »Was? Was ist los?«, als habe der Schweiß ihn an etwas erinnert. Und dann sagte er, um sich zu rechtfertigen, in scharfem Ton zu Ben: »Worüber lachen Sie denn eigentlich so?«

Ben verließ die Bank und den Schatten des Baumes und die Gesellschaft der Tauben und ging ungefähr zwei Meilen weit durch die Straßen, er wusste, dass er in die richtige Richtung ging. Jetzt näherte er sich einer Gruppe großer Wohnblocks. Er ging direkt auf einen davon zu, und als er drinnen war, sah er den Fahrstuhl, der zischend und rumpelnd zu ihm herabgefahren kam. Er versuchte, sich selbst dazu zu bringen, ihn zu betreten, doch seine Angst vor Fahrstühlen brachte ihn zur Treppe. Eins, zwei, drei … elf Fluchten grauer, kalter Treppen, wobei er den Fahrstuhl durch die Wand hindurch knirschen und krachen hörte. Auf dem Treppenabsatz gab es vier Türen. Er ging geradewegs auf eine von ihnen zu, aus der ein leckerer Geruch nach Fleisch drang und ihm das Wasser im Munde zusammenlaufen ließ. Er drehte den Türknopf, rüttelte daran und trat dann zurück, um erwartungsvoll die Tür anzustarren, die sich öffnete. Und da stand eine alte Frau und lächelte. »Oh, Ben, da bist du ja«, sagte sie, legte ihren Arm um ihn und zog ihn in den Raum hinein. Drinnen stand er leicht geduckt und warf seine Blicke überall hin, zu allererst zu einer großen, argwöhnischen Katze, die auf einer Sessellehne saß. Ihr Fell sträubte sich. Die alte Frau ging zu ihr hinüber und sagte: »Na, na, ist ja schon gut, Mieze«, und unter den beruhigenden Händen der Frau legte sich ihre Angst und sie wurde wieder eine kleine, nette Katze. Jetzt ging die alte Frau zu Ben, mit den gleichen Worten: »Na, Ben, ist ja schon gut, komm her und setz dich.« Ben gestattete seinen Augen, von Mieze weg zu sehen, verlor jedoch seine Unruhe nicht und schickte Blicke in ihre Richtung.

In diesem Raum lebte die alte Frau ihr Leben. Auf einem Gasherd stand ein Kessel mit Eintopf, und das war es gewesen, was Ben auf dem Treppenabsatz gerochen hatte. »Ist ja schon gut, Ben«, sagte sie noch einmal und füllte Eintopf in zwei Schalen, legte große Stücke Brot neben eine der beiden für Ben, setzte ihre eigene ihm gegenüber und löffelte dann für die Katze eine Portion auf eine Untertasse, die sie neben dem Sessel auf den Boden stellte. Aber die Katze ging kein Risiko ein: Sie saß reglos da und hielt den Blick auf Ben gerichtet.
Ben setzte sich hin, und seine Hände wollten schon in den Fleischberg greifen, als er sah, wie die alte Frau den Kopf schüttelte. Er nahm einen Löffel in die Hand und gebrauchte ihn, aß vorsichtig, sich jeder Bewegung bewußt, langsam und ordentlich, obwohl es offensichtlich war, daß er großen Hunger hatte. Die alte Frau aß auch ein wenig, sah jedoch vor allem ihm zu, und als er fertig war, kratzte sie alles, was vom Eintopf übrig war, aus dem Kochtopf und lud es ihm auf den Teller.
»Ich habe nicht mit dir gerechnet«, sagte sie und meinte damit, dass sie sonst mehr gehabt hätte. »Iss dich mit Brot satt.«
Ben aß den Eintopf auf, dann das Brot. Mehr gab es nicht zu essen, außer einem Stück Kuchen, das sie zu ihm hinüber schob, aber er beachtete es nicht.
Jetzt war er nicht mehr abgelenkt, und sie sagte langsam, behutsam wie zu einem Kind: »Ben, bist du aufs Amt gegangen?« Sie hatte ihm erklärt, wie er dorthin gelangte.

»Ja.«
»Was ist geschehen?«
»Sie sagten: ›Wie alt sind Sie?‹«
Hierbei seufzte die alte Frau, fuhr sich mit der Hand ins Gesicht und rieb darin herum, als wolle sie schwierige Gedanken fortwischen. Sie wußte, dass Ben achtzehn war: Das sagte er immer wieder. Sie glaubte ihm. Es war die einzige Tatsache, die er andauernd wiederholte. Doch sie wusste, dass das kein Achtzehnjähriger war, der da vor ihr saß, und sie hatte beschlossen, nicht weiter darüber nachzudenken, was das bedeutete. *Es geht mich nichts an – was er wirklich ist*, bringt auf den Punkt, was sie fühlte. *Tiefer Abgrund! Schwierigkeiten! Besser heraushalten!*
Er saß da wie ein Hund, der einen Tadel erwartet, und ließ seine Zähne mit jenem anderen Grinsen sehen, das sie kannte und inzwischen verstand, ein verzerrtes, die Zähne zeigendes Grinsen, das Angst bedeutete.
»Ben, du musst zu deiner Mutter zurückkehren und nach deiner Geburtsurkunde fragen. Sie wird sie haben, da bin ich mir sicher. Das würde dir all die Probleme und Fragen ersparen. Weißt du noch, wie du da hinkommst?«
»Ja, das weiß ich.«
»Nun, ich glaube, du solltest bald hingehen. Vielleicht morgen?«
Bens Augen ließen nicht von ihrem Gesicht ab und gewahrten jede Bewegung ihrer Augen, des Mundes, ihr Lächeln, ihre Eindringlichkeit. Es war nicht das erste

Mal, dass sie ihm sagte, er solle nach Hause zu seiner Mutter gehen. Er wollte das nicht. Doch wenn *sie* sagte, dass er es tun müsse … Für ihn war das Schwierige daran dies: Hier gab es Freundschaft für ihn, Wärme, Freundlichkeit, und hier gab es auch die eindringliche Forderung, dass er sich Schmerz und Verwirrung aussetzen sollte, und Gefahr. Bens Augen ließen nicht von jenem Gesicht ab, jenem lächelnden Gesicht, für ihn in diesem Augenblick das verwirrende Gesicht der Welt.

»Sieh mal, Ben, ich muss von meiner Rente leben. Ich habe nur das bisschen Geld zum Leben. Ich will dir helfen. Aber wenn du ein wenig Geld hättest – dieses Amt da würde dir Geld geben –, dann würde mir das helfen. Verstehst du das, Ben?« Ja, er verstand. Er kannte Geld. Er hatte diese harte Lektion gelernt. Ohne Geld bekam man nichts zu essen.

Und jetzt, als sei es keine große Sache, was sie da von ihm verlangte, nur eine Kleinigkeit, sagte sie: »Gut, dann ist das ja erledigt.«

Sie stand auf. »Schau mal, ich habe etwas, das, glaube ich, genau richtig für dich ist.«

Auf einem Stuhl lag zusammengefaltet eine Jacke aus einem Wohltätigkeitsladen, wo sie so lange gesucht hatte, bis sie eine mit breiten Schultern fand. Die Jacke, die Ben trug, war schmutzig, und zerrissen war sie auch.

Er zog sie aus. Die Jacke, die sie gefunden hatte, passte an den Schultern, war aber zu weit um die Taille.

»Schau mal, du kannst sie enger machen.« Es gab einen Gürtel, den sie zuzog. Und da war auch ein Paar Hosen.
»Und jetzt möchte ich, dass du ein Bad nimmst, Ben.«
Gehorsam zog er seine neue Jacke und die Hose aus, wobei er sie nicht aus den Augen ließ.
»Ich werde die alte Hose wegtun, Ben.« Und sie tat es. »Ich habe auch neue Unterhosen und Unterhemden.«
Nackt stand er da und beobachtete sie, wie sie nach nebenan in das kleine Badezimmer ging. Seine Nasenflügel bebten, als er das Wasser roch. Während er wartete, prüfte er alle Gerüche im Raum, den schwindenden Duft des leckeren Eintopfs, ein warmer, freundlicher Geruch; das Brot, das wie ein Mensch roch; dann ein stechender, wilder Geruch – die Katze, die ihn immer noch beobachtete; der Geruch eines Bettes, in dem geschlafen und dessen Decke über die Kissen gezogen worden war, die anders rochen. Und er lauschte auch. Der Fahrstuhl war still hinter zwei Wänden. Am Himmel konnte man ein Grollen hören, doch er kannte Flugzeuge, hatte keine Angst vor ihnen. Den Verkehr dort unten hörte er überhaupt nicht – er hatte ihn aus seinem Bewußtsein verbannt.
Die alte Frau kam zurück und sagte: »Komm, Ben.« Er folgte ihr, kletterte ins Wasser und hockte sich darin nieder. »Setz dich ruhig hin«, sagte sie. Er hasste es, sich der gefährlichen Glätte auszuliefern, doch jetzt saß er bis zur Taille im heißen Wasser. Er schloss die Augen, und mit entblößten Zähnen, diesmal durch ein

resigniertes Lächeln, ließ er es zu, dass sie ihn wusch. Er wusste, dass dies Waschen etwas war, was er von Zeit zu Zeit tun musste. Man erwartete es von ihm. Eigentlich begann ihm das Wasser irgendwie zu gefallen.
Jetzt, da Bens Augen nicht mehr auf ihrem Gesicht ruhten, gestattete die alte Frau es sich, ihre Überraschung zu zeigen, der sie sonst nie nachgeben konnte.
Unter ihren Händen spürte sie einen starken, breiten Rücken, mit Zotteln braunen Haars auf beiden Seiten des Rückgrats und auf den Schultern eine Matte nassen Fells: Es fühlte sich so an, als bade sie einen Hund. Auf den Oberarmen wuchsen auch Haare, doch nicht so viele, nicht mehr als bei einem normalen Mann. Seine Brust war behaart, doch nicht wie ein Fell, sondern wie eine Männerbrust. Sie gab ihm die Seife, doch er ließ sie ins Wasser gleiten und suchte dann wütend mit den Händen danach. Sie fand die Seife, schäumte ihn kräftig ein und nahm dann eine kleine Handdusche, um alles abzuspülen. Er bäumte sich im Wasser auf, aber sie brachte ihn dazu, sich wieder hinzuhocken, und wusch seine Schenkel, sein Hinterteil und dann seine Genitalien. Er war sich dieser selbst gar nicht bewußt und so war sie es auch nicht. Und dann konnte er herauskommen, was er lachend tat und sich in dem Handtuch rieb, das sie ihm hielt. Es machte ihr Spaß, ihn lachen zu hören: Es war wie ein Bellen. Vor langer Zeit hatte sie einen Hund besessen, der so bellte.
Sie trocknete ihn am ganzen Körper ab und führte ihn

dann nackt wieder in den anderen Raum hinüber, wo sie ihn seine neuen Unterhosen, sein neues Unterhemd, ein Hemd aus dem Wohlfahrtsladen und seine Hosen anziehen ließ. Dann legte sie ihm ein Handtuch um die Schultern, und als er widerwillig zurückzuckte, sagte sie: »Ja, Ben, es muss sein.«

Zuerst stutzte sie ihm den Bart. Er war steif und borstig, aber sie schaffte es, ihn gut aussehen zu lassen. Und jetzt sein Haar, und das war schon etwas anderes, denn es war hart und dicht. Das Problem war sein Doppelwirbel, der, wenn er kurz geschnitten war, in stoppeligen Borsten auf seinem Kopf zu sehen war. Aus reiner Notwendigkeit war sein Haar oben auf dem Kopf und an den Seiten lang geblieben. Sie sagte ihm, einer dieser neuen, geschickten Friseure würde ihn wie ein Filmstar aussehen lassen, doch weil er nicht darauf reagierte, fügte sie hinzu: »Sie könnten dich so klug aussehen lassen, Ben, du würdest dich selbst nicht erkennen.«

Doch er sah jetzt gar nicht mal so schlecht aus, und er roch sauber.

Es war früher Abend, und sie tat, was sie auch allein getan hätte: Sie holte ein paar Bierdosen aus dem Kühlschrank, füllte ihr Glas und füllte dann auch eines für ihn. Sie würden den Abend mit dem verbringen, was ihm am meisten gefiel: mit Fernsehen.

Vorher nahm sie noch ein Stück Papier und schrieb darauf:

Mrs Ellen Biggs
11 Mimosa House
Halley Street, London SE6

Sie sagte: »Frag deine Mutter nach der Geburtsurkunde. Wenn sie sie erst besorgen muss, dann sag ihr, dass sie dir immer hierher schreiben kann – und hier ist die Adresse.«

Er antwortete nicht; er zog die Stirn in Falten.

»Verstehst du mich, Ben?«

»Ja.«

Sie wusste nicht, ob er sie verstand oder nicht, aber sie nahm es an.

Er sah auf das Fernsehgerät. Sie stand auf, schaltete es ein und kam, als sie sich wieder setzte, an der Katze vorbei. »Ganz ruhig, Mieze, ist ja schon gut.« Doch die Katze wandte keine Sekunde die Augen von Ben.

Und jetzt war es ein leichter, angenehmer Abend. Es schien ihm egal zu sein, was er sah. Manchmal wechselte sie den Sender, weil sie dachte, er langweile sich. Sendungen über wilde Tiere gefielen ihm, das wußte sie. Eigentlich war es nur gut so, denn manchmal erregte er sich allzu sehr: Sie merkte, dass wilde Instinkte geweckt worden waren. Sehr schnell hatte sie begriffen, dass er Instinkte zügeln musste, die sie nur ahnen konnte. Armer Ben – sie wusste, dass er das war, aber nicht wie, oder weshalb.

Als es Zeit war, schlafen zu gehen, entrollte sie auf dem Boden den Futon, auf dem er schlief, und legte Decken daneben, für alle Fälle: Für gewöhnlich benutzte er sie nicht. Als die Katze sah, dass ihr Feind auf dem Boden war, sprang sie mit einem Satz aufs Bett und schmiegte sich eng an die alte Frau. Von dort aus konnte sie Ben nicht sehen, aber das machte nichts, sie fühlte sich sicher. Als das Licht ausgeschaltet war, wurde es nicht richtig dunkel, denn der Mond schien in dieser Nacht.

Die alte Frau horchte auf Bens Atmung und wartete darauf, dass sie zu dem wurde, was sie seine Nachtatmung nannte. Es war, so dachte sie, als höre man einer Geschichte zu, Ereignissen oder Abenteuern, die vielleicht die Katze hätte verstehen können. Im Schlaf floh Ben vor Feinden, jagte, kämpfte. Sie wusste, dass er kein menschliches Wesen war: »keiner von uns«, wie sie es nannte. Vielleicht war er eine Art Yeti. Als sie ihn zum ersten Mal in einem Supermarkt gesehen hatte, lag er auf der Lauer – es gab nur dieses Wort dafür – nach Brotlaiben. Dort hatte sie ihn sehen können, den Wilden, und sie hatte es nie vergessen. Er war eine mühsam gezügelte Explosion wütender Bedürfnisse, von Hunger und Frustration, und sie begriff es, während sie noch zu dem Angestellten sagte: »Keine Sorge, er gehört zu mir.« Sie gab ihm eine Pastete, die sie gerade für das Mittagessen gekauft hatte, und er aß sie schon auf, als sie ihn noch aus dem Laden brachte. Sie nahm ihn mit nach Hause und gab ihm zu essen. Sie wusch ihn, obwohl er sich das erste Mal dagegen gewehrt hatte. Sie sah, wie er auf rohes Fleisch reagierte –

das war ziemlich beunruhigend; doch sie kaufte eine Extraportion Fleisch für ihn. Es war genau dieser Punkt, an dem er sich besonders seltsam verhielt: Von Fleisch konnte er nicht genug bekommen. Und sie war eine alte Frau, die ein bisschen von diesem, einen Happen von jenem aß – einen Apfel, Käse, Kuchen, ein Sandwich. Der Eintopf an jenem Tag war reines Glück gewesen: Sie aß diese Art Mahlzeit so selten.
Eines Nachts, als sie alle drei zu Bett gegangen und eingeschlafen waren, wurde sie durch einen Druck an ihren Beinen wach. Ben war auf das Bett gekrochen und hatte sich neben sie gelegt, seinen Kopf in der Nähe ihrer Füße, seine Beine angewinkelt. Die Aufregung der Katze hatte sie geweckt. Doch Ben schlief fest. Er lag, wie sich ein Hund hinlegt, dicht an ihr, auf der Suche nach Gesellschaft, und ihr Herz schmerzte, als sie sich seiner Einsamkeit bewußt wurde. Am Morgen, als er erwachte, war es ihm peinlich. Er schien zu glauben, dass er etwas Falsches getan hatte, doch sie meinte: »Keine Sorge, Ben. Wir haben ja Platz genug.« Es war ein großes Bett, das Bett, das sie schon gehabt hatte, als sie noch verheiratet war.
Sie dachte, er sei wie ein kluger Hund, der immer versuchte, Wünsche und Befehle vorher zu ahnen. Überhaupt nicht wie eine Katze: Es handelte sich um eine völlig andere Art von Feinfühligkeit. Und er war auch nicht wie ein Affe, denn er bewegte sich langsam und schwer. Nicht wie irgendetwas, das sie kannte. Er war Ben, er war er selbst – was immer das sein mochte. Sie

freute sich, dass er seine Familie besuchen würde. Er war nicht besonders gesprächig, doch sie hatte den Eindruck, dass er aus einer gut situierten Familie stammte. Und er sprach mit einem Akzent, den man nicht erwartete, so wie er aussah. Er schien seine Mutter zu mögen. Wenn sie gut zu Ben sein konnte – so sah es Ellen Biggs –, dann konnte seine Familie das auch. Doch wenn es nicht funktionierte, wenn er wieder hier auftauchen sollte, dann wollte sie mit ihm zum Standesamt gehen und sein Alter in Erfahrung bringen. Es war so verwirrend für sie, sie hatte aufgegeben, es herausfinden zu wollen. Er wiederholte, dass er achtzehn war, und sie musste es ihm glauben. Doch in vieler Hinsicht war er wie ein Kind, wenn sie sich aber sein Gesicht aufmerksam betrachtete, dann mochte sie ihn sogar für in mittleren Jahren halten, mit den Falten, die er um die Augen trug. Kleine zwar, doch immerhin: Kein Achtzehnjähriger konnte die haben. Sie war in ihren Gedanken sogar so weit gegangen, darüber zu spekulieren, ob das Volk, dem er angehörte, welches es auch immer sein mochte, früh alt wurde, in welchem Falle sie auch jung stürben, unserer Sichtweise nach. Mit zwanzig in den mittleren Jahren und alt mit vierzig, während sie, Ellen Biggs, achtzig war und erst jetzt ihr Alter in einem Maße zu spüren begann, dass sie hoffte, den Gang zum Standesamt nicht machen, nicht dort Schlange stehen zu müssen: Allein der Gedanke machte sie müde und schlecht gelaunt. Sie schlief ein, während sie auf Bens Träumen lauschte, und als sie erwachte, war er verschwunden. Das Stück Papier mit ihrer Adresse war auch verschwunden, und der Zehn-Pfund-Schein, den sie ihm hingelegt hatte. Obwohl sie es erwartet hatte, musste sie sich jetzt doch setzen, sie presste sich die Hand auf ihr sorgenvolles Herz. Seit er vor ein paar Wochen in ihr Leben getreten war, waren auch die Vorahnungen gekommen. Wenn er irgendwohin gegangen war und sie allein dasaß, dann dachte sie: Wo ist Ben bloß? Was macht er gerade? Betrügt man ihn wohl wieder? Viel zu oft hatte sie von ihm gehört: »Man hat mir das Geld weggenommen« – »Man hat mir alles gestohlen«. Das Problem war, dass alle Angaben so durcheinander aus ihm herauskamen.

»Wann war das, Ben?«

»Es war Sommer.«

»Nein, ich meine, in welchem Jahr?«

»Ich weiß nicht. Es war nach der Farm.«

»Und wann war die?«

»Ich war dort zwei Winter lang.«

Sie wusste, dass er ungefähr vierzehn gewesen war, als er seine Familie verließ. Was hatte er bloß in den vier Jahren gemacht?

Seine Mutter hatte sich geirrt, als sie dachte, er wäre gleich ganz fortgegangen. Er und seine Bande von Halbstarken aus der Schule hausten in einem verlassenen Gebäude am Stadtrand, und von dort aus unternahmen sie Raubzüge, Ladendiebstähle, nächtliche Einbrüche, und an den Wochenenden fuhren sie in die benachbarten Städte, um dort mit den einheimischen

Jugendlichen auf der Straße herumzulungern und auf eine Prügelei und ein bisschen Spaß zu hoffen. Ben war der Anführer, weil er so stark war und sie verteidigte. Das dachten sie wenigstens, doch war der wirkliche Grund, dass er innerlich schon reifer war, er war ein erwachsener Mann, mehr wie ein Elternteil, während sie noch Kinder waren. Einer nach dem anderen wurden sie gefasst und ins Heim gesteckt oder zu ihren Eltern und in die Schule zurückgeschickt. Eines Abends stand er am Rand einer Gruppe sich prügelnder Jungs – er kämpfte nicht, er hatte Angst vor seiner Kraft, seiner Wut – und stellte fest, dass er allein war, ohne Kameraden. Eine Weile schloss er sich einer Bande viel älterer Jungen an, doch beherrschte er sie nicht wie die jüngeren. Sie zwangen ihn, für sie zu stehlen, machten sich über ihn lustig, zogen ihn auf wegen seiner gestelzten Redeweise. Er verließ sie wieder und trampte nach Westen, wo er auf eine Motorradbande traf, die mit einer rivalisierenden Gang Krieg führte. Er sehnte sich danach, ein Motorrad zu fahren, konnte es jedoch nicht lernen. Doch reichte es ihm, in der Nähe dieser Maschinen zu sein, er liebte sie so sehr. Die Bande benutzte ihn, um ihre Motorräder zu bewachen, wenn sie in eine Cafeteria gingen oder eine Kneipe. Sie gaben ihm zu essen und manchmal sogar ein bisschen Geld. Eines Abends fand ihn die gegnerische Bande bei einem halben Dutzend Maschinen, schlug ihn zusammen, zwölf gegen einen, und ließ ihn blutend liegen. Seine eigene Bande kam zurück, sah, dass ein paar ihrer Maschinen fort waren, und wollte ihn schon noch einmal verprügeln, fand jedoch diesen anscheinend langsamen Tölpel in einen wirbelnden, schreienden, um sich schlagenden Irren verwandelt. Fast hätte er einen von ihnen umgebracht. Alle zusammen schafften sie es, ihn unter Kontrolle zu bringen, ohne dass ihm die Knochen gebrochen wurden, doch er war wieder blutüberströmt und völlig erledigt. Ein Mädchen nahm ihn in eine Kneipe mit, wo sie arbeitete. Sie wusch ihn gründlich, setzte ihn in eine Ecke, gab ihm etwas zu essen und redete so lange auf ihn ein, bis er wieder zu Sinnen kam. Schließlich war er wieder ruhig, vielleicht ein wenig benommen.

Ein Mann kam zu ihm herüber, setzte sich und fragte ihn, ob er Arbeit suche. So kam es, dass Ben auf einer Farm landete. Er ging mit Matthew Grindly, weil er wusste, dass von jetzt an jedes Mitglied einer der beiden Banden seine Kumpel rufen würde, wenn es ihn sah, und dann würde er wieder verprügelt werden.

Die Farm lag ein ganzes Stück entfernt von jeder größeren Straße, am Ende eines zugewachsenen, Schlammwegs. Sie sah verwahrlost aus, auch das große Wohnhaus, in dem Teile abgesperrt waren, weil dort das Dach zu sehr leckte. Diese Farm war zwanzig Jahre zuvor Mary Grindly, Matthew Grindly und Ted Grindly von ihrem Vater hinterlassen worden. Eine Farm, doch kein Geld. Sie lebten einigermaßen als Selbstversorger von ihren Tieren, den Obstbäumen, dem Gemüsegarten. Was noch an Feldern übrig war – eines nach dem anderen war an benachbarte Bauern verkauft worden –, wurde zum Anbau von Grünfutter verwendet. Einmal im Monat gingen Mary und Matthew – jetzt Mary und Ben – in das drei Meilen entfernte Dorf, um Lebensmittel einzukaufen, und Schnaps für Ted. Sie gingen zu Fuß, weil ihr Auto im Hof vor sich hin rostete.

Wenn für Essen, Strom, Rechnungen Geld gebraucht wurde, sagte Mary zu Matthew: »Bring ein Stück Vieh zum Markt und hol raus, was du kriegen kannst.« Doch manche Rechnungen wurde monatelang nicht beachtet, und manchmal gar nicht bezahlt.

Dieser armselige Ort drohte, von allen vergessen zu werden: Die Leute aus der Gegend schämten sich zum Teil dafür, zum Teil taten ihnen die Grindlys leid. Man wusste, dass »die Jungs« – die aber langsam alt wurden – beinahe schwachsinnig waren. Sie konnten auch nicht lesen und schreiben. Mary hatte beabsichtigt zu heiraten, doch es war nichts daraus geworden. Sie war es, die auf der Farm das Kommando führte. Sie sagte ihren Brüdern, was sie zu tun hatten: Reparier mal den Zaun dort ... Mach den Stall sauber ... Bring die Schafe zum Scheren ... Pflanz das Gemüse an. Den ganzen Tag lang hackte sie auf ihnen herum, und sie war verbittert, weil sie das tun musste. Dann tat nur noch Matthew die Arbeit: Ted trank sich in seinem Zimmer still zu Tode. Er machte keine Schwierigkeiten, aber er konnte nicht mehr arbeiten. Matthew bekam immer stärker Arthritis, und er hatte es auf der Brust, und bald war auch für ihn schwere Arbeit zuviel. Er fütterte die Hühner und sah nach dem Gemüse, doch das war auch schon alles.

Ben bekam ein Zimmer, mit ärmlichen Möbeln darin – ganz anders als die angenehmen Zimmer, in denen er aufgewachsen war. Er durfte essen, so viel er wollte. Er arbeitete von Sonnenaufang bis Sonnenuntergang, und das jeden Tag. Er wusste sehr wohl, dass er die meiste Arbeit tat, aber nicht, dass ohne ihn der Farmbetrieb zusammengebrochen wäre. Diese Farm und jede andere ähnliche sollten bald nicht mehr existieren können, wenn die Europäische Kommission ihre Befehle diktierte und ihre Argusaugen unablässig alles beobachteten. Die Farm war ein Desaster, und eine Verschwendung guten Ackerlandes. Es kamen Leute den Weg herab und über den Hof, die sie kaufen wollten – das Telefon war gesperrt worden, weil die Rechnung nicht bezahlt wurde –, und sie trafen auf Mary, eine zornige alte Frau, die ihnen sagte, sie sollten weggehen, und ihnen die Tür vor der Nase zuschlug.

Wenn auf den Nachbarfarmen nach den Grindlys gefragt wurde, wichen die Leute für gewöhnlich aus und ergriffen für sie Partei gegen Behörden und Neugierige. Wenn sie die Farm verloren, was würde dann mit jenen armen Wracks, Ted und Matthew, geschehen? Sie würden in einem Heim landen, das war es, was geschehen würde. Und Mary? Nein, man sollte die armen Teufel lieber so ihr Leben zu Ende leben lassen. Und sie hatten ja auch noch diesen Kerl da, der von irgendwo her gekommen war, niemand wusste, von

wo, der ein bisschen aussah wie ein Yeti, doch er verrichtete seine Arbeit ganz gut.
Einmal, als Ben mit Mary ins Dorf gegangen war, um die Einkäufe zurückzutragen, hielt ihn ein Mann an und sagte: »Du bist bei den Grindlys, heißt es. Behandeln sie dich denn auch gut?«
»Was wollen Sie von mir?« fragte Ben.
»Was zahlen sie dir? Nicht allzu viel, wie ich die Grindlys kenne. Bei mir wärst du sicher besser dran. Ich bin Tom Wandsworth …« – er wiederholte den Namen, und dann noch einmal – »… und jeder hier kann dir erklären, wie du zu meiner Farm kommst. Denk mal drüber nach.«
»Was hat er zu dir gesagt?« fragte Mary, und Ben erzählte es ihr.
Ben hatte von ihnen kein Soldbuch bekommen, und über die Bedingungen für seine Arbeit war nie gesprochen worden. Wenn sie ins Dorf gingen, hatte Mary ihm ein paar Pfund gegeben, damit er sich Zahnpasta kaufen konnte, solche Dinge. Sie war beeindruckt zu sehen, dass ihm seine persönliche Reinlichkeit wichtig war, und dass er seine Kleider gern sauber hatte.
Jetzt sagte sie: »Ich bewahre deinen Lohn für dich auf, Ben. Das weißt du doch.«
Woher sollte er das wissen? Dies war das erste Mal, dass er etwas darüber hörte. Mary glaubte, dass er genauso dumm war wie ihre Brüder, sah nun aber Gefahr drohen.
»Du hast kein Interesse daran, von uns wegzugehen,

Ben«, sagte sie. »Bei jemand anders ginge es dir sicher nicht besser. Ich habe dir ein gutes Stück Geld zurückgelegt. Das kannst du jederzeit haben.«
Sie zeigte auf eine hohe Schublade in ihrem Zimmer. Dann zog sie einen Stuhl heran, ließ ihn darauf steigen und hielt die Lehne fest. In der Schublade lagen Bündel von Geldscheinen. Ben schien es mehr Geld zu sein, als er je für möglich gehalten hätte.
»Gehört das mir?« fragte er.
»Die Hälfte davon gehört dir«, antwortete Mary.
Und als er das Zimmer verlassen hatte, versteckte sie es an einem anderen Platz.
Es war Mary, die er nicht verlassen wollte, obwohl er auch die Kuh mochte und an den uralten Schweinen seinen Spaß hatte. Er hatte das Gefühl, dass Mary gut zu ihm war. Sie flickte seine Kleider, kaufte ihm einen neuen, dicken Pullover für den Winter und gab ihm jede Menge Fleisch zu essen. Nie war sie auf ihn so böse wie auf ihre Brüder.
Er führte ein Leben, das die anderen nicht auch nur erahnten. Sie gingen alle früh zu Bett, sie hatten ja nichts, mit dem sie sich beschäftigen konnten, und auch keinen Fernsehapparat. Ted war normalerweise gegen neun oder zehn betrunken und schnarchte, und Mary hörte noch die Nachrichten im Radio und ging dann in ihr Zimmer. Ben glitt, wenn es still im Haus wurde, über das Fensterbrett aus seinem Zimmer und streifte durch die Felder und Wälder, allein und frei – er selbst. Er fing kleine Tiere und aß sie, oder einen

Vogel. Stundenlang saß er geduckt hinter einem Busch und beobachtete Fuchswelpen beim Spielen. Er lehnte mit dem Rücken an einem Baumstamm und hörte den Eulen zu. Oder er stand neben der Kuh, legte die Arme um ihren Hals und schmiegte ihr Gesicht an sie; und die Wärme, die von ihr in ihn hinein strömte, der heiße, süße Duft ihres Atems auf seinen Armen und Beinen, wenn sie ihren Kopf wandte, um an ihm zu schnüffeln, bedeutete die Sicherheit der Zuneigung. Oder er stand an einen Zaunpfahl gelehnt und starrte in den Nachthimmel, und in klaren Nächten sang er grunzend ein kleines Lied zu den Sternen hinauf, oder er tanzte, hob seine Füße und stampfte umher. Einmal meinte die alte Mary ein Geräusch zu hören, dem sie nachgehen müsste, trat ans Fenster, sah plötzlich Ben und schlich näher, um ihn besser beobachten und belauschen zu können. Da begann ihr wirklich die Kopfhaut zu jucken, und sie bekam eine Gänsehaut. Aber weshalb sollte sie sich um das scheren, womit er sich die Zeit vertrieb? Ohne ihn wurden die Tiere nicht gefüttert, die Kühe nicht gemolken, die Schweine mussten in ihrem Schmutz liegen bleiben. Mary Grindly machte sich ihre Gedanken über Ben, doch nicht allzu sehr. Sie hatte in ihrem Leben zu viele Sorgen gehabt, als dass sie sich um andere Menschen bekümmerte. Sie sah es als die Güte Gottes ihr gegenüber an, dass Ben auf die Farm gekommen war.

Dann fiel Ted im Suff die Treppe hinunter und starb. Sicherlich hätte Matthew der Nächste sein sollen, dieser halb verkrüppelte, hustende Mann, doch war es Mary, die einen Herzanfall erlitt. Plötzlich wurden alle möglichen Beamten neugierig, und einer von ihnen, der die Buchführung sehen wollte, fragte Ben aus. Ben wollte schon etwas von dem Geld sagen, das man ihm schuldete, doch schrie ihm sein Instinkt »Gefahr« zu – und er rannte einfach davon.

Er pflückte Äpfel auf einer Apfelweinfarm, und dann pflückte er Himbeeren. Die anderen Pflücker waren Polen, hauptsächlich Studenten, die ein Arbeitsvermittler einflog, fröhliche junge Leute, die ihren Spaß haben wollten, auch wenn sie lange arbeiten mussten. Ben verhielt sich still und vorsichtig, war auf der Hut. Es gab Wohnwagen zum Schlafen, doch er hasste die Nähe und die schlechte Luft, und wenn er abends mit dem gemeinsamen Essen fertig war und ihren Liedern und Witzen und ihrem Lachen zugehört hatte, nahm er seinen Schlafsack und ging in den Wald.

Als die Pflücksaison vorüber war, hatte er ein gutes Stück Geld, und er war glücklich, denn er wusste, dass es der Mangel an Geld war, der ihn hilflos machte. Einer der singenden und scherzenden jungen Leute stahl ihm sein Geld aus der Jacke, die er über den Busch gehängt hatte, unter dem er schlief. Ben dachte an all das Geld in der Schublade und daran, dass ihm die Hälfte davon gehörte, und zwang sich, zur Farm zurückzugehen, aber das Haus war verschlossen und die Tiere waren fort, und es wuchsen schon Brennnesseln überall ums Haus herum. Matthew war ihm egal, der

hatte ohnehin nur selten mit ihm gesprochen, außer unfreundlichen Bemerkungen, wie zum Beispiel, als der alte Hund starb: »Wir brauchen keinen neuen Hund, wir haben ja Ben.«
Er ging nach Hause, auf der Suche nach seiner Mutter, aber sie war wieder umgezogen. Er musste sich ordentlich Mühe geben um herauszufinden, wo sie jetzt wohnte. Ein Haus, das nichts mit dem zu tun hatte, an das er als sein Zuhause dachte. Er konnte sich selbst nicht dazu bewegen, hineinzugehen, denn er sah dort Paul, und die Wut, die seine Feindin war, überwältigte ihn fast.
Und so machte er sich auf den langen, alten Weg nach London, das reiche London, wo es sicher auch ein bisschen für ihn gab. Dort fand er tatsächlich Arbeit, wurde wieder übers Ohr gehauen, verlor allen Mut, und Ellen Biggs fand ihn halbverhungert in einem Supermarkt.

Auf dem dunklen Bürgersteig vor dem Mimosa House schien sich niemand zu befinden, aber Ben wusste, dass nachts ein Schatten länger werden und sich in einen Feind verwandeln konnte, und als er um eine Ecke bog, wäre er beinahe mit einem Betrunkenen zusammengestoßen, der dort herumtorkelte und schimpfte und vor sich hin murmelte. Ben huschte an ihm vorbei und überquerte einsame Straßen, ohne auf Ampeln zu achten. Erst als er Richmond erreichte, begann er, die Überwege zu nutzen, wo er sich sagte, *Gehen* bei Grün,

Halten bei Rot. Es waren jetzt auch Leute unterwegs, eine ganze Menge sogar. Immer weiter lief er, folgte Instinkten, die gut funktionierten, wenn er sie nicht mit Landkarten und Adressen verwirrte, und dann war er in der High Street und bekam Hunger. Er betrat ein Café, an dem »Frühstück 24 Stunden« stand, und suchte, wie immer an einem unbekannten Ort, genau in den Gesichtern nach jenem überraschten Starren, das sich als gefährlich erweisen konnte. Doch es war zu früh, als dass die Menschen allzu viel gewahr wurden. Er gab sich Mühe, sein Frühstück langsam und vorsichtig zu essen, und als er das Café verließ, war er zufrieden mit sich selbst. Weiter ging es, und um die Mittagszeit lief er durch Felder, wo die Sonne alles um ihn erwärmte. Dann kam er in einen Wald. Eine Drossel raschelte im Laub vom vergangenen Jahr. Er fing sie leicht, rupfte ihr die Federn aus und verschlang sie mit ein paar krachenden Bissen. Das Männchen kam, um zu sehen, was los war. Die beiden Vögel und ihr heißes Blut waren ein Verlangen, das er nie ganz stillen konnte, und dann lief er weiter, schnell, aber nicht zu schnell rennend, denn er wusste, dass dies die Leute auf ihn aufmerksam machte. An einer Tankstelle kaufte er eine Flasche Wasser, und als er aus dem Laden kam, sah er ein Motorrad röhrend halten. Ben ging darauf zu, angezogen von seiner Liebe zu dieser leuchtend-glänzenden, starken Maschine. Er stand da und grinste – sein kleines Freudelächeln. Der junge Mann auf der Maschine schob jeden Argwohn beiseite, den er über diesen seltsam aussehenden, bärtigen Mann gehabt haben mochte, denn er erkannte einen Mitbewohner seines Landes, einen Liebhaber, wie er selbst einer war, und er sagte: »Pass doch einen Moment drauf auf«, und ging in den Laden. Als er wieder heraus kam, streichelte Ben gerade den Lenker, mit einem Blick, der den jungen Mann, der normalerweise niemanden auch nur seine Maschine berühren ließ, dazu brachte, zu sagen: »Na, steig schon auf.« Und Ben sprang auf, und los ging's.

»Wo willst du denn hin?«

»In diese Richtung!«, rief Ben in den Wind hinein.

Die schwere Maschine knatterte und röhrte und flog dahin, sie zischten nur so durch den Verkehr, und Ben röhrte auch: Es klang wie ein Lied, ein Siegesschrei, und der junge Mann, der fuhr und diese große Erregung direkt hinter sich hörte, lachte und schrie auch und begann dann, ein Lied zu singen, das Ben nicht kannte, in das er jedoch einstimmte.

Jetzt kam eine kleine Stadt. Dort bog das Motorrad scharf links ab und hatte in wenigen Augenblicken die Häuser hinter sich gelassen und fuhr wieder über Land, aber Ben rief: »Lass mich runter, das ist nicht richtig hier für mich!«

Der junge Mann schrie: »Warum hast du das nicht gesagt?«, und wendete die Maschine mit einem gefährlichen Schwung vor Autos und Lastwagen, und sie fuhren zur Stadtmitte zurück. »Hier?«, schrie der junge Mann, und Ben rief: »Ja!«

Er stand auf dem Pflaster mitten in der Stadt, und das Motorrad fuhr davon, und der junge Mann hielt ihm den nach oben gedrehten Daumen entgegen.
Ben wandte sein Gesicht in die Richtung, in die er, wie er wusste, gehen musste, und lief weiter, wobei er an das Motorrad dachte, und seine Zähne blitzten weiß in seinem Bart, vor Glückseligkeit. Sie hatten eine gute Strecke zurückgelegt. Ben würde da, wo er hinmusste, um Stunden eher ankommen, als er gedacht hatte; und tatsächlich lief er schon am frühen Nachmittag in die Straße, die er so gut kannte. Da war das Haus, das große, wunderbare Haus mit dem Garten ringsherum, und da … Er sah auf die vergitterten Fenster, und sofort packte ihn ein kalter, heftiger Zorn. Gitter: Die Gitter waren für ihn gewesen. Dort oben hatte er gestanden und mit seinen beiden starken Fäusten an jenen Gitterstäben gerüttelt, und sie hatten nicht nachgegeben; nur dort, wo die Stäbe in die Wand eingelassen waren, zeigte die vom Rütteln abgeplatzte Farbe, wie wenig seine Kraft hatte ausrichten können. Doch die Wut, die er jetzt verdrängte, wurde von einem stärkeren Bedürfnis vertrieben, das ihn zum Haus hinzog. Seine Mutter, er wollte seine Mutter sehen. Wegen der Freundlichkeit der alten Dame hatte er sich an jene andere Freundlichkeit erinnert, und verstand, dass es dies gewesen war: Wie die alte Dame auch hatte sie ihm keinen Schmerz zugefügt, sie war gekommen, um ihn von *jenem Ort* wegzuholen und zu retten … Aus der Vordertür kamen kleine Kinder gelaufen. Er kannte sie nicht

und dachte, natürlich, sie sind umgezogen. Seine Mutter war jetzt nicht mehr hier. Er wandte sich vom Haus, seinem Zuhause, ab und begann, kreuz und quer durch die Straßen zu laufen, wie ein Hund, der eine Witterung sucht, aber es war keine Witterung, der er folgte; er hatte ja das andere Haus gesehen, das, wohin die Familie gezogen war … Doch warte, da gab es ja noch ein weiteres Haus, nach dem zweiten, und die Adresse dieses Hauses hatte ihm seine Mutter auf das große Stück Pappe geschrieben. Er war auf der Suche nach dem zweiten Haus, doch das war es gar nicht, was er brauchte. In dem Haus, wo sie jetzt wohnten, war er noch nie gewesen. Es gab für ihn keinerlei Möglichkeit, es zu finden: Er trug in seinem Kopf kein Muster von Straßen, Gerüchen, Büschen, Einfahrten. Was nun? Eine Verzweiflung wie ein Heulen ließ seine Brust schmerzen, und dann dachte er: ›Halt, der Park, da wird sie sein.‹ Und er ging zu dem kleinen Park, wo er so oft mit seinen Brüdern und Schwestern gespielt hatte. Oder besser gesagt, wo er ihnen beim Spielen zugesehen hatte, denn sie beklagten sich immer darüber, dass er zu wüst war. Wenn er gespielt hatte, dann nur allein, oder mit seiner Mutter.

Da war eine Bank, die er gut kannte. Seine Mutter liebte diesen Park und diese Bank, und manchmal saß sie den ganzen Nachmittag hier. Aber die Bank war leer. Ben verstand eines, nämlich dass die Leute begannen, auf ihn aufmerksam zu werden, wenn er sich zu lange an einer Stelle herumtrieb. Er schlenderte so lange wie möglich und wie er es sich traute herum und sah auf der Suche nach dem »Blick« in die Gesichter der Menschen, bis er sich schließlich auf eine Bank setzte, von der aus er *die* Bank sehen konnte, an die er als die Bank seiner Mutter dachte. Er wartete. Er bekam wieder Hunger. Er verließ den Park und suchte das kleine Café, wo er mit der Bande seiner Kumpels immer hingegangen war, die Bande, deren Anführer er gewesen war, doch das Café gab es nicht mehr. Er kaufte ein Fleischsandwich an einem Automaten und ging in den Park zurück, und da sah er sie, er sah seine Mutter, die dort mit einem Buch in der Hand saß. Ihr Schatten lag über das Gras hin fast bis zu dem Platz, wo er stand. In seinem Kopf wiederholte er all die Dinge, die er sie fragen musste, ihre neue Adresse, sein genaues Alter, sein Geburtsdatum, ob sie seine Geburtsurkunde besaß? Eine liebevolle Glückseligkeit erfüllte ihn wie Sonnenlicht, und dann, als er all seine Fragen bereit hatte, als er gerade bereit war, sie zu begrüßen, sah er jemanden über das Gras des Parks auf sie zukommen: Paul; Paul, der Bruder, den er so wahnsinnig gehasst hatte, dass die Gedanken daran, ihn ein für alle Mal umzubringen, viele Stunden seiner Kindheit gefüllt hatten. Da war er nun, ein hochgewachsener, ziemlich schwächlich aussehender junger Mann mit langen Armen und knochigen Händen, und seine Augen – doch Ben kannte diese Augen, ohne sie sehen zu müssen: große, wässrig-blaue Augen. Paul lächelte seine Mutter an. Sie klopfte mit der Handfläche neben sich auf die Bank, und Paul setzte sich, und die Mutter nahm Pauls Hand und hielt sie. Eine so wahnsinnige Wut, dass seine Augen sich verdunkelten und sich mit Blut zu füllen schienen, schüttelte Ben. Er wollte ihn niederschlagen und … Eines wusste er, und er wusste es ganz genau, wegen so vieler böser Dinge, die geschehen waren … Er hatte manchmal gewisse Gefühle, die nicht erlaubt waren. Bis diese Wut, dieser Hass ihn verließen, konnte er nicht in die Nähe seiner Mutter und in die Nähe seines Bruders Paul kommen. Doch wurden die Gefühle stärker, er konnte kaum noch atmen, und durch einen roten Schleier sah er seine Mutter und jenen Peiniger, jenen Betrüger, der immer zwischen ihm und seiner Mutter gestanden hatte, aufstehen und zusammen fortgehen. Ben folgte ihnen, aber in gehöriger Reichweite. Seine Wut wurde nun von der Entschlossenheit überlagert, nicht gesehen zu werden. Er duckte sich nicht – das war für Felder und Wälder –, sondern ging aufrecht und leise, weit hinter den beiden. Dann war da ein Haus, ein um ein gutes Stück größeres als das, in das sie zuerst gezogen waren, in einem Garten, und er sah, wie sie ein Tor öffneten, es zurückschwingen ließen und gemeinsam in das Haus gingen.

Ben dachte angestrengt nach. Das Haus, in das seine Mutter von dem großen Haus aus zog, war klein. Er erinnerte sich, dass sie gesagt hatte: »Groß genug für mich und Paul.« Was er verstand als: *Aber nicht groß genug für dich noch dazu.* Wenn sie noch einmal umgezogen war, und in ein größeres Haus, hieß das dann, dass die anderen auch da waren? Oder einige von ihnen? Er wusste, dass sie inzwischen alle erwachsen waren, doch in seiner Erinnerung behielt er die Familie, die wuchs – wachsende Kinder. In seinem Kopf sah er jenes andere Haus vor sich, voller Kinder und Menschen. In diesem Haus gab es sicher keinen Platz für allzu viele Leute … Er musste einen kühleren Kopf bekommen, sich beruhigen, den Drang zu töten loswerden: Er ging fort und um den Block herum, kehrte zurück, ging noch einmal los, kam wieder, und die Fassade dieses neuen Hauses schien ihm so leer wie ein unfreundliches Gesicht. Dann sah er seinen Vater den Gehsteig entlang kommen. Er hätte Ben sehen können, wenn er den Blick gehoben hätte, doch er legte die Stirn in sorgenvolle Falten und sah nicht auf. Ben wusste, dass er nicht viel länger hier herumlungern konnte. Die Leute merkten das, sie passten immerzu auf, selbst wenn man meinte, man sähe nur leere Wände und Fenster, es gab Augen, wo man sie gar nicht erwartete. Er ging noch einmal um den Block und sah Luke ins Haus gehen. Ein kleines Kind war bei ihm: Den Gedanken, dass Luke Vater war, konnte er beinahe nicht fassen. Er dachte nur, dass die Familie hier war, zusammen – seine Familie. Er konnte hineingehen und sagen: Hier bin ich. Und dann? Er wusste, dass sie sich wegen ihm entzweit hatten, dass sie wegen ihm stritten. Nur seine Mutter hatte zu ihm gehalten. Sie war zu *jenem Ort* gekommen, wo man ihn aus

Schläuchen mit kaltem Wasser abspritzte, und hatte ihn nach Hause gebracht … doch die anderen wollten, dass er dort bliebe, wollten, dass er tot sei.

Es wurde dunkel. Die Straßenlampen waren noch nicht angegangen. Die freundliche Nacht brach herein. Doch nachts lungerte man nicht allzu lange auf dem Gehsteig vor einem Haus herum. Er ging an seinem Haus vorüber, dessen Lichter ihm sanft entgegenschienen, *Komm rein*, und ging wieder zurück. Er konnte die Geräusche hören, die Fernsehen bedeuteten. Er hätte hineingehen, sich setzen und mit ihnen fernsehen können. Und als er dies dachte, sah er ganz deutlich, wie Paul schreien würde, dass er nicht mit ihm im selben Raum sein könne, sah das kalte Gesicht seines Vaters, das immer von ihm, Ben, weggedreht zu sein schien. Angenommen, er würde einfach nur hineingehen und zu seiner Mutter sagen: »Bitte gib mir meine Geburtsurkunde. Gib sie mir nur, und ich gehe sofort wieder.« Doch die Wut stieg wieder in ihm auf, denn alles, was er sehen konnte, war Paul, der ihn so sehr hasste. Der Zorn ließ ihn seine Finger zu Krallen krümmen; das Verlangen, diesen schmalen Hals zu umschließen, der knacken und brechen würde …

Er ging von seiner Familie fort, verließ sie für immer, und der Schmerz, den er fühlte, kühlte seinen Zorn. Er fühlte, wie etwas Nasses sein Gesicht befeuchtete und dann durch seinen Bart hindurch über sein Kinn rann. Er hatte schon wieder solchen Hunger. Er musste vorsichtig sein: Nachtmenschen waren anders als die am

Tag. Besser nicht das Risiko eingehen, sich an einen Tisch zu setzen … Er ging zu einem McDonald's, kaufte ein fettes, saftiges Stück Fleisch, warf das Salatblatt und das Brötchen fort und aß hastig im Gehen. Dann hatte er die Stadt schon verlassen und ging Richtung London, dorthin, wo die alte Frau wohnte. Er hatte noch vier Pfund übrig, und es war nicht wahrscheinlich, dass er noch einmal Glück mit einem Motorrad haben würde. Er war so traurig, so allein, aber die Dunkelheit war sein Zuhause, in der Nacht fühlte er sich zu Hause, und die Leute sahen einen nachts nicht so bedrohlich an – jedenfalls nicht, wenn man nicht mit ihnen im gleichen Raum war. Jetzt ging er über eine Landstraße, und der Himmel über ihm glänzte matt von Sternen übersät, über die ein dünner Wolkenschleier zog. In seiner Nähe stand eine kleine Baumgruppe, nicht einmal ein Wäldchen, doch groß genug, um ihm Schutz zu bieten. Er suchte sich einen Busch, machte es sich darin bequem und schlief. Einmal wachte er auf und hörte einen Igel neben seinen Füßen rascheln und herumschnüffeln. So halb sitzend, wie er war, hätte er ihn fangen können. Was ihn davon abhielt, war nicht die Angst vor dem Pieksen in seinen Handflächen, sondern das Wissen um das Pieksen auf seiner Zunge: Man konnte nicht in einen Igel beißen wie in einen Vogel. Beim ersten kühlen Hauch des anbrechenden Tages erwachte er. Keine Vögel: Dies hier war nur ein schmaler Streifen Bäume, und er konnte jetzt sehen, dass ganz in der Nähe schon die Häuser begannen, er konnte den Verkehr hören. Gegen Mittag würde er in seinem Teil von London ankommen. Vor ihm lagen Stunden seines vorsichtigen, mißtrauischen Wanderns – und sein Magen, oh, sein Magen, wie der um Nahrung bettelte! Sein Hunger schmerzte und bedrohte ihn. Es war kein einfacher Hunger: Der dünne Geschmack von Brot oder eines Brötchens konnte ihn nicht befriedigen. Es war ein Verlangen nach Fleisch, und er roch rohes Blut, die starke Witterung danach: Aber sein Hunger war gefährlich für ihn. Manchmal, wenn er einen Fleischerladen betreten hatte, schien sein Körper zu schwellen vor Verlangen, und seine Arme streckten sich wie von selbst nach dem Fleisch aus. Einmal hatte er sich eine Handvoll Koteletts gegriffen und nagend dagestanden, während der Fleischer ihm den Rücken zu wandte, und dann hatten die Nagegeräusche den Mann herumwirbeln lassen – Ben war gerannt, gerannt, so schnell er konnte, und danach ging er nicht mehr in diese Läden. Während er jetzt so einherging, dachte er darüber nach, wie er Fleisch in die Hände bekommen könnte, ohne seine vier Pfund auszugeben.

Seine Füße trugen ihn – er stand am hohen Zaun eines Bauplatzes und sah hinab in eine Grube voller nasser Erdhaufen, Maschinen und Männer mit Schutzhelmen. Dort hatte er ein paar Tage gearbeitet, man stellte ihn ein wegen jener Schultern und Arme, die Eisenträger und Balken aushielten, die sonst nur zwei oder drei Männer tragen konnten. Die anderen standen da und schauten zu, während er schob und hob und schulterte. Er wollte an ihren Witzen, ihren Gesprächen teilnehmen, doch er wusste nicht, wie. So hatte er zum Beispiel nie verstanden, weshalb seine Art zu reden komischer war als die ihre. Ihre Augen sahen ernst aus, misstrauisch, wenn sie ihn ansahen. Am Ende einer Woche, Zahltag. Dies waren alles Männer, die aus dem einen oder anderen Grund illegal arbeiteten, und sie bekamen nur die Hälfte des Tariflohnes. Doch Ben hatte genug Geld verdient, um es der alten Frau bringen zu können, und sie war sehr zufrieden mit ihm gewesen. Zwei weitere Wochen … ein neuer Arbeiter war hinzugekommen, und vom ersten Augenblick an hatte er gegen Ben gestichelt, ihn gehänselt, gegrunzt und geknurrt. Ben hatte zuerst nicht bemerkt, dass dies seine Laute sein sollten, noch hatte er es sofort verstanden, als der Mann ihn schubste und rempelte, einmal sogar ganz gefährlich, als Ben hoch oben stand, tief unter ihm die Straße, und seine Füße von Balken zu Balken über den Abrund stolperten. Der Vorarbeiter griff hart durch, doch von da an hatte Ben ein Auge auf diesen Burschen gehabt, einen grinsenden, unbeschwerten, angeberischen Rotschopf, und er hatte versucht, ihm aus dem Weg zu gehen. Eine weitere Woche. Das Geld wurde in einem kleinen Unterstand ausbezahlt, den die Männer in den Pausen benutzten oder wenn es zu stark regnete. Er und der Rotschopf waren die letzten in der Schlange der Männer gewesen, die ihren Lohn abholten, und so hatte sein

Feind es auch geplant, denn als Ben der Umschlag in die Hand gelegt wurde, griff der Bursche danach und lief davon, wobei er grunzte und sich kratzte und in die Hocke ging und in die Höhe sprang, und dann wieder von vorn: Ben hatte gelernt, dass dies ein Affe sein sollte. Er hatte einen Zoo besucht und war von Käfig zu Käfig gewandert, um die Tiere zu sehen, deren Namen man ihm gab, Affe, Schimpanse, Wildschwein, Pongo, Yeti. Es gab keinen Yeti im Zoo, und auch keinen Pongo, und er hatte daran gedacht, wie sie wohl aussehen mochten, denn er wusste, dass er nach etwas suchte, das ihm ähnelte.

Er hatte hilflos den Vorarbeiter angesehen, gehofft, dass er ihn verteidigen würde, und er hatte gesehen, wie der grinste, und auf den Gesichtern der Männer, die dort mit ihren Umschlägen in den Händen herumstanden, diesen Blick, dasselbe Grinsen. Da wusste er, dass er von ihnen keine Hilfe bekommen würde. Eine ganze Woche lang hatte er umsonst gearbeitet. Er war so voller Mordgedanken gewesen, dass er schnell weggehen musste, und hatte den Vorarbeiter hinter ihm her rufen gehört: »Wenn du Montag wieder hier bist, gibt's was für dich.« Womit er nicht etwa Geld meinte, sondern Arbeit für seine breiten Schultern, die den anderen so viel Anstrengung ersparten. Und tatsächlich war er Montag wieder da, hatte zuerst von oben herab in die Baugrube gespäht, die Hände auf dem Bauzaun, als sei er drinnen und nicht draußen, als sei er in einem Käfig, und dort unten waren die Männer, mit denen er gearbeitet hatte, doch der Rotschopf war nicht dort gewesen. Das kam daher, dass er Ben das Geld weggenommen hatte und vor Angst nicht wiedergekommen war. Ben hatte in jener Woche langsam gearbeitet, vorsichtig, hatte in die Gesichter geblickt, in die Augen, war ihnen aus dem Weg gegangen oder hatte sich so gestellt, dass er die schweren Teile abbekam, die für ihn leicht waren, doch nicht für sie. Und dann, am Ende der Woche, war in seinem Umschlag nur die Hälfte des Geldes, das ihm zustand. Er wusste, dass dies nur die Hälfte von dem war, was normale Bauleute verdienten, richtige Arbeiter, die nicht illegal arbeiteten; doch diese Hälfte war jetzt noch einmal halbiert. Der Vorarbeiter hatte ihn angestarrt. Es war nicht der gleiche Vorarbeiter wie sonst, der war krank: Dieser Mann war vorgestern von einem anderen Bauplatz herübergekommen, um auszuhelfen. Die Männer standen herum und schauten zu, mit ausdrucklosen Gesichtern. Sie hatten erwartet, dass er sich beschweren, Ärger machen würde, vielleicht sogar eine Schlägerei anfinge; sie sahen auf seine starken Arme und großen Fäuste. Doch Ben wusste es besser: Er wäre es, der die Zeche zahlen würde. Er hatte sich langsam und vorsichtig umgesehen, von Gesicht zu Gesicht, und hatte gesehen, wie sie warteten, und er hatte auch gesehen, dass wenigstens einer von ihnen Mitleid mit ihm hatte. Dieser Mann hatte leise etwas zu dem neuen Vorarbeiter gesagt, der sich einfach umdrehte und wegging – mit Bens Geld in seiner eigenen Hosentasche.

Auf diesem Bauplatz, hier, an diesem Ort, schuldete man Ben vierzig Pfund. Ja, der richtige Vorarbeiter war da. Er stand etwas abseits von den anderen, die Kabel von einer großen Rolle abspulten. Ben ging hinunter. Er sah, dass erst einer und dann ein zweiter der Männer ihn bemerkte und innehielt. Derjenige, der ein Wort für ihn eingelegt hatte, sagte etwas zu dem Vorarbeiter. Ben wollte nichts weiter, als dass man ihm sein Geld gab, damit er weglaufen konnte – er hatte Angst vor diesen Männern. Jeden einzelnen von ihnen konnte er mit einem Stoß seines Ellbogens, einem Schlag seiner Hand zu Boden gehen lassen, aber sie konnten alle gemeinsam über ihn herfallen, und das war es, was ihn ein wenig zittern ließ, wie er jetzt so dort stand. An seinem ganzen Körper sträubten sich ihm die Haare. Der Vorarbeiter stand nachdenklich da, wandte sich dann halb zur Seite, zog ein Bündel Geldscheine hervor, zählte ein paar davon ab und gab Ben zwanzig Pfund. Und jetzt schauten alle und warteten, was er wohl tun würde, doch er tat gar nichts, ging nur fort. Hier hatte er Geld verdient und gehofft, wieder welches zu verdienen. Doch wenn er hier arbeitete, dann musste er damit rechnen, dass einer von ihnen oder alle zusammen ihm sein Geld wegnahmen, und dass ihn der Vorarbeiter betrog. Am Fuße des Pfades, der aus der Baugrube herausführte, drehte er sich noch einmal um und sah, wie sie wieder das Kabel entrollten und ihm dabei immer noch hinterhersahen. Er kletterte hinauf, verschwand aus ihrem Blick. Er ging zum

Mimosa House. Der Fahrstuhl schwieg, weil er nicht funktionierte. Ben sprang die Stufen hinauf, voller Glück, dass er die alte Frau sehen würde. Doch als er an die Tür klopfte, kam keine Antwort.

Eine Frau öffnete ihre Wohnungstür auf der anderen Seite des Treppenabsatzes und sagte: »Sie ist zum Arzt gegangen.« Sie hatte einen Schlüssel zur Wohnung, das wusste Ben. Sie und die alte Frau waren befreundet, und sie hatte Ben oft ein und aus gehen sehen. Jetzt öffnete sie Ben die Tür und sagte: »Sie wird bald zurück sein. Man kann nicht wissen, wie lange sie warten muss. Es geht ihr nicht gut. Ich habe ihr gesagt, dass sie zum Arzt gehen soll.«

Drinnen war das gewöhnlich gut aufgeräumte Zimmer unordentlich. Zum einen war das Bett nur hastig zugedeckt worden. Die Katze darauf fuhr aus dem Schlaf auf und sträubte die Nackenhaare. Ben ging nicht an den Kühlschrank: Er hasste den kalten Geschmack der Nahrung, die daraus hervorgeholt wurde, und außerdem wollte er nicht der alten Frau das Essen wegnehmen. Er hockte sich im Schneidersitz aufs Bett, wobei er die Katze ignorierte, und sah aus dem Fenster. Er wartete darauf, dass eine Taube auf den Balkon kam. Das taten sie oft. Die Katze wandte den Kopf und schaute auch hinaus. Nicht mal einen Meter voneinander entfernt, ohne einander anzusehen, waren sie vereint im Warten auf was immer kommen mochte. Die Tür zum Balkon war nicht abgeschlossen. Ben öffnete sie. Sie teilte den winzigen Balkon in zwei Hälften.

Dann bewegten sich weder Ben noch die Katze. Endlich kam eine Taube, doch auf die falsche Seite, in Sicherheit hinter der einen Türhälfte, und dann, kurz darauf, kam eine auf die Seite, wo … Ben war mit einem Satz hinausgesprungen und hielt den Vogel in der Hand. Er rupfte ihm die Federn aus, als er das Geräusch hörte, das die Katze immer machte, wenn dort draußen ein Vogel saß, oder auf dem Geländer, einen rostigen, hungrigen Ton. Ben riss dem Vogel etwas Fleisch ab und warf es auf den Boden. Die Katze kroch herbei und fraß. Das Blut troff ihnen aus den Mündern. Dann gab es nur noch Federn, die der Wind fortblies, und ein paar Blutflecken. Die Katze lief wieder hinein. Ben auch. Sie waren nicht genug, diese paar Mundvoll Fleisch, doch es war immerhin etwas, sein Magen war beruhigt. Er sah, wie sich die Augen der Katze schlossen: Sie traute ihm genug, um einzuschlafen. Ben rollte sich neben der Katze auf dem Bett zusammen, und als gegen Abend Mrs Biggs hereinkam, schliefen die beiden Kreaturen nebeneinander auf ihrem Bett.

Sie nahm es alles wahr, ein paar Federn, die noch an den Blutflecken auf dem Balkon klebten, den schalen Geruch nach Blut, und dass zwischen Bens Rücken und dem der Katze nur ein paar Zentimeter waren. Es ging ihr nicht gut. Sie fühlte sich schlecht. Ihr Herz schmerzte. Und sie war müde: Nach langem Warten beim Arzt, unter mürrischen Menschen, hatte man ihr nur ein paar Tabletten gegeben. Doch was hatte sie denn auch erwartet? – tadelte sie sich selbst – eine Heilung etwa? Sie stellte Pakete auf den Tisch, zog sich ihr Tuch vom Kopf, trank Wasser aus dem Hahn und stand dann eine Weile da und sah auf ihr altes, großes Bett – auf die Katze, auf Ben. Sie legte sich auf die Kante und sah zu, wie sich die Zimmerdecke mit Schatten füllte, und dann war es dunkel. Ben schlief seinen geräuschvollen, unglücklichen Schlaf. Die Katze war so manierlich und still wie – eine Katze. Die alte Frau döste ein, spürte, wie ihr das Herz schmerzhaft in der Brust schlug. Sie erwachte, weil Ben wach war und seinen Rücken gegen sie drängte.

»Ben«, sagte sie in die Dunkelheit hinein, »es geht mir nicht gut. Ich werde mich für ein, zwei Tage ins Bett legen, um auszuruhen.« Er machte ein Geräusch, das heißen sollte, ich höre zu. »Hast du die Geburtsurkunde bekommen?« Ein Schweigen von Ben, und so etwas wie ein Wimmern. »Hast du deine Mutter getroffen?«

»Ich habe sie gesehen. Im Park.«

Sie wusste bereits die Antwort, doch sie fragte: »Hast du mit ihr geredet?« Ben drängte sich an sie und wimmerte wieder. »Ich weiß nicht, was ich dir jetzt raten soll, Ben. Ich würde ja mit dir auf das Amt gehen, du weißt schon, von dem ich dir erzählt habe, wo man die Urkunden bekommt, aber es geht mir nicht gut.«

»Ich habe Geld. Ich habe zwanzig Pfund.«

»Damit wirst du nicht weit kommen, Ben.« Er hatte gewusst, dass sie das sagen würde, und er stimmte ihr zu.

»Ich werde Geld besorgen.«
Sie fragte nicht nach, wie. Sie hatte die Geschichte vom Bauplatz gehört, wie er betrogen worden war. Er würde immer betrogen werden, armer Ben, sie wusste es. Und er wusste es auch.
Als der Tag anbrach, stand sie nicht auf, sondern lag da und atmete langsam, vorsichtig. Sie sagte: »Ben, ich möchte, dass du ins Bad gehst, dich ausziehst und dich wäschst. Du riechst nicht gut.«
Ben tat, was sie ihm sagte. So gründlich hatte er sich noch nie selbst gewaschen, doch erinnerte er sich daran, wie sie es gemacht hatte, und tat es ihr nach. Doch jetzt musste er seine schmutzigen Kleider wieder anziehen.
Sie sagte: »Hol deine alten Kleider hervor. Sie liegen dort in dem Schrank. Bring deine neuen Sachen in die Wäscherei, und wenn du zurückkommst, kannst du sie wieder anziehen.«
Er kannte die Wäscherei. »Wie komme ich wieder herein, wenn Sie im Bett liegen?«
»Der Schlüssel liegt auf dem Tisch. Und kauf ein Brot und noch etwas für dich zu essen. Und pass auf, Ben.«
Er wusste, das bedeutete: »Stehle nicht, lass dich nicht von der Wut überwältigen, sei auf der Hut.«
Er tat alles so, wie sie es sich gewünscht hätte. Dann ging er in einen kleinen Laden und kaufte Brot für sie – der fahle Geruch nach Hefe verursachte ihm immer leichte Übelkeit – und etwas Fleisch für sich selbst und

auch eine Dose Katzenfutter. All dies erledigte er erfolgreich und kam wieder in die Wohnung und zog seine sauberen Kleider an. Es war später Vormittag.
Mrs Biggs saß am Tisch und hielt sich die Seite.
»Mach mir eine Tasse Tee, Ben.«
Er tat es.
»Und gib der Katze was zu fressen.«
Er öffnete die Dose, die er für die Katze gekauft hatte, und sah zu, wie sie sich zum Fressen duckte.
»Du bist ein guter Junge, Ben«, sagte sie, und es traten ihm Tränen in die Augen; sie hörte, wie er so etwas von sich gab wie ein Bellen, das bedeutete, dass er ihr danken wollte, ihr seine Liebe und seine Dankbarkeit für diese Worte ausdrücken wollte, er hatte sie nie zuvor gehört, außer von ihr. Fast hätte sie die Hand ausgestreckt, um ihn zu streicheln wie einen Hund, doch er war kein Hund, war nicht von dieser Art.
Sie trank ihren Tee, aß einen Toast und legte sich wieder hin. Sie schlief, die Katze neben sich. Da war Ben, in seinen sauberen Kleidern, voller Energie und so etwas wie Glückseligkeit wegen jenes liebevollen ›Du bist ein guter Junge‹. Er wollte nicht schlafen, sondern lag auf seinem Futon, döste vor sich hin und hoffte, sie würde wieder aufwachen, doch sie schlief die ganze Nacht durch und erwachte früh am nächsten Morgen. Wieder bat sie um dieses und jenes, Tee, einen Apfel, Futter für die Katze auf ihrer Untertasse. Die Nachbarin kam herein, sah, wie Ben Teller und Tassen in die Küche trug, und freute sich, denn sie hatte Ben immer bei

den Leuten auf der Etage in Schutz genommen, oder denen, die ihn auf der Treppe gesehen hatten. Jetzt konnte sie sagen, dass Ben sich um Mrs Biggs kümmerte.

Am Bett beratschlagten sie sich. Dass die alte Frau nicht aufstehen konnte, war neu, etwas, das die Nachbarin gut verstand, doch wer sollte sich um sie kümmern? Mrs Biggs bat sie, ihre Rente abzuholen, weil sie sich zu krank dazu fühlte, und – sie klang entschuldigend – das Katzenklo zu reinigen. Beide Frauen wussten, dass Ben dies nicht tun konnte: die Idee allein – unmöglich. Auch wenn die Nackenhaare der Katze glatt lagen und sie nicht mehr nur dasaß und Ben anstarrte.

Als die Nachbarin mit Mrs Biggs' Rente zurückkehrte, legte sie das Geld auf den Tisch und sagte, wobei sie Ben ansah: »Das reicht gerade für sie und die Katze.«

»Er hat sein Geld genommen, um für mich einzukaufen«, sagte die alte Frau, doch sie wussten alle drei, wie die Situation aussah.

»Na, dann ist's ja gut«, antwortete die Nachbarin und ging fort, um die Nachricht zu verbreiten, dass der Yeti sich wie ein Sohn um Mrs Biggs kümmerte.

Und so ging diese Zeit vorüber, eine glückliche Zeit, die beste in Bens ganzem Leben. Er kümmerte sich um die alte Frau, brachte sogar ihre Kleider und Bettwäsche in die Wäscherei, machte Tiefkühlkost heiß, damit sie zu essen hatte – doch aß er es meistens selbst auf, weil sie so wenig Appetit hatte. Aber so konnte es nicht weitergehen, denn mit der Zeit wurde das Geld

knapper und knapper, und bald hatte er keines mehr. Wenn er dort bleiben wollte, bei Mrs Biggs und der Katze, dann musste er Geld besorgen, und er wusste nicht, wie. Die Nachbarin, die die Rente brachte, gab sich Mühe, Ben nicht anzusehen, und er wusste, dass das ein Tadel war. Die alte Frau tadelte ihn nicht, sondern lag nur da und döste vor sich hin, hielt oft die Hand aufs Herz gepresst und sagte: »Ben, wir könnten sicher beide eine Tasse Tee vertragen.«
Er hatte Hunger, denn er versuchte, so wenig zu essen wie möglich. So konnte es nicht weitergehen. Er sagte ihr, er wolle sich um einen Job kümmern, und sah ihr trauriges, kleines Lächeln. »Pass auf dich auf, Ben«, sagte sie. Und Ben ging fort: Er hatte kein Heim auf dieser Welt.

Er ging eine Straße enlang – besser gesagt: Seine Füße trugen ihn über diese Straße, an Kinos und Restaurants vorüber –, er war auf der Seite, die er normalerweise mied, und von der er auf die andere Seite wechselte, bevor er an eine bestimmte, verbotene Stelle kam. Diesmal wechselte er die Seite nicht. Er stand vor einem Kino, das ihm Angst machte, wenn es laut und voller Leute war, stand auf einem leeren Bürgersteig und sah zu einer kleinen Straße hinüber, wo ein Hauseingang lag. Dies war ein verbotener Ort. Es war früh am Morgen, und die Autos, die von dem kleinen Kiosk an der Mauer aus arbeiteten, der sich »Super Universal

Taxis« nannte, waren noch nicht da. Sie kamen erst vom frühen Nachmittag an. Der Mann, der diese Taxis zuteilte, der dann vor seinem Kiosk stand und sagte: »Bring sie nach Camberwell ... Swiss Cottage ... Notting Hill ...«, war nicht zu sehen. Diesen Mann fürchtete Ben. Er war es gewesen, der zu ihm gesagt hatte: »Scher dich weg und komm nicht wieder.« Er hieß Johnston, und er war Ritas Freund.

Ein paar Wochen zuvor, kurz bevor Mrs Biggs ihn im Supermarkt gefunden hatte, war er diesen Bürgersteig entlanggegangen, wie immer auf der Hut vor Ärger, als er eine Frau in jenem Hauseingang sah – dem da, neben den »Super Universal Taxis«. Sie hatte ihn angelächelt. Er folgte dem Lächeln, stieg hinter ihr eine enge Treppe empor und fand sich in einem Raum wieder, der arm und häßlich war, das wusste er, weil er so anders war als der, an den er sich von zu Hause erinnerte, als er noch eines hatte, bei seiner Mutter. Die Frau, die eigentlich noch ein Mädchen war, das durch das Make-up und die großen, blau geschlagen aussehenden Augen älter wirkte, stand vor ihm und sah ihn an, die Hand am Gürtel, um ihn gleich abzunehmen. Sie sagte: »Wie lange?«

Ben hatte keine Ahnung, was sie meinte, doch er stand mit gebleckten Zähnen da – dies war sein ängstliches Grinsen, nicht das freundliche – und antwortete nicht.

»Für zehn Pfund blase ich dir einen, für vierzig Pfund kriegst du den ganzen Service.«

»Ich hab' kein Geld«, sagte Ben.

Sie kam zu ihm und steckte die Hände in seine Taschen, eine auf jeder Seite, mehr aus Verzweiflung über diesen albernen Kunden als aus Erwartung, und dabei loderte Bens sexuelle Natur, die er wie all sein nicht gestattetes Verlangen unter Kontrolle hielt, empor, und er packte sie bei den Schultern, drehte sie herum und bog sie, während er sie so festhielt, vornüber, dass sie sich mit den Hände auf das Bett stützen musste. Mit einer Hand hob er ihr den Rock hoch, zog ihren Schlüpfer herunter und nahm sie von hinten, kurz, hart und brutal. Er hatte die Zähne auf ihrem Hals, und als er kam, gab er ein heiseres Bellen von sich, wie sie es noch nie gehört hatte. Dann ließ er sie los und sie richtete sich auf, schüttelte sich das bleiche Haar aus dem Gesicht und stand da und sah ihm ins Gesicht, dann nach unten auf seine Schenkel, die haarigen Schenkel. Solche Behaartheit war ihr nicht eben unbekannt – sie hatte mit Johnston gewitzelt, dass manche Männer, die zu ihr kamen, wie Schimpansen aussahen –, doch jetzt war es, als wolle sie durch diese starken, fellüberzogenen Beine herausfinden, weshalb dieser Kunde wohl so anders war. Dieses Mustern, dieses Beobachten, nicht feindlich, hatte etwas an sich, dass ihn wieder nach ihr greifen, sie noch einmal vornüber beugen und von neuem beginnen ließ. Er war ganz ausgehungert nach Sex, hatte seit langem Hunger danach gehabt, und gerade so, als hätte er nicht eben seine erste Runde hinter sich gebracht, fuhren seine Zähne wieder in ihren Hals, und sie hörte das triumphierende, heisere Bellen.

»Einen Moment«, sagte sie. »Wart mal einen Moment.« Sie gab ihm einen Stoß, so dass er sich aufs Bett setzte, und sie selbst setzte sich auf einen Stuhl ihm gegenüber. Sie brauchte Zeit. Diese Erfahrung – eine Vergewaltigung, wenn man es richtig betrachtete – hätte sie wütend machen und mit der Verachtung erfüllen müssen, die sie normalerweise für ihre Kunden empfand, aber sie hatte diese doppelte Vergewaltigung genossen, die großen, kräftigen Hände, die sie an den Schultern packten, die Zähne in ihrem Nacken, und vor allem, das heisere Stöhnen wie ein Geheul. Sie saß da und tastete danach, wo sie seine Zähne gebissen hatten, konnte jedoch keine Wunde finden. Sie nahm einen kleinen Spiegel aus ihrer Tasche und wandte den Kopf, um besser sehen zu können – nein, die Haut war nicht geplatzt, aber sie war geprellt, und es würde Fragen von Johnston geben.

Ben wollte sich nur neben sie auf das schmale Bett legen und einschlafen. Er dachte angestrengt nach. Als er der Anführer der Bande von Jungen war, der schlimmen Jungen, vor denen alle Angst hatten, waren da auch Mädchen gewesen, und eine von ihnen mochte ihn. Sie hatte versucht, es ihm anders beizubringen, und hatte gesagt: »Aber Ben, lass es uns doch mal so machen, dreh dich um, es ist nicht schön, wie du es tust, es ist wie bei den Tieren.« Und er hatte es tatsächlich versucht, doch er konnte nicht tun, was sie von ihm verlangte, denn wenn er ihr das Gesicht zuwandte, schwieg sein wütendes, zorniges Bedürfnis, zu besitzen und beherrschen. So blieb es dabei – wenn sie es machen wollten, dann musste es so sein, wie er wollte, und bald lehnte sie ihn deswegen ab, ja, hasste ihn sogar dafür. Nach ein paar weiteren Versuchen wollte sie ihn nicht mehr sehen, und unter den Mädchen ging das Gerücht um, dass Ben komisch war, irgendetwas stimmte nicht mit ihm.

Bei diesem Mädchen, Rita, war er sich sicher, dass sie ihn mochte, und sie hatte gemocht, was er tat.

Eine Klingel läutete, oder besser gesagt: summte an der Wand. Das war das Zeichen, dass ein Kunde da war und dass Johnston unten war und sein Auge auf alles hatte. Sie stand auf, drückte auf die Klingel und sagte zu Ben: »Jetzt musst du aber gehen.«

»Warum?« fragte er. Er hatte überhaupt nichts verstanden. Er wusste nur, dass sie ihn mochte.

»Weil ich es will«, sagte sie wie zu einem Kind und dachte, dass sie sich nicht erinnern konnte, jemals so mit einem Kunden gesprochen zu haben. »Geh jetzt.« Und dann fügte sie hinzu: »Wenn du magst, kannst du wiederkommen – aber nur morgens, hörst du.« Sie schob ihn aus dem Zimmer, und er stieg die hässliche Treppe hinunter, wobei er sich den Reißverschluss zuzog, wie Männer es dort so oft machten.

Auf dem Gehsteig vor dem Haus warf ihm ein großer, rüde aussehender Mann einen langen, scharfen Blick zu, und dann noch einen – die Leute sahen immer zweimal hin.

Das war sein erster Besuch bei Rita gewesen, und am

nächsten Morgen ging er wieder hin. Unterdessen hatte sie Johnston von ihm erzählt. Sie lagen auf ihrem Bett und rauchten, sehr spät, als keine Taxis mehr fuhren. Er war ihr Beschützer und nahm sich einen Teil, aber er war nicht eifersüchtig, und er war sogar gut zu ihr, auf eine achtlose, lockere Weise. Er hatte die Druckstellen an ihrem Hals untersucht: Bissmale waren dort sichtbar. Er hatte einen detaillierten Bericht über den Sex erhalten. Dies nur, weil sie darüber sprechen wollte, er war für gewöhnlich nicht interessiert daran. Sie hatte ihm gesagt, es sei nicht so gewesen wie mit einem Mann, eher wie mit einem Tier. »Wie bei Hunden, weißt du.«

»Aber du magst ihn«, meinte Johnston, so, dass sie es merkte und sich daran erinnerte, dass er Bescheid wusste. Er verspürte etwas, das er nicht für Eifersucht hielt, eher für Neugier.

Beim zweiten Mal war es wie beim ersten. Dieses Mal tat er es einmal, und sie war enttäuscht, obwohl sie sich dies kaum eingestehen konnte, war sie doch der festen Überzeugung, dass ihre Kunden sie kalt ließen. Das dröhnende, triumphierende Stöhnen dicht über ihrem Kopf, das Gefühl, hilflos jenen großen, haarigen Händen ausgeliefert zu sein, die Brutalität, mit der er in sie eindrang – all das hatte sie erregt, aber es war zu kurz. Sie sagte es ihm. Dies war nicht so wie damals, als das Schulmädchen ihm das Gesicht zudrehen und ihn küssen wollte. Er verstand, was sie sagte, mit seinem Kopf zumindest, und er ließ seine Hose fallen und ließ sie ihn streicheln. Weil es diesmal so schnell hinter dem ersten Mal war, konnte er eine Weile aushalten und horchte überrascht und verwundert auf ihr Stöhnen. Aber es machte ihm Spaß, dass er ihr Spaß bereitete. Inzwischen hatte er kein Geld mehr. Er hatte nicht mal mehr genug für einen Hamburger, sein Lieblingsgericht. Sie gab ihm genug Geld, damit er essen konnte. Es war Sommer, und nachts fand er immer eine Bank oder einen Hauseingang. Sie brachte ihn dazu, dass er sich in ihrem kleinen Badezimmer wusch. Sie stutzte ihm den Bart. Dies ging ungefähr einen Monat lang so, und dann fand Johnston heraus, dass sie ihm Geld gab und sagte: »Jetzt reicht's aber, Rita!«

Sie war abhängig von Ben und seinen tierischen Gewohnheiten geworden und wollte nicht aufhören. Sie erzählte einer Freundin, einer Hure in der Nachbarschaft, von Ben und nahm Ben zu diesem Zimmer mit, genauso ein heruntergekommenes Loch wie Ritas. Diese Frau mochte, was Ben tat, obwohl er lieber bei Rita geblieben wäre, und sie gab ihm ein paar Pfund für seine Dienste. Ihr Beschützer oder Freund aber war nicht so nachsichtig wie Johnston, und als er es merkte, sagte er Ben, er solle sich bloß nicht wieder blicken lassen. Johnston und er kannten sich, und beide zusammen warnten und drohten sie Ben.

Und so ging Ben nicht mehr zu Rita, und wenn er durch diese Straße kam, dann passte er auf, dass er auf der anderen Straßenseite ging, und wenn er Rita sah, dann lief er weg. Nicht, dass er sich davor gefürchtet hätte, zusammengeschlagen zu werden, denn er war sich sicher, dass er mit Johnston und dem anderen fertig werden konnte, selbst wenn sie ihn gemeinsam angriffen. Es war das Auffallen, die Aufmerksamkeit auf sich ziehen, was er nicht tun durfte.

Eine Woche später wurde er von Mrs Biggs im Supermarkt entdeckt.

Und weil dies der andere Ort auf der Welt war, wo er hingehen konnte und mit einem Lächeln begrüßt wurde, brachte er sich jetzt dazu, die kleine Straße zu überqueren, an den Super Universal Taxis vorbeizugehen und die Treppe emporzusteigen. Die Tür war verschlossen. Er hatte gelernt, anzuklopfen, weil sie jemanden bei sich haben konnte, doch jetzt ließ er einen Ruf hören wie Stierbrüllen, und sofort öffnete sich die Tür, und sie zog ihn herein, schlug die Tür zu und verschloss sie wieder.

Rita war böse auf Johnston gewesen, weil er Ben weggeschickt hatte. Sie hatte ihn daran erinnert, dass ihre Verabredung darin bestand, dass sie sich die Kunden aussuchte, die sie wollte. Das Geld, das sie Ben gegeben hatte, war wenig gewesen, nichts im Vergleich zu dem, was sie an einem Tag verdiente. Wenn das noch mal passierte, dann werde er schon sehen. Johnston wusste, dass dies keine leere Drohung war. Johnston vermittelte nicht nur Taxis, und sie wusste, was er sonst noch tat – oder sie meinte, dass sie es wusste. Ein Wort von ihr zur Polizei – das Schlimmste, was ihr geschehen konnte, war eine Geldstrafe, und außerdem kannte die Polizei sie längst. Sie hatte Kunden darunter. Johnston vertraute ihr, hatte ihr mehr erzählt, als klug war. Rita war, wenn nicht die sprichwörtliche Hure mit dem guten Herzen, so doch einfühlsam, schlau und warmherzig, und sie gab ihm immer gute Ratschläge.

Er war noch keine Minute in Ritas Zimmer, da trieben sie es schon wieder, und er war wie ein ausgehungertes Etwas. Dann erinnerte er sich an ihre Wünsche und tat es gleich noch einmal, damit sie ihr Vergnügen hatte. Und dann sagte sie, indem sie aufs Bett fiel und ihn niederzog: »Wo bist du gewesen, Ben?«

»Er hat gesagt, ich soll nicht mehr herkommen.«

»Aber ich sage dir, dass du kommen kannst. Morgens.«

Es ging alles wieder von vorn los. Er kam jeden Morgen, und sie gab ihm genug Geld für sein Essen, und Johnston fragte sie aus: »Weshalb magst du ihn, Rita? Ich begreife das nicht.«

Sie begriff es auch nicht, obwohl sie eine Menge über Ben nachdachte. Sie war keine besonders gebildete junge Frau – oder Mädchen, denn in der Tat war sie noch nicht einmal achtzehn, in Bens Alter –, doch das Thema seines Alters war noch nicht zur Sprache gekommen. Sie dachte, er sei wahrscheinlich um die fünfunddreißig: Sie mochte ältere Männer, das wusste sie.

Etwas, was sie miteinander teilten, auch wenn sie es nicht wussten, war, dass sie beide eine so harte Kindheit gehabt hatten. Sie hatte die Schule abgebrochen und war aus einem schlechten Elternhaus nach London geflohen, hatte Geld gestohlen, eine Weile als Diebin überlebt und dann den Besitzer des Gebäudes, in dem die Taxifirma und dieses Hurenzimmer untergebracht waren, dazu überredet, ihr das Zimmer zu überlassen, als das vorige Mädchen fortging. Sie konnte überzeugen. Sie beeindruckte. Sie hatte gemerkt, dass sie meistens von den Leuten bekam, was sie wollte. Sie hatte viele verschiedene Menschen kennen gelernt, doch noch nie jemanden wie Ben. Er war völlig anders als alles, von dem sie gehört oder im Fernsehen gesehen hatte oder aus ihrer eigenen Erfahrung wusste. Als sie ihn das erste Mal nackt sah, dachte sie: ›Wow! Das ist kein Mensch!‹ Es war nicht so sehr seine Behaartheit, sondern die Art, wie er stand, die starken Schultern gebeugt, diese breite Brust, die baumelnden Fäuste, die auseinander stehenden Füße … Nie zuvor hatte sie so etwas gesehen. Und dann die bellenden, grunzenden Geräusche, wenn er kam, das Wimmern, wenn er schlief – wenn er aber kein Mensch war, was war er dann? ›Ein menschliches Tier‹, schloss sie, um dann mit sich selbst zu scherzen: ›Sind wir das denn nicht alle?‹

Johnston mischte sich nicht mehr ein, doch er wartete auf eine Gelegenheit, die er für sich nutzen konnte. Sie kam. Ben bat Rita, mit ihm »dorthin zu gehen, wo man Geburtsurkunden holte«. Rita, die mit der Welt der Gelegenheitsarbeiten vertraut war, fragte ihn, weshalb er nicht versuchte, »als Gelegenheitsarbeiter zu arbeiten«, und die Geschichte mit dem Bauplatz kam heraus. Ihre erste Reaktion war, dass Johnston sich drum kümmern konnte, wenn irgendjemand Ben übers Ohr haute – doch sie wusste, dass das nicht geschehen würde. Sie fragte, wie Ben darauf gekommen war, dass er eine Geburtsurkunde brauchte, und hörte von der alten Frau, die gesagt hatte, dass er dann Arbeitslosengeld bekommen könne. »Und was machst du dann?« fragte Rita, echt neugierig, was für unnötig gesetzestreue Pläne sich in jenem zotteligen Kopf zusammenbrauen mochten.

Als sie sich mit Johnston unterhielt, erwähnte Rita, dass Ben eine Geburtsurkunde haben wollte, damit er in die Welt gesetzlicher Arbeit und Arbeitslosenunterstützung eindringen könne. Johnston witterte seine Chance. Er hielt Ben das nächste Mal an, als er aus Ritas Zimmer herauskam, und sagte: »Ich möchte mit dir reden«, und als Ben sich duckte und schon die geballten Fäuste hob: »Nein, ich will dich nicht von Rita wegjagen, ich kann dir helfen, deine Papiere zu besorgen.«

Jetzt stieg Johnston mit ihm die Treppe zu Ritas Zimmer wieder empor, und zum ersten Mal waren die drei gemeinsam in jenem Raum, Johnston und Rita saßen nebeneinander rauchend auf dem Bett, während Ben unruhig auf einem Stuhl wartete und sich fragte, ob dies eine Falle sei, und ob Rita sich vielleicht gegen ihn gewandt hatte. Er bemühte sich, zu verstehen.

»Wenn du einen Pass hast, brauchst du keine Geburtsurkunde mehr«, sagte Johnston.

Ben wusste wohl, dass Pässe etwas waren, was die

Leute mit sich nahmen, wenn sie verreisten. Es hatte eine Reise nach Frankreich gegeben, sein Vater mit den anderen Kindern, während er bei seiner Mutter blieb. Er konnte nicht mit ihnen reisen, weil er sich nicht so benehmen konnte wie sie.

Er sagte, er wolle nirgendwohin reisen, er brauche nur ein Papier, das er auf ein Amt mitnehmen könne, wo – er beschrieb es als einen Ort, wo Leute hinter Wänden aus Glas saßen, und davor standen Schlangen von anderen Leuten, die auf Geld warteten. Er brauchte lange, bis er Johnston verstand. Im Tausch gegen einen Pass, den Johnston von einem Freund bekommen konnte, »der Pässe machte«, sollte er, Ben, eine Reise nach Frankreich unternehmen und etwas mitnehmen, was Johnston einem anderen Freund schicken wollte, wahrscheinlich in Nizza oder Marseille.

»Und dann komme ich gleich zurück?«

Johnston hatte nicht vor, Ben zu ermutigen, bald zurückzukommen. Er sagte: »Du könntest ja eine Weile bleiben und dich vergnügen.«

Ben sah Rita am Gesicht an, dass ihr das nicht gefiel, obwohl sie nichts sagte. Der Gedanke, dass er etwas besitzen würde, das er in seiner Tasche tragen und einem Polizeibeamten oder einem Vorarbeiter auf einem Bauplatz zeigen konnte, überzeugte Ben, und er ging mit Johnston zu einem Automaten in der U-Bahn, aus dem fünf kleine Fotos kamen, die Johnston mit sich nahm. Der Pass überraschte Ben, als er ihn bekam. Er war fünfunddreißig Jahre alt, stand darin. Er war ein

Filmschauspieler: Ben Lovatt. Sein Wohnsitz war irgendwo in Schottland. Johnston wollte den Pass »zur Sicherheit« behalten, doch Ben verlangte, ihn der alten Frau zeigen zu können. Ja, sagte er, er würde ihn sofort zurückbringen.

Als er vor der Tür von Mrs Biggs' Wohnung stand, wusste er, dass sie leer war: Er konnte spüren, dass nichts Lebendes darin war. Er klopfte nicht dort, sondern an die Tür der Nachbarin und hörte, wie die Katze miaute. Er musste noch einmal klopfen, und dann kam sie schließlich, sah ihn und sagte: »Mrs Biggs ist im Krankenhaus. Ich habe ihre Katze hier bei mir.« Ben hatte sich schon umgewandt, um die Treppe hinabzugehen, als sie noch meinte: »Sie wird sich sicher freuen, wenn du sie besuchst, Ben.« Er erschrak: Ein Krankenhaus war das, was er am meisten fürchtete, ein großes Gebäude, voller Lärm und Leute und Gefahr für ihn. Er erinnerte sich daran, wie er mit seiner Mutter zu Ärzten gegangen war. Ausnahmslos hatten sie alle *jenen Blick* gehabt. Die Nachbarin begriff, dass er Angst verspürte. Sie und Mrs Biggs hatten über Ben gesprochen, sie wusste, wie schwer es für ihn war, ein normales Leben zu leben – wusste zum Beispiel, dass Ben jetzt Treppenflucht um Treppenflucht hinabsteigen würde, weil ihn der Fahrstuhl so sehr ängstigte. Sie sagte freundlich: »Mach dir keine Sorgen, Ben, ich werd' ihr sagen, dass du sie besuchen wolltest.« Dann sagte sie: »Warte …«, ließ ihn dort stehen und kam mit einer Zehn-Pfund-Note zurück, die sie ihm in die

Brusttasche steckte. »Pass auf dich auf«, meinte sie noch, genauso, wie es die alte Frau getan hätte.
Ben ging zu Rita zurück. Er dachte über die Freundlichkeit nach, wie es kam, dass manche Menschen ihn sahen – so nannte er es –, ihn wirklich sahen, aber nicht abgeschreckt wurden, es war, als nähmen sie ihn in sich auf – so empfand er es. Und Rita? Ja, sie war freundlich, sie fühlte mit ihm. Aber nicht Johnston: nein. Der war ein Feind. Und doch trug Ben einen Pass in der Tasche, mit seinem Namen darin, und einer Identität. Er war Ben Lovatt, und er gehörte zu Großbritannien, das bisher für ihn nichts als ein Wort gewesen war, ein Laut, nichts Wirkliches. Jetzt hatte er ein Gefühl, als schlössen sich Arme um ihn.
Unterdessen hatten Rita und Johnston gestritten. Sie sagte, es gefiele ihr nicht, was Johnston mit Ben machte. Was konnte ihm nicht alles in Frankreich zustoßen? Er verstand die Sprache nicht. Er konnte ja kaum mit den Dingen hier umgehen. Johnston hatte den Streit mit den Worten beendet: »Siehst du denn nicht, Rita, dass er ohnehin hinter Gittern enden wird?« Er meinte das Gefängnis, doch Rita hörte etwas anderes, was Johnston in der Tat schon einmal in einem Streit über Ben erwähnt hatte: Eines Tages würden die Forscher Ben in die Finger bekommen. Rita schrie Johnston an, er sei grausam. Sie bestand darauf, dass Ben ein netter Kerl war, nur ein bisschen anders als andere Leute, das war alles.
Als Ben wieder in Ritas Zimmer trat, unterbrach er die-

sen Streit. In beider Köpfen war das Wort »Gitter«, beide dachten an Käfige. Johnston war es egal, was mit diesem Monster passierte, doch Rita weinte. Wenn »sie« Ben in einen Käfig sperrten, dann würde er heulen und schreien und brüllen, und sie würden ihn schlagen oder mit Drogen vollpumpen müssen, oh ja, sie wusste, wie das Leben war, wie die Menschen waren, was man erwarten konnte.

Ben saß da mit seinem Pass in der Hand, zögerte, ihn Johnston zurückzugeben und sah ihn unter seinen vorstehenden Brauen her an, er wusste, dass er es war, dessentwegen sie gestritten hatten. In seiner Familie hatten sie dauernd seinetwegen gestritten. Doch mehr als diese zornige Atmosphäre störten ihn die vielen Gerüche im Zimmer. Es roch nach ihr, dem Weibchen, doch das machte ihm nichts aus, vielmehr war es das, was Johnston verströmte, was ihn dazu brachte, kämpfen oder weglaufen zu wollen. Es war ein starker, gefährlicher Männergeruch, und Ben hatte es immer gleich gewusst, wenn Johnston unten auf dem Gehsteig war oder auf der Treppe gestanden und gelauscht hatte, um Rita zu kontrollieren. Eine Reihe chemischer Düfte lag in der Luft, so deutlich anders als menschliche, wie der Gestank des Autoverkehrs sich vom Fleischgeruch unterscheidet, der aus einer Imbissstube dringt. Er wollte aufstehen und gehen, doch er wusste, dass er das nicht durfte, bis seine Angelegenheiten geklärt waren. Rita bemühte sich gerade, Johnston von irgendetwas abzuhalten.

Rita sagte zu Johnston, er solle versuchen, Ben einen Job zu besorgen und »auf ihn aufpassen«.
»Und zwar wie?«
»Du weißt schon, wie.«
»Ich kann es nicht verhindern, dass irgendein Typ ihm im Dunkeln eins überzieht oder ihn unter einen Bus schubst. Er geht den Leuten auf den Wecker, Rita, das weißt du.«
»Vielleicht könnte er ja Fahrer bei dir werden.«
»Ach, hör doch auf, du träumst ja wohl.«
Doch jetzt nahm Rita Ben den Pass und sagte, sie würde darauf aufpassen und steckte ihn in eine Schublade. Dann gingen sie zu den Autos hinunter, die hier und da zwischen den normalen Autos standen.
»Steig ein«, sagte Johnston zu Ben und öffnete eine Tür. Ben sah Rita an: Ist das richtig so? – und sie nickte. Ben klemmte sich hinter das Lenkrad, und sofort leuchtete sein Gesicht voller Freude und Erregung. Er dachte an die großen, glitzernden, röhrenden, rasenden Motorräder, die die große Freude seines Lebens gewesen waren, wie nichts anderes, was er je kennen gelernt hatte. Und jetzt saß er hinter einem Lenkrad und konnte seine Hände darauf legen und es nach hier und nach da drehen. Er machte ein Geräusch wie Brrrr, Brrrr und lachte laut.
Johnston winkte Rita mit einer Schulterbewegung heran, damit sie direkt neben dem Fahrersitz stand. Er wollte, dass Rita alles genau sah, und so war es auch.
»Jetzt dreh den Schlüssel um, Ben«, sagte er.

Er zeigte Ben den Schlüssel nicht, doch Bens Gesicht wandte sich Rita zu, auf der Suche nach Anweisungen. Rita beugte sich in das Auto hinunter und berührte den Schlüssel.

Ben fummelte daran herum, drehte ihn, drehte ihn wieder zurück, als der Motor hustend ansprang, drehte ihn noch einmal, so dass der Wagen ansprang, doch er keuchte, hustete wieder und erstarb. Es war ein ziemlich heruntergekommenes, billiges Auto aus dritter oder vierter Hand, das einem Fahrer gehörte, der immer mal wieder ins Gefängnis kam, weil er Autos stahl. »Versuch's noch einmal«, meinte Rita. Ihre Stimme zitterte ein bisschen, weil sie dachte: Oh, armer Ben, er stellt sich an wie ein Dreijähriger. Und sie hatte in ihrer Dummheit tatsächlich geglaubt, er könne diese Arbeit erlernen. Bens haarige Faust umschloss den Zündschlüssel und schüttelte ihn, das Auto sprang an, und jetzt begann Ben eine Pantomime, als schalte er Gänge, denn er wusste, dass er es so ähnlich machen musste. Dabei hatte der Wagen eine Automatik.

»Pass auf«, sagte Johnston, lehnte sich ins Auto und zeigte auf den Schalthebel. »Ich zeig dir jetzt, was du damit machen musst.« Und das tat er auch, wieder und wieder. »Du musst diese beiden Seitenteile zusammendrücken. Siehst du? Dann lass die Bremse kommen – na, mach schon. Und dann pass auf, ob nicht ein Auto kommt.« All dies war lächerlich; Ben konnte es nicht begreifen, konnte es nicht tun. Er schloss seine Faust so fest, wie er es bei Johnston sah, zog seine Hand zurück und brachte sie dann wieder nach vorn, in die Nähe der Bremse, aber er tat es nicht wirklich, weil er es nicht tun konnte. Wie Johnston gewusst hatte.

Rita weinte. Johnston richtete sich aus dem Wagenfenster auf, öffnete die Tür und sagte zu Ben: »Steig aus.« Gehorsam stieg Ben aus, obwohl er es nicht wollte; er wollte weiter sitzen bleiben und Fahrer spielen. Dann sagte Rita zu Johnston: »Du bist gemein. Ich mag das nicht.«

Sie ging zu ihrem Eingang hinüber, ohne ihn oder Ben anzusehen. Johnston tat so, als habe er in seinem Kiosk zu tun, obwohl keine Kunden gekommen waren, und Ben folgte Rita die Treppe hinauf.

Es war jetzt besser dort oben, da Johnstons kräftiger Geruch sich verflüchtigt hatte und nur eine Erinnerung daran noch in der Luft lag.

Rita sagte zu Ben: »Du brauchst nirgendwo hinzugehen, wenn du nicht willst.« Sie klang eingeschnappt, beleidigt, doch das kam nur daher, dass sie böse auf sich selbst war, weil sie geweint hatte. Sie zeigte nicht gern, wenn sie schwach war, und vor allem nicht in Gegenwart von Johnston.

»Setz dich mal hin, Ben«, sagte sie, und er setzte sich auf einen Stuhl, während sie sich das Gesicht schminkte, um die Tränenspuren zu verdecken. Dann malte sie sich die Augen neu an, mit der schwarzen und grünen Tusche, dass sie wieder riesig aussahen. Das tat sie, damit die Kunden ihr Gesicht nicht sahen, das

nicht hübsch war, sondern bleich oder sogar weiß, weil es ihr nie richtig gut ging.
»Warum steht da, dass ich Filmschauspieler bin?«, fragte Ben.
Rita schüttelte nur den Kopf, am Boden zerstört wegen der Schwierigkeit, es zu erklären. Sie wusste, dass er nicht ins Kino ging, und sie konnte sich genügend in seine Lage versetzen, um zu begreifen, dass die Wirklichkeit mehr als genug für ihn war, er konnte es sich nicht leisten, sie noch durch Vorgespieltes zu erschweren. Sie wusste nicht, dass es das Gebäude selbst war, das ihn ängstigte: die Dunkelheit drinnen, die Sitzreihen, wo man nicht wusste, wer da war, die hohe, hell erleuchtete Leinwand, die seinen Augen weh tat.
Tatsächlich war sie davon beeindruckt gewesen, dass Johnston mit ›seinem Freund‹ vereinbart hatte, dass *Schauspieler* in dem Pass stand. Schauspieler arbeiteten nicht immer. Sie machten oft Pause. Sie hatte Schauspieler unter ihren Kunden: Keine Arbeit zu haben, stürzte sie nicht gleich in die große Krise, auch wenn es Anlass zur Sorge sein konnte. Ben sah nicht aus wie ein normaler Mensch, doch man erwartete ja, dass Popstars und Schauspieler seltsam aussahen. Nein, es war eine glänzende Strategie. In einer Gruppe von Filmleuten oder aus der Musikszene würde Ben gar nicht auffallen. Doch was hatte Johnston vor? Sie wusste, dass es nichts Gutes sein konnte.
Und doch musste etwas geschehen mit Ben. Es war

jetzt Spätsommer, doch bald würde es Herbst werden, und dann Winter. Ben war zweimal von der Polizei von seiner Lieblingsbank vertrieben worden. Was wollte er im Winter tun? Die Polizei kannte ihn. Alle Obdachlosen und Stadtstreicher kannten ihn sicher auch. Wahrscheinlich hatte Johnston Recht: Rita war noch nie in Frankreich gewesen, doch in Spanien und in Griechenland wohl, und sie konnte sich Ben besser in einer Tapas-Bar oder einer Taverne vorstellen als in einer Londoner Kneipe. Doch war es Johnston nicht um Bens Wohlergehen zu tun, das wusste sie.

Spät in jener Nacht, als ihr letzter Kunde gegangen war und die Taxifahrer nach Hause gefahren waren, als es schon mehr Morgen als Nacht war und Ben in einem Hauseingang in Covent Garden kauerte, fragte sie Johnston, was er mit Ben vorhabe, und als sie es hörte, wurde sie wütend und wollte Johnston schlagen, der ihre Handgelenke festhielt und sagte: »Sei still. Es wird schon funktionieren, du wirst sehen.«

Johnston hatte vor, Ben Kokain nach Nizza transportieren zu lassen – »Eine Menge, Rita, Millionen« –, überhaupt nicht versteckt, sondern in normalen Koffern, unter einer Lage Kleider. »Verstehst du denn nicht, Rita? Ben ist so seltsam, dass die Leute von der Drogenfahndung sich nur mit ihm beschäftigen und keine Zeit für etwas anderes haben werden.«

»Und wenn er ankommt?«

»Was kümmert's dich? Was bedeutet er dir schon? Er besorgt's dir ab und zu, mehr nicht.«

»Er tut mir leid. Ich möchte nicht, daß man ihm wehtut.«
An dieser Stelle war beim vorigen Streit das Wort ›Gitter‹ ins Spiel gekommen. ›Gitter‹ standen auch jetzt wieder im Raum.
»Er kann ja nicht in einem Flugzeug klarkommen, er kann nicht mit seinem Gepäck klarkommen, was soll er in einem Land tun, wo die Leute kein Englisch sprechen?«
»Ich habe an alles gedacht, Rita.« Und er erklärte ihr seinen Plan.
Rita musste zugeben, dass Johnston wirklich an alles gedacht hatte. Sie war beeindruckt. Doch einmal angenommen, der Plan ging auf, dann würde Ben am Ende allein in einem fremden Land sein.
»Ich will nicht, dass er weiter hier herumhängt. Die Leute werden aufmerksam. Die Polizei sucht doch nur nach einem Vorwand, um meinen Laden zu schließen. Sie wollen hier keine Taxis sehen. Ich sag ihnen immer wieder, ihr mögt mich vielleicht nicht, doch die Leute mögen uns schon. Ich könnte doppelt so viel Taxis laufen haben, wenn genügend Parkplätze da wären. Aber sie lassen mich nur gerade so gewähren und warten auf einen Vorwand. Und Ben ist wie ein großes Schild, auf dem steht: ›Hier gibt's Ärger.‹ Und ich habe Angst, er fängt wieder Streit an. Einer der Fahrer hat was zu ihm gesagt, und Ben schlug ihn nieder.«
»Was hat er denn gesagt?«
»Er hat ihn einen behaarten Affen genannt. Ich bin da-

zwischengegangen. Aber – ich möchte, dass du mich verstehst, Rita.«

Rita musste zugeben, dass das alles stimmte. Aber das war nicht alles: Johnston war eifersüchtig. »Komisch«, sagte sie. »Du bist noch nie auf jemanden eifersüchtig gewesen. Doch auf ihn bist du es.«

Das gefiel ihm nicht, doch schließlich grinste er ein wenig, wenn auch nicht eben freundlich, und sagte: »Na, da kann ich wohl nicht mithalten, was? Mit einem behaarten Affen?«

»Er ist viel mehr als das.«

»Hör zu, Rita. Das ist mir ganz egal. Ich hab' einfach genug von ihm.«

Johnstons Plan begann damit, Ben in Geschäfte mitzunehmen, gute Geschäfte, und ihm gute Kleider zu kaufen. Keine Sachen aus Wohlfahrtsläden mehr. Jeans, Hosen, Unterwäsche kaufen – das war leicht: aber diese Schultern, diese Brust, die dicken Arme – schließlich entschied sich Johnston für einen Schneider und besorgte ihm Hemden, die passten, und ein paar Jacketts.

»Und was wird das alles kosten?« fragte Rita.

»Ich hab' dir doch gesagt, dass das Millionen bringt.«

»Träum nur weiter.«

»Du wirst schon sehen.«

Als Nächstes wurde Ben zum Friseur gebracht. Er wünschte, die alte Frau könnte ihn jetzt sehen: Sie hatte gesagt, dass er gut aussehen würde, und er wusste, dass das stimmte. Der Friseur hatte sich über seinen doppel-

ten Wirbel gewundert, doch als er fertig war, wer konnte es da überhaupt noch sehen?
Jetzt nahm Johnston Ben auf einen Flug über London mit, in einem kleinen Flugzeug, damit er sich an das Fliegen gewöhnte. Anfangs rollten Bens Augen in seinem Kopf, und er ließ ein Schreckensgeheul hören, als er hinunterschaute, doch Johnston saß neben ihm, benahm sich, als sei alles in Ordnung: »Schau mal, Ben, kannst du das sehen? – Das ist der Fluss, du kennst doch den Fluss. Und sieh mal da, das ist Covent Garden. Und da ist Charing Cross Road.« Ben merkte sich alles aufmerksam und erzählte Rita davon. »Wann kann ich das wieder machen?«, wollte er wissen.
»Du wirst es wieder machen. In einem großen Flugzeug. Schon bald.«
Und dann dachte sie: Wahrscheinlich werde ich dich nicht wieder sehen ... Sie mochte ihn, tatsächlich, sie mochte ihn. Er würde ihr fehlen ... Sie gestattete ihm, nein, sie lud ihn zu einer ganzen Reihe außergewöhnlicher Vögeleien ein, die anders waren als alles, was sie je erlebt hatte. Sie wusste sehr wohl, es lag nicht in seiner Natur, dass dies zu wirklicher Zärtlichkeit führen konnte. Es gab keinerlei Beziehung zwischen diesen kurzen, brutalen Inbesitznahmen und dem, was nur ein paar Sekunden später geschah, wenn es so war, als sei nichts geschehen. Und doch, einmal, als sie ihm erlaubt hatte, über Nacht zu bleiben, war er im Schlaf ganz dicht an sie herangekrochen, sein haariges Gesicht drückte sich in ihren Nacken, und er hatte ihr das Gesicht und

den Hals abgeleckt. Sie nahm an, dass er sie mochte. Er fragte, ob sie auch nach Frankreich mitkäme, doch was stellte er sich vor, wenn er *Frankreich* sagte?

»Es ist genauso wie hier, Ben«, versuchte sie ihm zu erklären. »Es gibt aber ein schönes, blaues Meer. Du weisst doch, was das Meer ist?«

Ja, das wusste er; er erinnerte sich daran, wie er mit seiner Familie an die Küste gefahren war.

»Na, siehst du, so ist das auch dort. Nur dass dort das Meer ganz nah ist.« Sie besorgte ein paar Ansichtskarten von Nizza und jener Küste, und er studierte sie aufmerksam: Sie wusste, dass er nicht sah, was sie sah. Und sie hatte ihm nicht erzählt, dass es dort eine andere Sprache gab, andere Laute.

Rita lehnte, in schwarzem Leder und mit schwarzen Netzstrümpfen für ihren Job angezogen, in ihrem Hauseingang und schaute Johnston zu, wie er die Leute zu den Taxis winkte und den Fahrern Anweisungen gab – das übliche Schauspiel auf diesem Gehsteig, das vom Nachmittag bis Mitternacht oder ein Uhr morgens andauerte, wenn die Leute aus den Kinos oder Restaurants kamen –, als sie plötzlich einen Mann bemerkte, dessen Aussehen ihr nicht gefiel und der auf Johnston zuging und ihn ansprach. Johnston bekam Angst, das sah sie. Ihrer Erfahrung nach begannen Probleme immer so: Ein Mann kam von irgendwoher mit einem gewissen Aussehen, das bedeutete: Pass auf! – und dann geschah etwas. Als dieser Mann gegangen war, sah sie, dass Johnston schwitzte, als er sich auf die Kiosktheke lehnte und ein paar hastige Schlucke aus einer Flasche nahm, die er darunter aufbewahrte. Dann bemerkte er sie, sah ihre Besorgnis und meinte: »Wir müssen miteinander reden, Rita.«

In jener Nacht prüfte sie, ob die Tür, die von der Straße zu ihrem Zimmer hinaufführte, gut verschlossen war, und lud Johnston ein, heraufzukommen. Sie lag auf ihrem Bett, lehnte gegen die Kissen, ließ ein Bein baumeln – eine Pose, die sie entwickelt hatte, um ihre Kunden zu erregen –, rauchte und sah Johnston zu, wie er unruhig auf seinem Stuhl hin- und herrutschte. Er rauchte auch und nahm andauernd Schlucke aus seinem Whisky-Flachmann. Die abgestandene Luft war so voller Rauch, dass sie husten musste.

Sie kannte seine Geschichte – das meiste davon. Mit vierzehn war er von zu Hause weggelaufen, weil er schlecht behandelt wurde. Er hatte eine Weile im Heim verbracht und dann auf der Straße gelebt und sich mit Ladendiebstahl und Einbrüchen über Wasser gehalten. Ein Jahr im Gefängnis. Danach war er eine Weile sauber geblieben, doch eine Verurteilung wegen gewaltsamem Raub brachte ihn wieder hinter Gitter. Vor fünf Jahren war er wieder herausgekommen. Er lebte von allerlei krummen, anfangs nur ein wenig ungesetzlichen Sachen, wurde dann jedoch immer krimineller, unternahm eine Menge übler Geschäfte, die jedesmal gefährlicher wurden, wobei ihm die Tricks halfen, die er im Gefängnis gelernt hatte, und die Tatsache, dass er im Gangstermilieu bekannt war. Das Taxigeschäft lief

ganz gut, doch war es nie mehr gewesen als eine Fassade. Sie war nicht überrascht, als er sagte: »Ich sitze in der Falle, Rita«. Sie stellte sich vor, dass es um ein paar Schulden ging, vielleicht eine Erpressung. Doch jetzt, als er ihr zu erzählen begann, wobei er sich immer wieder mit großen Schlucken Whisky stärkte – er war schon leicht angetrunken –, richtete sie sich auf der Bettkante auf und starrte ihn an.
»Was sagst du? Was erzählst du mir da?«
Er war von einem Mann hart am Rande der Seriosität dazu überredet worden, sein Glück an der Börse zu versuchen. Dabei konnte man gar nicht verlieren, sagte sein Freund. Da war viel Geld drin, wenn man einen kühlen Kopf bewahrte. Nun, ihre kühlen Köpfe hatten sie behalten, nicht jedoch ihr Geld.
»Willst du mir sagen, dass du eine Million Pfund Schulden hast?«
»Das ist gar nichts, Rita. Eine Million ist gar nichts für diese Typen.«
»Für dich ist es aber ’ne Menge.«
»Das stimmt«, antwortete er und nahm wieder einen Schluck.
»Und jetzt? Jetzt hast du wohl Angst, wieder ins Kittchen zu gehen?«
»Ganz genau. Dort werd’ ich wohl landen, wenn ich nicht ein ordentliches Stück Geld besorgen kann.«
»Jetzt mal im Klartext. Schuldest *du* eine Million, oder ihr beide zusammen?«
»Er schuldet noch viel mehr. Er steckt noch tiefer drin

als ich. Eigentlich hat er mir sogar einen Gefallen getan, als er mich einsteigen ließ – aber wenn ich ihm jetzt nicht eine Million gebe, lässt er mich auffliegen und ich bin erledigt.«

Sie lehnte sich wieder zurück und hustete. »Scheiß Luftverschmutzung«, schimpfte sie. »Manchmal ist es hier so voll vom Straßengestank, dass ich kaum atmen kann.« Nachdem sie den Zigarettenqualm so fein entschuldigt hatte, zündete sie sich eine neue an und warf auch Johnston eine zu.

»Okay«, meinte sie dann. »Aber wenn das mit dem Koks-Deal nicht klappt, wenn sie dich erwischen, dann bist du eh' erledigt. Für den Rest deines Lebens, wahrscheinlich.«

»Das stimmt. Aber es wird klappen.«

»Dann musst du also erst mal eine Million zurück zahlen, bevor du selbst was verdienst?«

»Wenn das Zeug in Nizza ankommt, ist die Million bezahlt. Der Rest ist für mich.«

»Nichts für Ben?«

»Oh, ich geb' ihm schon was.«

»Und ich?« fragte sie. »Ich gehe doch auch ein Risiko ein.«

»Du bekommst ja gar nicht mit, was in den Koffern ist, Rita. Da pass' ich schon auf.«

»Wenn sie Ben schnappen und ihn fragen, woher er das Zeug hat, dann wird er sagen, von mir. Weil er mich besser kennt als dich, und mir vertraut er. Also wird er sagen, dass er's von mir hat.«

Schweigen.
»Aber er weiß doch, dass er etwas von mir zu einem Freund in Frankreich bringt.«
Schweigen.
»Von *mir*, Rita.«
»Aber ich bin auf jeden Fall auch mit drin, oder? Ben ist nicht clever genug, um geschickt zu lügen. Darauf können wir nicht rechnen. Er wird sagen, dass wir beide es waren.«
Johnston schlug diesen Knoten durch, indem er sagte: »Sag mir mal eins, Rita: Wie siehst du dich selbst? Dies Leben gefällt dir doch auch nicht – das habe ich dich doch schon oft sagen gehört, nicht wahr? Wenn du mir bei der Sache hilfst, dann sehe ich zu, dass du aus diesem Leben rauskommst, und zwar für immer.«
»Und du haust mich nicht übers Ohr, wie Ben?«
Jetzt lehnte sich Johnston vor, wedelte die Rauchschwaden fort und sprach – das konnte sie deutlich erkennen – ganz offen zu ihr. »Hör zu, Rita, wir zwei sind schon eine ganze Weile so zusammen – wie lange eigentlich? Drei Jahre? –, und ich hab' dich noch nie im Stich gelassen, stimmt's?«
»Nein, hast du nicht.«
»Na, also.«
Er lehnte sich immer noch vor, war ganz der verzweifelte Betrunkene, seine geröteten Augen wurden feucht – vom Rauch? Von Tränen?
»Es ist ein solches Glücksspiel«, meinte sie. »Du gehst ein solches Risiko ein dabei.«

»Ich muss, Rita. Wenn das hier klappt, kann ich für den Rest meines Lebens sauber bleiben.«
Sie lehnte sich wieder zurück, diesmal mit ihren beiden Beinen gerade vor sich ausgestreckt, und starrte ihn an, und sie wusste nicht, wer von beiden ihr mehr leid tat, Johnston, der, das wusste sie, das Zeug dazu hatte, besser zu sein als er war – sie wusste das, weil es auch für sie stimmte –, und der ein solche Fähigkeit hatte, die Leute zu beeindrucken, mit seinem Aussehen, das Humphrey Bogart ähnelte – wenigstens meistens, wenigstens ein bisschen, wenn auch nicht jetzt, wo er betrunken und blöde aussah; oder Ben, der in eine solche Gefahr hinaus geschickt werden sollte, um Johnston zu retten. Aber wenn sie genau darüber nachdachte, und sie dachte sehr genau nach jetzt, dann schuldete sie Johnston mehr als Ben. Sie konnte wohl sagen, dass Johnston so etwas wie ihr Mann war: Einen anderen besaß sie schließlich nicht. Und es stimmte, er war immer gut zu ihr gewesen. Und was er sagte, stimmte auch: Sie hasste dieses Leben und hatte schon ein paar Mal daran gedacht, sich umzubringen. »Ich bringe mich lieber selbst um, bevor es irgend so ein Triebtäter tut.« Sie wusste, dass sie wahrscheinlich ohnehin nicht lange zu leben hatte. Sie war nicht besonders gesund. Ihre Haut sah schlecht aus. Wenn sie es nicht silberblond färbte, war ihr Haar eine spröde, schlaffe schwarze Masse: Man brauchte es nur zu berühren, dann wusste man, dass sie krank war. Wenn sie nicht geschminkt, nicht für die Anmache gekleidet

war, sah sie sich im Spiegel an – und tat sich, so schnell sie konnte, Make-up ins Gesicht.
Jetzt dachte sie: Okay! Angenommen, Ben wird geschnappt und ich fahre auch ein, dann wäre das auch nicht viel schlimmer als dieses Leben. Und sie beschloss, Johnston zu helfen. Soweit sie konnte.
Und jetzt erklärte Johnston Ben, was am Flughafen geschehen würde. Als er fertig war, wiederholte Rita alles noch einmal, und noch einmal.
Alles hing von Johnstons »Freund« ab – »Ich kenne ihn aus der Haft, Rita, er ist in Ordnung«; er sollte Ben am Flughafen treffen, ihn auf dem Flug begleiten und dann mit ihm nach Nizza hineinfahren und auf ihn aufpassen.
»Wieviel bezahlst du dem denn?«
»Eine ganze Menge. Wenn du es mal alles zusammenrechnest – die Kleider für Ben, das Gepäck, das Flugticket, den Pass – der hat schon mal einen Hunderter gekostet – und Richard – so heißt mein Kumpel, dann kommt ganz schön was zusammen. Und dann noch das Hotel. Doch es ist immer noch ein Trinkgeld, verglichen mit dem, was wir dabei verdienen.«
»Na, pass einfach auf, dass du es nicht ausgibst, bevor du es hast.«
»Hör mal, Rita, ich weiß, dass du mich für einen Tölpel hältst, aber es wird klappen, du wirst schon sehen.«
»Es ist reines Glück, sage ich dir«, meinte Rita. »Sie haben Schnüffelhunde, und sie gehen das Gepäck durch.«
»Manchmal machen sie das wohl. Aber bei den vielen

Touristen, die nach Nizza fliegen, halten sie sich nicht lange damit auf. Und die französischen Drogenfahnder auch nicht. Die kümmern sich um die Flugzeuge aus Kolumbien oder Fernost, aber doch nicht um ein nettes, kleines, harmloses Flugzeug aus London.«

Eins wusste Rita nicht. Dem Plan nach gab es drei Koffer, einen sehr großen, voller Kokainpäckchen, mit einer Lage Wäsche darüber, der als Fluggepäck aufgegeben werden sollte; einer mit Bens Sachen darin; und einer, der als Handgepäck mit ins Flugzeug genommen werden sollte. Als Rita hörte, dass Johnston auch diesen mit den tödlichen Päckchen füllen wollte, möglicherweise Heroin, rief sie, schrie sie, schlug sogar auf ihn ein, dass er ihre Fäuste festhalten musste. »Du weisst genau, dass sie einfach per Zufall Koffer herausgreifen, sie könnten ganz leicht auch Bens Handgepäck durchsuchen.« Er beruhigte sie und versprach ihr, es nicht zu tun, wenn sie es nicht wollte, doch er hielt sein Versprechen nicht: Ben würde mit dem gefährlichen Koffer ins Flugzeug gehen und losfliegen.

»Die ganze Sache ist der reine Wahnsinn«, sagte Rita immer wieder. »Der arme Ben – es ist grausam, finde ich. Stell dir doch mal vor, er landet im Kittchen.«

»Es wird klappen, gerade weil er so komisch ist.«

Es klappte. Eine Weile konnten Johnston und Rita gar nicht glauben, wie sehr sich alles änderte, der Unterschied zwischen ihren jetzigen Lebensumständen und dem, was nun möglich wurde, war zu groß. Johnston war nicht so dumm, dass er allzu große Überweisungen auf sein Bankkonto zuließ, doch fanden in den folgenden Monaten große Summen auf verschlungenen Pfaden ihren Weg zu ihm. Er gab Rita genug, um sich in Brighton ein Restaurant zu kaufen, das bald florierte. Sie hätte heiraten können, tat das jedoch nicht. Manchmal kam Johnston sie besuchen, Treffen, die für sie beide herrlich waren, denn nur sie beide wussten, wie knapp sie einem Leben im Gefängnis und in der Kriminalität entkommen waren.

Johnston hatte im Fernsehen gesehen, dass es leicht war, von verarmten (und sicher zynischen?) Adligen die Titel und Landrechte zu kaufen, für einen Betrag, der ihm jetzt lächerlich erschien. Er tat dies und wurde Gutsbesitzer, war jedoch bald schon wieder unruhig und merkte, dass er einen Fehler gemacht hatte. Es machte ihm keinen Spaß, nichts zu tun. So wurde er Eigentümer einer sehr teuren Mietwagenfirma, die die Reichen und Berühmten herumkutschierte, vor allem in London, und er beschäftigte die Art von Leuten, die er früher für weit über ihm stehend gehalten hatte. Er freute sich am Leben, liebte seine Rolls Royce und Mercedes und kultivierte Seriosität. Die Kinder, die er nach und nach bekam, gingen auf gute Privatschulen. Und so könnte man sagen, dass dieser Teil unserer Geschichte ein glückliches Ende fand.

Am Morgen des großen Spieles wurde Ben von Rita mit einem maßgeschneiderten Hemd und einem teuren Jacket angekleidet – Johnston überwachte das Ganze. Rita weinte, als Johnston Ben in eines seiner

Taxis steckte und dem Fahrer genau erklärte, was er zu tun hatte. Das Letzte, was Ben sagte, war: »Wann komme ich denn nach Hause zurück?« »Das werden wir schon noch sehen«, antwortete Johnston, und Rita wandte sich ab, damit Ben nicht ihr schuldbewusstes Gesicht sehen konnte.

Er ließ zu, dass man ihn zum Flughafen fuhr, obwohl ihm dabei schlecht wurde. Der Fahrer parkte im Kurzpark-Bereich und holte einen Gepäckwagen für die Koffer, einen schwarzen, einen roten und einen blauen. Er brachte Ben zum BusinessClass-Schalter, gab Bens Pass ab, erhielt ihn mit der Einsteigkarte zurück und versetzte Ben einen Rippenstoß, als der gefragt wurde, ob er verbotene Gegenstände mitführe und ob er seine Koffer selbst gepackt habe. Rita hatte ihm wieder und wieder eingeschärft, dass er ja sagen musste, er habe sie selbst gepackt. Nach kurzem Zögern erinnerte er sich auch daran. Die junge Schalterangestellte hatte im Pass »Filmschauspieler« gesehen und musterte Ben aufmerksam, während sie ihm die Einzelheiten mit seinem Gepäck und seiner Einsteigkarte erklärte. Dieses Mustern machte Ben nichts aus, daran war er ja gewöhnt. Der Fahrer, ein Nigerianer, der einen guten Zuschlag für den Job bekam, ging mit Ben zur Schnellabfertigung, gab ihm seinen Handkoffer, den blauen, seinen Pass und seine Einsteigkarte und sagte: »Geh da durch.« Als Ben zögerte, gab er ihm einen kleinen Stoß und trat dann zurück, um zu warten, bis er weg war, damit er Bericht erstatten konnte.

Ben war jetzt ganz allein, und er war zu Tode erschrocken, in seinem Kopf wirbelten seine Gedanken nur so durcheinander. Er hielt seine Einsteigkarte dem Beamten hin, der einen Blick darauf warf und ihn dann so lange anstarrte, bis der nächste Fluggast seine Aufmerksamkeit erheischte. Nun kam ein schwieriges Stück. Wieder und wieder hatten ihm Rita und Johnston erklärt, was er tun müsse. Vor ihm würde ein schwarzer Kasten auftauchen, mit einer Öffnung, vor der etwas baumelte. Er musste darauf zugehen und seinen Koffer auf die Theke davor legen. Der Koffer würde in der Öffnung verschwinden, und er musste nach dem Metallbogen in der Nähe Ausschau halten, durch ihn hindurchgehen, wenn man es ihm sagte, und dann würde ihn ein Mann durchsuchen, seine Taschen abtasten und dann seine Schenkel hinunter. Ben hatte gefragt: »Weshalb?«, und sie hatten geantwortet: »Nur um sicherzugehen, dass mit dir alles in Ordnung ist.« Das Wort »Waffen« hätte ihn nur erschreckt. Dies war der Teil, vor dem Rita am meisten Angst hatte, denn sie wusste, wie unvorhersehbar Ben darauf reagierte, angefasst zu werden.
Ben sah die Maschine vor sich. Sie schien ihm Angst einflößend, und er wollte wegrennen. Dabei wusste er doch, dass er weitergehen musste. Es war niemand da, der ihm helfen konnte. So stand er hilflos mit seinem Koffer herum, bis ein Mann hinter ihm sagte: »Stellen Sie's da drauf – sehen Sie, so.« Und als Ben sich nicht rührte, nahm er den Koffer und schob ihn in die Ma-

schine. Dieser unbekannte Helfer ging vor ihm durch den Bogen, weil Ben zögerte, und so sah Ben, was er tun musste.
Unterdessen ging sein Handkoffer durch das Durchleuchtungsgerät. Unter der oberen Lage Kleider, zwischen den in Papier eingehüllten Päckchen des schrecklichen weißen Pulvers, waren hier und da Toilettenartikel untergebracht, eine Schere, eine Nagelfeile, ein Rasiermesser – alle möglichen Metallgegenstände, die auf dem Schirm sichtbar wären. Doch dies war der entscheidende Augenblick, wo das Pech seine Hand auf Ben und – außer Ben erinnerte sich, wenn er verhört würde, daran, dass er niemals Ritas oder Johnston Namen nennen dürfte – auch auf sie legen konnte.
Während die junge Beamtin am Gerät ihre Arbeit machte und ganz versunken in ihre Aufgabe war, berührte der Beamte, dessen Arbeit die Körperkontrolle war, Ben kaum. Er starrte nur auf diese Schultern, die breite Brust und dachte: ›Du lieber Gott! Was ist *das* denn?!‹ Ben grinste. Es war ein Angstgrinsen, doch der Beamte sah das Lächeln einer Berühmtheit, die daran gewöhnt ist, dass man sie erkennt – er sah eine Menge Berühmtheiten. Hätte er seine Hände auf Ben gelegt, dann wäre ihm aufgefallen, dass er zitterte und kalten Schweiß schwitzte – doch er winkte Ben durch. Jetzt musste sich Ben daran erinnern, seinen Koffer aus dem anderen Ende der Maschine zu holen. Er wusste nicht, dass dies der Augenblick der größten Gefahr war: Die Beschreibungen dessen, was er tun musste, waren ihm

nicht unter dem Gesichtspunkt von Gefahr gegeben worden. Doch das Glück blieb auf seiner Seite: »Ist dies Ihr Koffer, mein Herr?«, wurde nicht er gefragt, sondern der Mann hinter ihm. Ben stand da und grinste, und dann, als er endlich begriff, dass der Koffer, der dort neben ihm auf dem Band hin und her hopste, seiner war, fielen ihm wieder seine Anweisungen ein, er griff danach und ging weiter in Richtung auf … Er befand sich in einem Zustand der Benommenheit, fühlte sich wie geblendet, krank und kalt. Dieser große Raum mit seinen Lichtern, seinen Menschenmassen, den Läden, den Farben, so viel Bewegung und Lärm – es hätte ihn auf jeden Fall verängstigt, doch er wusste, er musste sich erinnern, sich erinnern … Er war kurz davor, leise vor Hilflosigkeit zu wimmern, doch dann sah er, dass direkt vor ihm ein Mann hinter einem Schalter winkte und er seinen Pass zeigen sollte. Er hielt ihn in der Hand. Wie war er dorthin gekommen? Er konnte sich nicht erinnern … Doch der Beamte warf nur einen knappen Blick darauf und wieder zurück zu Ben. Dabei dachte er, wenn der ein Filmstar ist, dann habe ich ihn noch nie in irgendetwas gesehen.
Jetzt stand Ben ein ganzes Stück hinter der Linie mit den Schaltern der Passkontrolle und wusste nicht, was er als Nächstes tun sollte. Man hatte ihm gesagt, dass dort jemand stehen und auf ihn warten würde, Johnstons Freund, und tatsächlich, da kam er schon, ein junger Mann lief auf ihn zu, die angstvollen Augen auf Ben gerichtet.

Hier an dieser Stelle geschah etwas, mit dem nicht gerechnet worden war. Johnston hätte, wenn er Zeuge von allem gewesen wäre, gesagt: »Das war's! Ich hab's geschafft!« Nach einer echten Pechsträhne wäre er jetzt bald der Eigentümer von mehreren Millionen Pfund Sterling.

Der junge Mann, Bens Beschützer, zitterte – im wahrsten Sinne des Wortes – vor Erleichterung. Er blieb direkt vor Ben stehen, versuchte zu lächeln und sagte hastig: »Ich bin Johnstons Kumpel. Ich heiße Richard.«

Ben antwortete: »Mir ist kalt. Ich will meinen Pullover haben.« Er stellte den Handkoffer ab und versuchte den Reißverschluss zu öffnen, wobei er zunächst nicht bemerkte, dass der ein winziges Vorhängeschloss besaß. Er sagte: »Wo ist der Schlüssel? Warum ist er abgeschlossen?«

Richard Gaston (aber er hatte schon viele Namen in seinem Leben gehabt) war am Tag zuvor mit der Fähre aus Calais gekommen und hatte stundenlang von Johnston Anweisungen für die Ereignisse dieses Tages erhalten, und für später in Nizza. Er war mit der U-Bahn nach Heathrow hinaus gefahren, hatte etwas abseits gestanden und die Szene mit dem Taxifahrer und Bens Check-in beobachtet, war an einem anderen Schalter mit den Economy-Passagieren durch die Passkontrolle und Zollabfertigung gegangen und hatte dann darauf gewartet, dass Ben wieder auftauchte, wobei er die ganze Zeit daran dachte, was für ein toller Kerl er doch war, und was für ein Held Johnston mit all seiner Schlauheit.

Genau wie Rita hatte er eine Menge Zweifel über dies alles gehabt, doch siehe da, es hatte geklappt.
Und hier stand Ben nun, beugte sich nieder, zog am Reißverschluss und riss am Schloss herum. Es war offensichtlich, dass seine Hände den Koffer auseinander nehmen konnten, wenn Ben beschloss, ihn auf diese Weise zu öffnen. Richard stellte sich vor, dass jene Päckchen überall in die Gegend verstreut würden, die Sicherheitsleute angelaufen kämen ...
»Mir ist kalt«, sagte Ben wieder.
Es war ein warmer Nachmittag, und Ben trug schon eine Weste über seinem Hemd – ein sehr elegantes Hemd, wie Richard bemerkte.
»Dir kann doch gar nicht kalt sein«, lautete Richards unüberlegter Befehl an Ben. »Und jetzt komm schon. Wir haben nicht mehr viel Zeit. Die Passagiere steigen schon ein. Mach jetzt keine Schwierigkeiten.«
Diese Worte hatten eine Wirkung, die Richard zurück und ein Stück weit weg von Ben springen ließ, der ihn anscheinend bei den Armen packen wollte und ihn dann ... Ben kochte vor Wut.
»Ich will meinen Pullover haben!«, schrie Ben. »Ich muss meinen Pullover haben!«
Richard war erschrocken, doch nicht allzu geschockt. Er hatte gehört, dass Ben ein bisschen seltsam war ... dass er Launen hatte ... dass man ihn bei Laune halten musste ... dass er ein bisschen einfach gestrickt war. »Aber er bekommt alles mit, also behandle ihn nicht wie einen Idioten.«

Diese Beschreibungen, die ihm Johnston über die stundenlangen Diskussionen verteilt von Ben gegeben hatte, schienen Richard längst nicht auszureichen. Johnston würde dies eine »Laune« nennen, oder? Richard warf nervöse Blicke um sich. Beobachtete sie irgendjemand? Na, bald wäre es so weit, wenn Ben weiter brüllte.

Wenn der Reißverschluss nachgab, wenn das kleine Schloss aufsprang …

Richard sagte keuchend: »Hör zu, Ben, hör zu, Kumpel. Wir verpassen noch das Flugzeug. Im Flugzeug geht's dir schon besser. Da bekommst du eine Decke.«

Ben richtete sich auf und ließ den Koffer fallen. Richard konnte es nicht wissen, doch war es das Wort »Decke« gewesen, das Ben erreicht hatte. Die alte Frau hatte immer gesagt: »Nimm diese Decke, Ben, und wickel dich darin ein. Die Heizung ist ein bisschen niedrig heute abend.«

Richard sah, dass sich die Situation geändert hatte: Ben spie nicht mehr reine Mordlust. Nun fügte er noch ahnungslos zu seinem Vorteil hinzu: »Johnston fände es sicher nicht gut, wenn du jetzt alles verdirbst. Du hast es bisher doch so gut gemacht, Ben. Du bist Klasse. Du bist wirklich ein kleines Wunder, Ben.«

Diesmal war es das Wort *gut*.

Ben hob den Handkoffer auf und ging mit Richard über die Gänge, die Laufbänder, zu den richtigen Orten. Es war alles bestens geplant worden: Sie würden mitten in der Menge der einsteigenden Passagiere stehen. Am

Schalter fand Ben seinen Pass und die Einsteigkarte in seiner Hand, wo hinein sie sein neuer Freund gelegt hatte, der sie ihm anscheinend weggenommen hatte, als sie miteinander stritten – Ben hatte sie einfach fallen lassen, als er mit dem Reißverschluss und dem Vorhängeschloss kämpfte –, und dann gingen sie weiter, den Gang entlang und hinunter und links und weiter hinab, und dann kamen sie an eine Tür, neben der eine lächelnde Frau stand, die die beiden in die Business-Class bugsierte. Ben stand hilflos im Gang, und Richard nahm ihm den Koffer ab und verstaute ihn oben im Gepäckfach, wobei er sich so fühlte, als hantiere er mit einer Schlange. Er hatte zu Johnston gesagt, dass er unter keinen Umständen diesen Koffer anfassen werde, damit er bei einem eventuellen Verhör sagen konnte, er wisse überhaupt nichts davon, doch jetzt merkte er, wie dumm das gewesen war. Ben saß in seinem Sitz, der Sicherheitsgurt war vor ihm geschlossen, und Richard wollte schon um eine Decke bitten und dann Ben den Start erklären, den Flug – dass die Wolken unter ihnen sein würden und dass … aber Ben war einfach eingeschlafen.

Welch' prima Sache, dachte Richard, was für eine Erleichterung.

Ben schlief, bis sie landeten und die Leute ausstiegen. Er war benommen, und es schien, dass er kaum noch wusste, wer Richard war. Er vergaß den kostbaren Koffer, als es Zeit wurde, aufzustehen und ihn herunterzuholen. Richard kümmerte sich für ihn darum und trug den Koffer bis ans Gepäckband. Fast sofort tauchte der große schwarze Koffer auf – der gefährliche –, und dann der rote, mit Bens Sachen darin.

»Wann steigen wir endlich ins Flugzeug?«, fragte Ben. Richard antwortete nicht: Vor ihnen lag die letzte Hürde, die Zollabfertigung, doch man beachtete sie gar nicht. In wenigen Augenblicken waren die beiden draußen im Sonnenschein, und dann mit den Koffern in einem Taxi. Richard lehnte sich in seinem Sitz zurück und schloss die Augen, er zitterte immer noch vor lauter Angst. Er wusste nur zu gut, es war das reine Glück, dass sie durchgekommen waren, obwohl er auch bewundernd an Johnston dachte. Er brauchte dringend Schlaf: Er begriff jetzt, dass Ben im Flugzeug einfach aus Stress eingeschlafen war. Während der Autofahrt schwieg Ben. Zum einen taten ihm die Augen weh, wegen des Glitzerns der Sonne auf dem Meer – anfangs begriff er dieses riesige Stück scheinendes Blau überhaupt nicht, dass mit dem Meer zu Hause so gar nichts zu tun hatte. Und ihm war schlecht: Er hasste Autos, hatte sie immer gehasst. Dann standen sie auf einem Bürgersteig, überall waren Leute, und Richard führte Ben zu einem Tisch, setzte sich und schob auch Ben einen Stuhl hin. Ben setzte sich so vorsichtig, als sei dies vielleicht eine Falle und der Stuhl könne sich um ihn schließen wie beißende Kiefer. Es war heller Nachmittag. Sie saßen unter einem kleinen Sonnenschirm, doch der kleine Fleck Schatten half Bens schmerzenden Augen wenig. Er saß da und hielt sie halb geschlossen. Der Kellner kam: Kaffee für Richard, doch Ben wollte Orangensaft, er hasste Kaffee. Kuchen wurde gebracht, doch Ben mochte Kuchen noch nie gern, also aß Richard ihn allein. Und da saßen sie nun, sprachen kaum, und Ben versuchte, durch seine halb geschlossenen Augen so viel wie möglich in sich aufzunehmen von dem strahlenden Schein der Szene um ihn. Es war eine geschäftige Straße und ein geschäftiges Café, und niemand beachtete sie dort. Dann tauchte plötzlich ein Mann an ihrem Tisch auf, und Richard sagte zu ihm: »Der Schwarze und der Rote.« Ben sah zu, wie diese Person, eine Erscheinung, die aus blendendem Licht und Lärm entstanden war, mit den beiden Koffern in Richtung auf ein Taxi verschwand. Nur Ben und Richard beobachteten sie dabei. Niemand sonst von den Menschen, die auf dem Gehsteig schlenderten oder an den Tischen des Cafés saßen oder im Auto vorbeifuhren warf auch nur einen Blick auf die beiden Koffer, einer sehr breit, der andere von normaler Größe, deren Inhalt bald den Strömen von Gift hinzugefügt werden würde, die in der ganzen Welt zirkulierten. Ben war verwirrt. Er hatte gemeint, der blaue, der, den er durch die Maschinen und an den Beamten vorbeigebracht hatte, sei sein eigener, doch schien es nicht so zu sein. Dieser rote hier war seiner. Und noch etwas gab es, dass er erst jetzt langsam zu begreifen begann: Rings um ihn her sprachen die Menschen laut miteinander, doch er verstand kein Wort von dem, was sie sagten. Rita hatte ihm gesagt, dass alle Welt Französisch sprechen würde, doch keine Sorge, Johnstons Freund war Engländer und würde Englisch sprechen und sich um ihn kümmern – aber ihm war nicht bewusst gewesen, dass er in diesem fremden Land an einem Tisch sitzen und nichts, absolut gar nichts verstehen würde von dem, was um ihn her vorging. Und jener Mann, der mit den Koffern verschwunden war, hatte Richard verstanden, als der Englisch mit ihm redete, hatte jedoch zu dem Taxifahrer auf Französisch gesprochen. Die Erschöpfung machte Ben wieder ganz benommen.

»So, das wär das«, meinte Richard, und er musste das sagen, um klarzumachen oder deutlich auszusprechen, dass die Tat getan war, doch er wusste ganz genau, dass Ben keine Ahnung hatte, was eigentlich geschehen war.

»Jetzt bring ich dich ins Hotel«, sagte er zu Ben.

Über die Hotelwahl war viel diskutiert worden. Rita hatte zu einem billigen geraten, wo die Leute freundlich sind – womit sie sich selbst meinte. Johnston sagte: »Nein, ein gutes Hotel. Dort wird Englisch gesprochen. In einem billigen Hotel spricht man nur Französisch.«

»Er weiß doch gar nicht, wie er sich in einem guten Hotel benehmen soll«, meinte Rita, doch sie irrte sich. Es lief alles glänzend. Ben musste nur an der Rezeption seinen Namen schreiben, während ihn die Leute anlächelten, weil er ein Filmstar war, und dann wurde er, von Lächeln gefolgt, von Richard zum Fahrstuhl begleitet. Dort zögerte er ein wenig wegen seiner Angst vor Fahrstühlen, doch Richard schob ihn hinein, und es waren ja auch nur zwei Stockwerke, nicht mehr als ein Augenblick. In seinem Zimmer ging es ihm sofort besser, denn es erinnerte ihn an seine Kindheit, sein Zuhause. So sehr erschien ihm dies so, dass er nach den Fenstern sah, ob da etwa Gitter vor ihnen waren. Dann trat er heran, um hinauszusehen: viel tiefer als die Fenster von Mrs Biggs' Wohnung im Mimosa House in der Halley Street. Er ging im Zimmer umher, das Grinsen war aus seinem Gesicht gewichen, und Richard, der es sich in einem Sessel bequem gemacht hatte und ihn beobachtete, wusste, dass alles einfach sein würde. Er brauchte Ben nur noch das Bad zu zeigen und wie die Dusche funktionierte, und die Klimaanlage. Dann sagte er, er müsse gehen, doch er würde bald zurückkehren, um Ben zum Abendessen mitzunehmen.

Als er ging, saß Ben auf einem Stuhl und sah durch die offenen Fenster in den blauen, heißen Himmel hinaus.

Er rief Johnston an, sagte jedoch nur: »Alles okay – ja, alles in Ordnung.«

Johnston hörte dies und lief sofort die Treppe zu Ritas Zimmer empor, um es ihr zu erzählen, und er verlor sich in Phantastereien darüber, dass er das alles noch einmal machen würde: Er wollte Ben zurückbringen und den Triumph wiederholen. Doch Rita brachte ihn auf den Boden zurück. »Hör auf, Johnston. Diesmal bist du noch davongekommen.«

Als Richard zurückkehrte, stand Ben planschend und lärmend unter der Dusche, anscheinend ganz zufrieden, doch das Erste, was er sagte, als er herauskam, um sich abzutrocknen und sich anzuziehen, war: »Wann kann ich nach Haus zurück?«
Richard nahm ihn in ein feines Restaurant mit, vor allem, weil er selbst endlich einmal gut essen wollte: das hatte er lange nicht getan. Doch hätte er genauso gut in einen McDonald's gehen können. Ben wollte nur Saft trinken, sagte, er habe Hunger und aß ein großes Steak, wobei er die Pommes Frites und den Salat stehen ließ, und verlangte dann noch ein zweites. Anschließend nahm ihn Richard auf einen Spaziergang über die Strandpromenade mit, um das Meer zu sehen, und dann wieder in ein Café, und dann in eine Abendshow mit Tanz und Gesang. Richard wurde nicht schlau daraus, was Ben über all dies dachte: Er war mit allem einverstanden, doch nur wenn er aß, schien er echte Freude zu zeigen.
Im Hotel zählte Richard Ben etwas Geld in die Hand und sagte: »Du wirst es nicht brauchen, aber für alle Fälle. Und morgen bin ich ganz früh wieder da.« Seine Anweisungen lauteten, dafür zu sorgen, dass Ben sich selbst um einfache, alltägliche Dinge kümmern konnte. Dann nahm er das dicke Geldpaket zum Hotelsafe hinunter und ließ es einschließen, unter Bens Namen, denn so achtlos, wie er Ben erlebt hatte, wusste er, dass ihm das Geld sofort gestohlen würde, wenn er es ihn mit sich herumtragen ließe.

Richards Unterhaltungsprogramm für Ben war eigentlich für ihn selbst arrangiert. Deshalb mietete er auch ein Auto, um Ben auf eine Fahrt durch die Orte in den Hügeln hinter Nizza mitzunehmen. Doch Ben wurde schlecht, und wenn sie zu einem netten, kleinen Platz oder Restaurant kamen, dann wollte er nicht draußen sitzen; er sah sich immerzu nach Schatten um und hielt selbst dann noch die meiste Zeit über seine Augen geschlossen. Es war klar, dass er eine Sonnenbrille brauchte, und deshalb probierte er, als sie wieder in Nizza waren, verschiedene an, doch keine schien recht zu passen. Richard brachte ihn zu einem richtigen Augenarzt, der beunruhigt zu sein schien, als er Bens Augen untersuchte, sogar ungläubig, und eine ganze Reihe Fragen stellte. Er sagte, es wäre schwierig, Ben eine richtige Brille für seine Augen zu verschreiben, die er als »ungewöhnlich« bezeichnete, doch schließlich entschied Ben sich für ein Gestell. Jetzt, mit der Brille auf der Nase, zog er sogar noch mehr Blicke auf sich, er war unruhig und fühlte sich unwohl und sagte immer wieder: »Irgendwo anders hin. Nicht hier. Hier gefällt's mir nicht.«

Dann, als sie auf ihr Spiegelbild in einem Schaufenster zuliefen, hielt er an, beugte sich vor und starrte sich selbst an. »Keine Augen«, sagte er erklärend. »Keine Augen mehr. Meine Augen sind weg.« Und er geriet in Panik und riss sich die Brille herunter. »Aber Ben, sieh doch, dann habe ich ja auch keine Augen.« Und Richard nahm sich die Sonnenbrille ab, zeigte Ben seine Augen und setzte die Brille wieder auf. Ben setzte die seine ebenfalls wieder auf, stand aber da und starrte sich an. Was er sah, war sehr verschieden von allem, was er in London hätte sehen können: dieses elegante Leinenjackett, seine Haare und jetzt seine geschwärzten Augen.

Richard gab seine Pläne auf, Ausflüge in das Hinterland dieser gleißenden Küste zu unternehmen, und bemühte sich, etwas zu finden, was auch Ben Spaß machte. Was war es aber, das ihm gefiel? Er schien seine Freude daran zu haben, spazieren zu gehen oder in den Cafés zu sitzen, wo die Leute faul herumsaßen und miteinander plauderten. Es war genau dieser lockere Umgang miteinander, die Sorglosigkeit des Ganzen, die Ben anzog, doch Richard wusste das nicht. Er konnte alles nur mit seiner eigenen Vergangenheit vergleichen und fragte sich, ob Ben Angst habe, und dachte, dass sie verfolgt würden. Ben gefiel es sehr gut, am Strand entlangzugehen und zu sehen, wie die Schiffe auftauchten und da waren, und dann waren sie nicht mehr da, weil sie wieder davonfuhren. Er fragte Richard: »Wohin fahren sie?« »Wer?« »Die Schiffe?«

»Oh, überall hin. In die ganze Welt, Ben.«

Und er sah Bens verständnisloses Gesicht.

Auch die Mahlzeiten gefielen ihm, seine Steaks und sein Obst – das war alles, was er aß, Steaks und Obst. Er wusste, wie er an einem Cafétisch sitzen musste, und er kam gut im Hotel klar, schickte seine Kleider selbst in die Wäscherei und ging zum Hotelfriseur, wo man ihn rasierte und ihm sein Haar stutzte. Einmal nahm ihn Richard abends in eine Nacktshow mit, doch vergaß er sich so sehr und stieß Schreie und erregte Rufe aus, dass Richard ihn zum Schweigen bringen musste. Am nächsten Abend wollte er wieder hingehen und versprach, still zu sitzen, doch als die Mädchen auftraten, deren Nacktheit nur mit ein paar Federn oder Glitzerzeug bedeckt war, vergaß er es wieder und musste auf seinem Stuhl niedergehalten werden. Richard hatte richtig Angst, dass Ben auf die Bühne rennen und irgendein Mädchen fortschleifen würde.

Was war Ben? Er schlief in seinem Bett, wie alle anderen auch, er gebrauchte Messer und Gabel, er hielt seine Kleider sauber, er mochte es, wenn sein Bart ordentlich gestutzt und sein Haar geschnitten war, und doch war er nicht wie die anderen.

In dieser Woche hatten sich die Einwohner dieser alten Hafenstadt, die alle an Kriminelle und Abenteurer bestens gewöhnt waren, ihre Meinung über Richard gebildet; er gehörte wahrscheinlich zur Mafia, dieser junge Mann – allerdings nicht so jung, wie er auszusehen versuchte –, der auf eine unverschämte Weise gut aussah, eine Art, die immer eine leichte Drohung beinhaltete, so sehr er auch lächeln mochte. Ben jedoch konnten sie nicht einordnen. Die Leute suchten Vorwände, um ins Gespräch zu kommen. »Wer ist das?« Manche sagten: »*Was* ist das?« Alles, was sie aus Richard, der immer stolzer auf seine Fähigkeit wurde,

sie abzuwimmeln, herausbekommen konnten, war: »Er ist ein Filmstar.« Und dann, als dies so gut zu funktionieren schien: »Er ist berühmt. Das ist Ben Lovatt.«
Nach einer Woche rief Richard Johnston an und erzählte ihm, Ben könne allein nicht klarkommen. Er brauche noch eine Woche Überwachung. Johnston wusste noch nicht, wie phantastisch sein Plan funktionierte. Eine erste Geldüberweisung war gut angekommen, doch er musste mit der nächsten etwas warten, um keinen Verdacht zu erregen. Er hatte keine Lust, Richard eine weitere Woche lang zu bezahlen, er dachte, sein Komplize habe schon mehr als genug versprochen bekommen, eine Viertelmillion Pfund, was Johnston schon sehr bald nicht mehr allzu viel erscheinen sollte. Richard hatte ins Feld geführt, wenn er von der Polizei geschnappt worden wäre, während er mit Ben durch den französischen Zoll ging, dann hätte er die Sorte Ärger bekommen, die ihn jahrelang hinter Gitter gebracht hätte. Johnston meinte jetzt zu ihm, man habe ihn ja nicht verhaftet, es sei doch alles glatt gegangen. »Nein, hat man nicht«, meinte Richard, »aber man hätte es können.« Er verlangte noch eine Viertelmillion. »Ohne mich hätte es nicht geklappt.« »Ja, aber ich habe kein Problem, Leute zu bekommen, die die Dreckarbeit für mich übernehmen«, antwortete Johnston, entschlossen, Richard nicht nachzugeben, der wahrscheinlich eine Erpressungsstrategie anfing.
Dieses Gespräch konnte so nicht weitergehen: durchs Telefon, zwar nicht vom Kiosk aus, sondern im Büro

des Freundes eines Freundes, doch auch bis hier konnte es zurückverfolgt werden.
»Was soll denn die eine Woche mehr bringen?«, fragte Johnston.
»Es kommt einfach darauf an, ob du willst, daß man ihn aufs Kreuz legt, oder nicht«, gab Richard zurück. »Er tut alles, was ich ihm sage, dann wird er es bei jedem anderen auch machen, oder?«
Der Verkehr rauschte und lärmte um Richard herum: Er schrie in den Hörer hinein. In der Stille eines Zimmers in einer abgelegenen Straße von Brixton verlor Johnston die Geduld und schrie Anweisungen, von denen die wichtigste war, dass Ben, wenn er darauf bestand zurückzukehren, nicht wissen durfte, wo er ihn, Johnston, oder Rita finden konnte. Dann erklärte er sich bereit, eine weitere Woche zu bezahlen.
Richard berichtete Ben, dass sie noch eine Woche Urlaub machen würden.
»Und dann fahren wir heim?« fragte Ben.
»Warum willst du denn unbedingt dahin zurück? Weshalb willst du dies alles aufgeben?«
Für Richard war diese Küste der Inbegriff des Wohlergehens geworden. Er stammte aus einer nordenglischen Stadt und einem hässlichen Elternhaus: Man konnte sagen, dass er als Krimineller geboren war. Wie Johnston war er im Heim gewesen und dann im Gefängnis. Johnston kennen zu lernen, war das größte Glück, das ihm je passiert war. Er verehrte Johnston, war begierig, alles für ihn zu tun. Er war von Johnston

an diese Küste geschickt worden, wegen nicht allzu zartfühlender Verhandlungen darüber, wie man ein Auto, einen Mercedes, ohne Papiere nach Frankreich hinein bekam, war erfolgreich gewesen und geblieben. Das Leben, vor allem das zwanglose Kommen und Gehen in den Cafés und Restaurants, der Sonnenschein, der Himmel am Meer, all das badete ihn in Versprechen von Glückseligkeit. Er hatte ärmlich gelebt, war kaum in der Lage gewesen, vernünftig zu essen, aber es hatte sich gelohnt, dafür, hier leben zu können. Und jetzt sollte dieser kleine Gauner dank Johnston eine Viertelmillion Pfund bekommen und dachte daran, ein kleines Haus zu kaufen, oder ein Apartment, irgendetwas, wenn er nur hier bleiben konnte, am Rande dieses Meeres, wo das Licht war.

Und hier war Ben, der immer im Schatten sitzen musste und nichts weiter wollte, als nach London zurückkehren – doch Richard hatte keine Ahnung, wie sehr er das wollte.

Während jener zweiten Woche, als Richard ihn einmal abends allein im Hotel zurückgelassen hatte, ging er allein los und lief durch die Straßen, stieg die Stufen empor, immer weiter, immer höher in die Stadt hinein, bis er angehalten wurde, weil dort, in einem Hauseingang, ein Mädchen stand und ihn anlächelte.

Sie dachte sich, dass er Engländer sein müsse, gebrauchte die wenigen englischen Worte, die sie wusste, um den Preis zu bestimmen, und wandte sich dann um und ging in ihr Zimmer hinein. Ben hatte in seinen

Taschen nicht das, was sie verlangte. Er meinte, sie wäre genau wie Rita und würde gut zu ihm sein. Im Zimmer musterte dieses Mädchen Ben: Sie war Rita ähnlich genug, um seine breiten Schultern zu bewundern, die Kraft, die in ihm steckte: Sie wandte sich ab, um ihren Rock auszuziehen und spürte seine Hände auf ihren Schultern, und dass sie nach vorn gebeugt wurde, und die Zähne in ihrem Nacken. Sie kämpfte sich frei und schrie, er sei ein *cochon*, ein Schwein, ein Tier, ein *bête*, stieß ihn zur Tür und ins Freie hinaus und sagte ihm auf Französisch, er solle bloß nie wieder in ihre Nähe kommen.

Ben ging weg, die Straße hinunter zurück zu seinem Hotel und dachte, er müsse jemanden finden wie Rita, ein liebevolles Weibchen: Er sehnte sich nach der Freundlichkeit von Frauen.

Richard sagte ihm, sie hätten nur noch drei Tage vor sich, dann müsse Ben für sich allein sorgen. Er sagte ihm das nicht gern: Er wollte Ben nicht im Stich lassen, und nicht nur, weil es das Ende gut bezahlter Ferien bedeutete. Er hatte ihn in sein Herz geschlossen, diesen – was immer er war. Er wusste, dass Ben bald in Schwierigkeiten geraten würde: Er hatte keine Ahnung, was für ihn gefährlich war und was nicht.

Jetzt meinte Ben, dass er nach London zurückreisen würde. Er hatte sich überlegt, wenn er einen Pass besaß und ein bisschen Geld, dann bräuchte er nur den Mädchen an der Rezeption zu sagen, sie sollten ihm

einen Flug buchen: Er hatte gesehen, dass andere Hotelgäste das so machten.
Er wollte Johnston sehen. Er hatte Johnston einen Gefallen getan. »Wenn du das für mich tust, Ben, dann tust du mir echt einen Gefallen. Und ich werde dir echt dankbar sein.« Diese Worte hatten die gleiche Wirkung auf Ben gehabt wie diejenigen der alten Dame: »Du bist ein guter Junge, Ben.«
Ben hatte ein herzliches Gefühl gegenüber Johnston, stellte sich schon vor, wie er willkommen geheißen würde – doch jetzt hörte er, wie Richard sagte: »Ben, begreifst du denn nicht, Johnston ist nicht mehr da.«
»Weshalb nicht? Wo ist er denn?«
»Er ist weggegangen. Er arbeitet nicht mehr mit den Taxis.«
Das sollte bald Wahrheit werden, auch wenn es in diesem Augenblick noch nicht so war. Johnston hatte gesagt: »Ich will ihn hier nicht mehr sehen. Ich bin ohnehin nicht mehr lange hier. Und Rita ist schon fort. Sag ihm das. Sag ihm, dass Rita fort ist.«
Richard erzählte es Ben und sah, dass er unglücklich war, oder zumindest unsicher wurde.
Eine große Furcht ergriff Ben, ein kalter Schmerz. Er hatte einen Ort gehabt, wo er Schutz suchen konnte, eine wirkliche Freundin – Rita. Sie war fort.
Dann fiel ihm die alte Frau ein. Er konnte zu ihr zurückkehren. Er hatte jetzt etwas Geld, und wäre deshalb willkommen, könnte ihr sogar Geld geben, um Essen zu kaufen.

Er sagte Richard, er würde zu einer anderen Freundin gehen, Mrs Biggs. Und er fand in seinem Portemonnaie das Stück Papier, das sie ihm gegeben hatte. »Sieh mal«, meinte er. »Dort wohnt sie.«
»Wenn du eine Telefonnummer hättest, dann könntest du sie anrufen.«
»Sie hat Telefon«, antwortete Ben. »Jeder hat ein Telefon.«
Richard dachte angestrengt nach. Wenn Ben nach London zu dieser Mrs Biggs zurückging, dann würde ihn das von Johnston fernhalten. Er sagte Ben, er solle bleiben, wo er war – wie immer an einem Kaffehaustisch –, und zog los, um bei der Telefonauskunft anzurufen. Weil er Frankreich liebte, oder besser gesagt, diese Küste, hatte er leicht ein paar praktische Sätze Französisch gelernt, aber es kostete ihn dennoch einige Mühe, das französische Mädchen in der Auskunft davon zu überzeugen, dass es tatsächlich eine Mrs Biggs unter dieser Adesse gab, und dass sie ein Telefon besaß. Endlich sprach er mit der englischen Auskunft und erfuhr, dass es keine Mrs Biggs unter dieser Adresse mit einem Telefonanschluss gab. Dann bat er darum, mit 11, Mimosa House verbunden zu werden, und bekam dort eine Frau an den Apparat, die ihm sagte, dass Mrs Biggs nicht mehr dort wohnte. Sie sei im Krankenhaus gestorben.
Richard erzählte Ben, dass Mrs Biggs tot war, und Ben saß da, unbewegt, still, starrend. *Er ist traurig*, das wusste Richard, und er versuchte, ihn auf andere Ge-

danken zu bringen, schlug vor, sie sollten Mittag essen gehen und dann einen Spaziergang am Meer machen. Richard wusste nicht, dass Ben so unglücklich war, dass er nicht reden wollte, keine Lust hatte, zu essen, nur dort sitzen konnte, ohne sich zu bewegen, es war eine Trauer, die er nicht mehr loswerden sollte.
Er war dabei zu begreifen, dass es in London, in seinem ganzen eigenen Land niemanden mehr gab, der lächeln würde, wenn er ihn sah. Er dachte an Mrs Biggs Zimmer, wo er glücklich gewesen war, als er sich um sie kümmerte, an Rita, die freundlich zu ihm war, und dann an sein eigenes Zuhause, doch sobald er sich seine Mutter vorstellte, sah er auch die Szene vor sich, wie sie auf der Parkbank saß und mit der Hand darauf klopfte, damit Paul sich neben sie setzte. Paul, das Bild dieses verhassten Bruders, stieg in ihm auf, erfüllte seinen Kopf und brachte Mordgedanken mit sich.
Er konnte es nicht ertragen, an seine Mutter zu denken.
Später stand er doch von seinem Stuhl auf, als Richard meinte, dass er es solle, und ging auch mit ihm über die Promenade, aber er sah nichts, wusste nur, dass sein Herz ganz furchtbar schmerzte und er sich so schwer fühlte, dass er sich am liebsten einfach dort auf dem Bürgersteig niedergelegt hätte, wo die Menschen vorbeikamen und redeten und lachten.
Er sagte, er wolle sich hinlegen.
Am nächsten Tag kam Richard – der einen Extraschlüssel für Bens Zimmer hatte – nach oben und fand Ben

auf dem Bett zusammengerollt, die Augen geöffnet, doch ohne sich zu bewegen.
Weil Ben es sich angewöhnt hatte, Richard zu gehorchen, stand er schließlich auf, weil Richard sagte, er müsse es tun, und ging auch mit ihm essen und ein wenig spazieren. Er sprach jedoch überhaupt nicht, kein einziges Wort.
Und jetzt musste Richard Ben verlassen: Die Zeit war gekommen.
Er redete auf ihn ein und erklärte und ermahnte: »Du wirst dich doch daran erinnern, wie man dies macht, nicht wahr, Ben? Mach nur, was wir immer zusammen gemacht haben, und es wird schon alles gut gehen.«
Ben antwortete nicht.
Am Morgen, als Richard schließlich abreiste, sprach er mit dem Mädchen an der Rezeption und sagte, es wäre besser, wenn Ben sein Geld nur in kleinen Summen bekäme. »In mancher Hinsicht ist er ein bisschen kindisch«, sagte Richard. »Er hat noch nicht viel Lebenserfahrung.« Als er sich von Ben verabschiedete, oben im Zimmer, während Ben zusammengerollt auf dem Bett lag, meinte dieser harte und sogar grausame Mann, dass er hätte losweinen können. Was dachte sich Johnston eigentlich, diesen armen Verrückten einfach auf die Welt loszulassen?
Und so verließ Richard Bens Leben, um sich seinen kleinen Platz zu suchen, wo er als freier Mann leben würde, nicht wie das gejagte Etwas, das er sein ganzes Leben gewesen war, nur darauf wartend, dass ihm

das Gesetz die Hand auf die Schulter legte: Vielleicht weinte er beim Abschied beinahe deshalb, weil er erkannte, dass ihre Situation in der Welt ähnlich war. Seine Pläne gingen nicht in Erfüllung. Man kann für eine Viertelmillion Pfund vielleicht eine hübsches, kleines Haus kaufen, doch dann muss man darin leben und es in Stand halten, und essen muss man auch. Und so driftete Richard ins Verbrechen zurück. Seine Geschichte hat kein Happy End.

Ben saß auf seinem Bett und starrte durch seine dunkle Brille auf das blaue Rechteck in der Wand. Richard war fort, und er war die ganze Zeit bei ihm gewesen, seit sie hier angekommen waren. Die alte Frau war fort, und Rita, und Johnston. In jener Welt, in der er zu Parkbänken und Hauseingängen und Bahnhöfen gehört hatte, schmiegte sich manchmal eine Person die ganze Nacht so dicht an einen, dass man die Wärme aus ihr herausströmen und einen wärmen spüren konnte – und am Morgen war sie dann fort, und man sah sie nie wieder. Er fühlte sich so losgelassen und schwerelos und nicht zugehörig, als könne er einfach durch den Boden fallen oder im Raum umherschweben. Auf jeden Fall hatte er hier einen Platz: Das Zimmer war noch zwei Wochen im Voraus bezahlt. Er konnte einfach hier im Zimmer bleiben und sich verstecken; er konnte durch die Straßen laufen, in denen er mit Richard gewesen war. Und er hatte Hunger.

Richard hatte gesagt, er könne den Zimmerservice anrufen, wenn er die Welt draußen zu schwierig fand, doch für Ben war alles, was er noch nie allein gemacht hatte, eine Falle, in der er sich zappeln, verheddern konnte. In der Eingangshalle beantwortete er das Lächeln der Frauen hinter der Empfangstheke, dann ging er ins Café. Er ging in das Café, das er am besten kannte. Der Ober brachte ihm das, was er immer bestellte, ein Steak, dann Obst. Richard hatte mit ihm das Bezahlen geübt, und er legte den Betrag auf den Tisch, den ihm der Ober auf Englisch nannte, aber er wusste, dass es mehr war als je zuvor. Er ging zum Markt. Jetzt, da Richard nicht mehr da war wie ein Schutzschild zwischen ihm und dieser lauten, blendend hellen Welt, tat ihm der Klang des Französischen weh, war voll von unbekannten Klängen und Drohungen. Zusammen hatten sie auf dem Markt Obst eingekauft, und jetzt zeigte Ben dort auf Weintrauben, auf Pfirsiche, verstand nicht, was die Marktfrau zu ihm sagte, streckte seine offene Handfläche mit dem Geld darauf aus – und sah zu, wie es alles verschwand. Am knappen, zufriedenen Grinsen auf jenem Gesicht, als sie sich umwandte, und daran, wie sie das Geld, das sie ihm abgenommen hatte, in die Tasche gleiten ließ, erkannte er, dass er betrogen worden war. Er spürte Blicke auf sich; merkte, dass die Leute über ihn sprachen; saß, wie er es auch mit Richard gemacht hätte, an einem Kaffeehaustisch, um dem Treiben und den Menschen zuzusehen – und ihm wurde klar, dass er durch das Ritual des

Bestellens und Bezahlens von Obstsaft gehen musste – und sprang auf und stolperte ins Hotel zurück. Er war in Panik. Dies war sein schlimmster Augenblick. Das Wissen um sein Alleinsein stürmte auf ihn ein, *Du bist allein, du bist allein.* Von überall her spürte er Gefahr, und er täuschte sich nicht. Er war von Richard beschützt worden, und nun war er es nicht mehr.

Er kehrte in sein Zimmer zurück. An jenem Abend wanderte er in die ärmeren Stadtviertel und suchte nach einem Mädchen, sah jedoch keins. Er nahm sich vor, es am nächsten Abend wieder zu versuchen. Er dachte an Rita, denn jetzt erinnerte er sich nur an ihre Freundlichkeit, doch bevor er ein Leben des Hin- und Herwanders an dieser Küste beginnen konnte, um dem Lächeln der Huren zu folgen und alle Arten üblen Ärgers zu riskieren, geschah etwas anderes.

Ein Filmemacher aus New York stand am Hotelempfang und plauderte mit den beiden Mädchen, die ihm einen Rückflug nach New York reservierten. Alex war in mittlerem Alter, doch auf die amerikanische Art, sah jungenhaft, schlank, gesund aus und trug junge Kleider, hell und teuer. Nach Hause zu fahren würde eine Niederlage werden. Nach vielen Ängsten, langen Krisen, hatte er drei Jahre zuvor einen Film gedreht, nicht den, den er eigentlich machen wollte und für den er nicht das Geld zusammenbekam. Sein Film war über Jugendliche in einer südamerikanischen Stadt gewesen, die zu Verbrechern und Drogenhändlern werden, und dieser Film hatte ihm genügend Aufmerksamkeit gebracht, dass er wusste, sein zweiter Film würde Beachtung finden. Diesmal würde er auf den Film warten, den er machen wollte, auch wenn es eine Zeitlang dauern würde ... doch es dauerte eine lange Zeitlang, und sein Geld wurde knapp. Ein Jahr lang war er wie ein Verrückter von einem einzigen Gedanken besessen gewesen: welcher Film, welche Story? Ideen wirbelten ihm im Kopf herum und sogar durch seine Träume, brachten ihn in diese oder jene Stadt, dieses oder jenes Land, nahmen ihn völlig in Besitz, verließen ihn wieder – nicht gut genug; und dann kam eine andere Idee. Er war an einen Punkt gekommen, wo jeder Mensch, den er sah, jede Straße oder Bar, jeder Bahnhof und jeder Flughafen ihm für einen Film geeignet zu sein schien. Die Welt war ihm zu einer Fata Morgana von Filmsets geworden, und er wusste, dass er ein bisschen verrückt war. Ein halbes Jahr lang hatte er gedacht, er würde einen Film über die vergangenen glorreichen Tage eines Mittelmeerhafens drehen, und deswegen war er auch hier gelandet. Doch seine Idee schien keine Gestalt annehmen zu wollen, und er musste abreisen. Aber er wollte diese Küste nicht verlassen, und seine Träume über sie ... In die Empfangshalle kam vom Fahrstuhl her Ben, und Alex' Augen folgten ihm. Ben ging durch die Drehtür auf die Straße, hielt inne, kam wieder herein und sank in einen Sessel. Er grinste – vielleicht über einen ganz privaten, angenehmen Gedanken? Alex, der seit Monaten nichts und niemand hatte ansehen können, ohne dass sich sein Kopf mit attraktiven, glänzenden Szenen füllte, sah einen düsteren Hügel unter einem drückend drohenden Himmel, mit sich darauf türmenden schwarzen Felsen, uralten knorrigen Bäumen; er hörte Wasser rauschen, und neben einem kleinen Wasserfall tauchte ein Geschöpf auf, untersetzt, behaart, mit kräftigen Schultern und breiter Brust, das seinen lodernden, feindseligen Blick hob und diesen Fremden ansah, Alex, und dann bellte, worauf hinter den Felsen und zwischen den Bäumen eine Truppe ähnlicher Wesen hervorgerannt kam, und sie rannten den Hügel hinauf in den Eingang einer Höhle, ein großes Loch am Hang, und dort drängten sie sich zusammen und standen wachsam da, um zu sehen, welche Bedrohung dieser Unbekannte bedeuten könne. Unter ihnen lagen jetzt die Kronen der alten Bäume, von einer Art, die Alex, das hätte er schwören können, noch nie gesehen hatte, und ringsherum zerklüftete Felsen. Diese Truppe von *was* – Zwerge? Yetis? – nichts, was Alex jemals auf Bildern oder im Film gesehen hatte – standen unbeweglich da und starrten ihn an. Die Größten von ihnen waren vielleicht ein Meter fündundsechzig, andere waren noch kleiner – Frauen vielleicht? Schwierig zu sagen, welches ihr Geschlecht war, bei all dem Haar, das ihnen von den Lenden fiel. Struppiges, bleiches Haar auf ihren Schultern, Bärte, grüne Augen. Jetzt waren plötzlich Keulen in ihren Händen, Steine, manche so scharf wie Messer … Und dann löste sich die Vision auf, verschwand vollkommen, und Alex starrte Ben in seinen

eleganten Kleidern an, der auf die Drehtür sah und dachte, ja, er würde nach London zurückgehen und Rita suchen, immerhin lag ja das Geld für ihn im Hotelsafe. Doch Johnston würde … Es war der Gedanke an Johnston, der jenes Angstgrinsen wieder auf seinem Gesicht erscheinen ließ. Ben war klar geworden, dass Johnston ihn angelogen, ausgetrickst und jetzt hier hilflos sich selbst überlassen hatte, umgeben von Menschen, die Laute ausstießen, die er nicht verstand.
Alex wandte sich wieder zu den jungen Frauen hinter der Rezeption um, die auf Fragen über Ben warteten: Sie waren an diese Fragen gewöhnt. Sie hatten ihre eigenen Gedanken über Ben entwickelt. Eine von ihnen sagte, er sei in einem psychiatrischen Hospital gewesen, er sei ein reicher Mensch und mit einem Begleiter hierher geschickt worden. Eine andere sagte, er sei offensichtlich ein Schwergewichtsringer. Eine dritte meinte, irgendein Experiment in einem Labor sei falsch gelaufen, und sagte, Ben mache ihr Angst. Alle schützten sie Ben, halfen ihm mit Ratschlägen auf Englisch und schenkten ihm ihre Zeit, gingen mit ihm auf sein Zimmer, um nachzusehen, ob er eine Schüssel für sein Obst hatte, oder um irgendetwas zu suchen – einmal seinen Pass, den er einen angstvollen Morgen lang verloren zu haben meinte. Dieser Pass schien jetzt alles zu sein, was zwischen ihm und dem Nichts stand – ohne ihn, wer sollte da noch wissen, dass er Ben Lovatt war, aus Schottland, fünfunddreißig Jahre alt, und Filmschauspieler?

Jetzt verbargen diese lächelnden, hilfreichen Gesichter eine Entschlossenheit, Ben vor diesem Filmregisseur zu schützen. Zweifelhafte oder gar grausame Ausbeutung schien bevorzustehen, wussten sie doch, dass Ben hilflos war. Als Alex fragte: »Wer ist denn das?«, sagte eine: »Er ist aus London«, und eine andere: »Er macht hier Ferien.« Doch da war die dritte Person, die nicht glaubte, dass Ben mit Film zu tun hatte, und die Alex nicht mochte, und sie sagte: »Er hat mit Film zu tun.«
Alex sagte: »Vergessen Sie das mit der Reservierung. Ich bleib' noch ein Weilchen.« Er ging zu Ben hinüber, setzte sich und stellte sich vor.
Bens Grinsen blieb auf seinem Gesicht und seine Augen warfen angstvolle Blicke hin und her, doch dann erinnerte ihn Alex' gelassene Freundlichkeit an Richard und sogar an die alte Frau, und das erschrockene Grinsen verschwand und sein Lächeln erschien. Alex lud Ben zum Essen ein, und dann in ein Café, und das ging so einen Tag, und dann noch einen, und dann eine Woche lang, und die ganze Zeit über hatte Alex diese Vision oder diesen Traum von den Zwergen oder was immer sie waren im Kopf und dachte daran, dass er einen Film mit Ben drehen müsste. Aber er hatte keine Story, und vor allem auch kein Geld. Ideen von Storys kamen und gingen, und jede beherrschte seine Phantasie völlig, so lange sie da war. Er war besessen von diesen Geschöpfen – wer? – was? – keine Tiere, denn Ben bewohnte die Formen des Alltagslebens, gebrauchte Messer und Gabel, ließ sich jeden Tag den Bart stutzen

und das Haar in Ordnung halten, wechselte die Kleider –, die jetzt schon ein wenig schäbig auszusehen begannen. Alex hörte, dass ihm Johnston Hemden und Jacken hatte maßschneidern lassen. Wer war Johnston? Ben sagte, er habe Autos und Fahrer und schicke in ihnen Leute überall in London herum, aber jetzt sei er fort. Ben drückte sich über alles nur ungenau aus. Die Grenzen seines Begreifens waren eng genug, und seine Sympathien und Antipathien zogen noch seltsamere Muster. Er sprach von der alten Frau, doch nicht von der Katze, von Johnston, doch nicht von Rita, weil es ihn so traurig machte, an sie zu denken. Er sagte, er habe eine Familie, doch sein Vater hasse ihn, und er sprach nicht von Paul oder seiner Mutter. Was Alex Beyle aus all diesem verstand, war nur, dass Ben ganz ohne Bindungen auf ihn zukam. Er konnte ihn benutzen, ohne dass Leute mit Fragen kämen, oder mit Forderungen – ja, nach was denn auch? Er würde Ben ja nicht ausbeuten! Er würde ihn bezahlen. Er würde sich um ihn kümmern. Noch einmal bekam Ben maßgeschneiderte Hemden und zwei Jacketts, ein warmes und ein dünnes, und ein paar T-Shirts mit hohem Kragen, aus Seide, um die haarige Kehle und den haarigen Nacken zu verdecken.

Ben verstand, dass dieser Freund, der sich um ihn kümmern würde, einen Film mit ihm machen wollte: Er war wirklich ein Filmschauspieler. Er mochte Filme nicht, sie füllten seine Augen mit Licht und machten ihn krank. Alex nahm ihn mit ins Kino, einen sorgfältig ausgewählten Film, wie für ein Kind, eine starke, gute Geschichte, Aufregung, Gefahr. Doch Ben saß mit geschlossenen Augen da, öffnete sie nur in schnellen, verzweifelten Versuchen, etwas zu sehen, doch er konnte nichts sehen, das anbrandend eindringende Licht war zu viel für ihn.

Alex ging mit Ben zu einem Augenarzt, um eine Brille zu besorgen: Er war sicher, dass die Sonnenbrille nicht richtig verschrieben worden war. Ben zog die Abenddämmerung dem Licht vor, saß nie in der Sonne, und seine Augenlider waren oft zusammengezogen, oder sie blinzelten. Auch dieser Augenarzt schien nervös zu werden. Als er aus dem Untersuchungszimmer herauskam, um mit Alex zu reden, denn er hatte sich mit Ben nicht verständigen können, sagte er, dass dies außergewöhnliche Augen seien. Sie passten sich nicht gut den Lichtveränderungen an. Der Eindruck des Augenarztes war so ähnlich wie der des Mädchens am Hotelempfang, die meinte, er sei ein fehlgeschlagener Laborversuch, doch würde er das nicht sagen, er wollte keine Schwierigkeiten bekommen. So sagte er nur, dass die Brille, die Ben hatte, wahrscheinlich genauso gut sei wie irgendeine andere auch, doch er schlug vor, eine Brille zu nehmen, die weniger stark getönt wäre als die sehr dunkle. Bens Augen tränten stark; er grinste – wohl aus Verlegenheit, dachte der Augenarzt, doch inzwischen wusste Alex, was das starrende Grinsen bedeutete.

Als Alex hörte, dass Bens Hotelzimmer eine ganze Woche im Voraus bezahlt war, und von dem Geld im Hotelsafe erfuhr, war er erleichtert. Jedes kleine Bisschen half. Er musste von irgendwoher Geld für die Filmproduktion besorgen. Er führte stundenlange Telefongespräche nach Los Angeles, New York, anderen Orten, wo Filme ausgebrütet wurden, und schließlich überredete er den Produzenten, der seinen letzten Film finanziert hatte, ihm das zu geben, was er brauchte. Er hatte nicht nur eine Geschichte: Er hatte mehrere. Als er Ben beschrieb, war genügend Verblüffung, Staunen, Begeisterung in seiner Stimme, um das Entwicklungsgeld herauszuholen.

Und jetzt musste Alex seine Geschichte finden. Das Problem war, dass nichts, was in seinem Kopf auftauchte, der verführerischen, fremdartigen Vision von jenem Trupp Geschöpfe im Höhleneingang entsprach, die über einen riesigen Abgrund von Zeit – Millionen von Jahren? – in Alex', ihres vermeintlichen Nachkommen, Gesicht starrten. Wenn er es denn war. Trieben ihre Gene noch irgendwo in seinem Körper? Manchmal dachte er das natürlich, ja, doch dann gab es Augenblicke, da begriff er, wie fremd ihm Ben war. Alex sagte zu sich selbst, dass Ben nicht menschlich war, auch wenn er sich meistens wie ein Mensch verhielt. Und er war auch kein Tier. Er war irgendeine Art Rückfall. Wenn der Trupp uralter Menschen nur eine Art Tiere war, wie sollte es da kommen, dass Ben das Leben eines Menschen leben konnte – meistens, jedenfalls?

Was Alex Sorgen machte, war der Gedanke, dass, wenn der Film gedreht sein würde, wenn alles vorbei war, immer noch Ben da wäre, und er bräuchte Fürsorge. Für den Moment war es gut so. Ben verbrachte seine Tage mit Alex, und einen Teil der Abende auch. Alex hatte Freunde die Küste entlang und in den kleinen Städten in den Hügeln, und er versuchte wohl, Ben zu Besuchen dort mitzunehmen, doch war es schwierig und anstrengend, und er versuchte es nicht noch einmal. Und was tat Ben an den Abenden, wenn er von Alex verlassen wurde? Er ging vorsichtig in die Stadt hinein, als jage oder pirsche er, und suchte nach einem Weibchen. Er fand eins, doch wurde wieder *bête* und *cochon* geschimpft, begriff jedoch nur, dass er zurückgewiesen wurde.

Und jetzt hatte Alex eine Idee. Er würde wieder nach Südamerika gehen, um diesen Film zu drehen. Diesmal nach Brasilien. Er kannte Leute dort, hatte sogar einen kleinen Film dort gedreht, Regie bei einem Stück geführt. Er würde seine Geschichte nicht in Nordeuropa spielen lassen, mit den Verbindungen zu Zwergen und Gnomen und Trollen, und – zarter noch – zu Feen und Elfen – er würde all diesen Ballast über Bord werfen und nach Süden gehen, in die Wälder, wo … doch hatte er noch nichts Genaues überlegt, keine Geschichte im Kopf. Er wollte nach Rio reisen und Ben in jene Wälder mitnehmen, wo Schmetterlinge, so groß wie Drosseln, umherflogen, und wo die Geschichte so alt und wild war wie in Europa – und dann würde er

die Visionen in seinen Kopf kommen lassen, die kommen wollten.
Er beschrieb Ben Südamerika, beschrieb ihm Rio und Brasilien. Wie immer wusste er nicht, was Ben verstand. Er hatte sich angewöhnt, auf das Grinsen zu achten, das so viel sagte. Ben fragte, ob sie mit einem Flugzeug fliegen würden, und erzählte, er sei schon in einem Flugzeug gewesen, einem kleinen. Er beschrieb, wie er London aus der Luft gesehen hatte. Er hatte gesehen, wo die alte Frau lebte und wo Johnston arbeitete – wo er gearbeitet hatte, denn jetzt war er fort. Das Flugzeug von London nach Südfrankreich erwähnte er nicht, denn er mochte nicht glauben, dass er damit geflogen war. War Brasilien sehr weit weg?, fragte er. Weit weg von wo?, wollte Alex wissen, fragte es jedoch nicht. Er fühlte sich schuldig wegen dessen, was er tat. Nun versprach er sich selbst, er würde dafür sorgen, dass Ben zurückkam, entweder hierher oder nach London, wo sich seine Freunde um ihn kümmern konnten.
Und so nahm Ben das, was von dem Geldpaket übrig war, und die beiden flogen los, nach Rio de Janeiro.

Doch das war nicht so einfach, wie es klingt. Zuerst mussten sie ein Flugzeug nach Frankfurt nehmen, um dort nach Rio umzusteigen. Ben stand in einer Schlange von Leuten, Alex direkt vor sich, hielt seinen Pass in der einen Hand und seinen Koffer in der anderen. Draußen spiegelte sich die Mittelmeersonne auf

Fensterscheiben, Autos, Blättern, Wolken. Ben hielt seine Augen halb geschlossen, obwohl er eine Sonnenbrille trug, und er grinste. »Vielleicht flieg' ich ja nach Hause?«, dachte er, während er am Abfertigungsschalter stand, neben Alex, der sagte, dass Ben einen Fensterplatz wolle. Als sie ins Flugzeug stiegen, wusste er diesmal, dass es eines war, und auf seinem Fensterplatz, Alex neben sich, war er in der Lage, das, was er sah, mit dem in Verbindung zu bringen, was er von dem kleinen Flugzeug in London aus gesehen hatte. Dann hüllten Wolken das Flugzeug ein, und er sah auf ein Weiß hinab, das blendete und schmerzte. Er schloss die Augen, lehnte sich zurück, und Alex sagte: »Es dauert nur eine Stunde, Ben.« Womit er meinte, nach Frankfurt, doch dort geschah alles noch einmal, die Menschenmassen, die Rolltreppen, die starken Lampen, durch lange Gänge gehen und dann am Ausgang warten, mit der Einsteigkarte in der Hand. Er schlurfte neben Alex her und grinste.

Alex beobachtete seinen kleinlauten Begleiter und spürte Zweifel, echte Besorgnis. Er hätte ihm am liebsten einen ordentlichen Schlag auf die Schulter versetzt – »Ist schon alles in Ordnung, Ben, wirst schon sehen« –, doch gestern, als er ihm einen freundlichen Klaps gegeben hatte, so wie er es mit jedem Freund in Amerika getan hätte, hatte er jene grünen Augen sich verdrehen sehen, vor kochender Wut, und diese Fäuste … Alex wusste nicht, wie nah dran er gewesen war, von jenen riesigen Armen zerquetscht zu werden,

mit jenen Zähnen in seinem Nacken. Er wusste aber, dass es ein gefährlicher Augenblick gewesen war.
Bens Wut hatte ihn nichts als Rot sehen lassen, und seine Fäuste waren voller Mordlust gewesen – er hatte gerade noch seine gefährliche Seite unterdrückt, sich gerade noch im Zaum gehalten. Er durfte dieser Wut niemals die Zügel schießen lassen, das wusste er, doch als Alex ihm jenen Schlag versetzt hatte ... die Traurigkeit, die in ihm tiefer geworden war, seit er wusste, dass die alte Frau fort war, und Johnston und Rita auch, war von Wut begleitet. Er wusste kaum, ob er vor Schmerz brüllen und heulen, oder Amok laufen und töten sollte.
Er sah lange, abfallende Gänge und dann die Tür ins Innere des Flugzeugs: Ben konnte kaum glauben, dass es sich um ein Flugzeug handelte. Es war so groß. Er konnte kaum sehen, wie groß. Und er begriff, dass er nicht nach Hause flog, doch irgendwo in seinem Kopf, der immer mit sich selbst kämpfte, um die Kontrolle zu behalten, um zu begreifen, sagte er sich, dass man ihm versprochen hatte, er würde nach Hause gehen, und dass er betrogen worden war, und dass Alex Teil dieses Betrugs war. Brasilien. Was war Brasilien? Warum musste er dorthin fliegen? Weshalb sollte er in einem Film mitspielen?
Diesmal schaute er nicht aus dem Fenster, weil er wusste, er würde nur weiße Wolken sehen und eine schmerzende Helligkeit. Elf Stunden Flug – was sollte Ben während des langen, beengten Fluges tun? Sie flo-

gen Touristenklasse: Alex konnte es sich nicht leisten, Geld zu verschwenden.
Die Getränke kamen. Alex sagte Ben, er müsse Wasser trinken, und Ben trank. Sollte er Ben Schlaftabletten geben? Doch vielleicht ertrug sein Stoffwechsel Medikamente nicht: Wie eine Katze, der man menschliche Schmerzmittel oder Schlaftabletten gab, könnte er einen Schaden erleiden oder gar sterben. Doch das Problem löste sich von selbst, denn Ben schlief wieder ein, wobei er sich an seinem Sicherheitsgurt festhielt, den er hasste. Die ungeheure Spannung in seinem Körper war zu groß, er konnte sie nicht ertragen, und wenn er während des Fluges einmal aufwachte und einen Blick in die Runde tat, schlief er gleich wieder ein.
In Rio war es Morgen, und das Licht hatte eine metallene Härte, die Ben erwachen ließ. Er hielt sich seine Genitalien und versuchte verzweifelt, aufzustehen. Alex bekam ihn gerade noch rechtzeitig zur Toilette. Dabei dachte er, das ist ja, als wenn man auf ein Kind aufpasst – er hatte selbst eins, einen Sohn, aus einer Ehe, die mit Scheidung endete.
Das Hotel war kein Problem. Ben verstand, was es war und stand voller Vertrauen an der Rezeption. Dann – und Alex sah, was geschah und schalt sich selbst – kam eine neue Sprache, Portugiesisch, und Ben hatte sich gerade ein wenig an den Klang des Französisch gewöhnt.
»Was ist das?«, fragte er Alex grob, traurig, böse. »Was sagen sie denn?«

Alex erklärte. Er hatte viel Zeit damit verbracht, Ben von Brasilien zu erzählen, von Rio und wie schön es war; von Wäldern, Stränden, dem Meer überall, aber er hatte nicht daran gedacht, ihm zu sagen, dass die Menschen Portugiesisch sprechen würden.

Alex hätte gern ein Zimmer für sich allein gehabt, doch war er zu ängstlich gewesen, Ben auf die Geheimnisse dieses neuen Hotels loszulassen, und so teilten sie sich ein Zimmer. Nur für eine Nacht: Es ist nicht schwierig, in Rio ein Apartment zu mieten, und am nächsten Tag sollten sie in eines ziehen.

Alex hielt es ohne Schlaf kaum noch aus, weil er den ganzen Flug über wach geblieben war und auf Ben aufgepasst hatte, aber er wusste, dass er auch jetzt wach bleiben musste, denn jetzt strich Ben, der geschlafen hatte und frisch war, im Raum umher, wie ein Tier, das einen neuen Platz auskundschaftet, probierte alles im Bad aus, die Dusche, die Toilette, öffnete und schloss Schränke und Schubladen. Das Zimmer lag weit oben im Hotel, und Ben sah hinaus und hinunter und schien nicht besonders verängstigt zu sein, obwohl ihm der Fahrstuhl nicht gefallen hatte. Er legte sich auf sein Bett und stand gleich wieder, während Alex, schlaftrunken vom Zeitunterschied, zusah.

»Ich habe Hunger«, sagte Ben.

Der Zimmerservice brachte Steaks, und Ben aß sein eigenes und das von Alex dazu. Dies war ein Land mit herrlichen Früchten, und Alex bestellte welche. Ben grunzte vor Behagen, als er die Ananas aß, und be-

spritzte sich von oben bis unten mit Saft. Alex war beeindruckt, dass er, ohne dass man es ihm sagte, duschen ging, und dort blieb er lange. Alex hörte den Geräuschen zu – was war das? War das Gesang? Dieser rauhe Singsang? Das Wasser spritzte überall umher, und Alex musste es aufwischen.
Es war gerade erst Mittag.
Alex begann, Freunde anzurufen. Davon hatte er viele in dieser Stadt. Mit manchen hatte er bei dem Theaterstück zusammengearbeitet, das er aufführte, manche waren bei dem Film dabei gewesen, den er in Kolumbien und Chile gedreht hatte. Manche waren Freunde von Freunden. Er musste wach bleiben. Er wusste, wenn er einschliefe, dann würde er bis zum nächsten Morgen nicht wieder aufwachen. Man verabredete sich zu einem frühen Abendessen. Unterdessen würden sich Alex und Ben die Stadt ansehen. Es war heiß, das Licht prallte vom Meer zurück, und Ben stolperte vorwärts, hielt sich an Alex fest, seine Augen fast geschlossen. Deshalb brachte ihn Alex ins Hotel zurück, als er von Ben erfahren hatte, dass sie in Nizza nur abends spazieren gegangen waren, und nur einmal, als es bewölkt war, am Tag. Sie saßen an einem Tisch draußen vor dem Hotel und tranken Fruchtsäfte, und Ben kauerte tief in seinem Sessel, grinste nicht – Alex war dankbar, das zu sehen –, war jedoch auf der Hut, sein Kopf drehte sich in die eine, dann in die andere Richtung, während er sich so tief wie er konnte in den Schatten des Sonnenschirms duckte, diese neuen Men-

schen mit den Augen maß und sich Mühe gab, die neuen Klänge zu verstehen. Die Leute, die kamen und gingen oder an den anderen Tischen saßen, versuchten, das zu begreifen, was sie vor sich sahen. Ein erster zufälliger, rascher Blick, um die ganze Szene zu erfassen – doch es blieb etwas nicht ganz Passendes in ihren Köpfen, eine Frage. Ein zweiter Blick, diesmal viel länger: Na gut, das ist halt ein starker Mann, nicht mehr – ist ja kein Verbrechen, stark auszusehen, kräftig – aber diese Schultern, da kannst du sagen, was du willst, diese Schultern ... Nachdem sie sich abgewandt hatten, der dritte Blick, schnell und plötzlich. Ja, das ist alles, er ist stark, aber hübsch ist er nicht gerade. Und dann ein letztes, offenes, unverhülltes Starren, als ob Bens Anderssein die schlechte Sitte des Anstarrens erlaubte. ›Ja, aber *was* ist das nur? Was sehe ich denn da eigentlich vor mir?‹ Der heiße Nachmittag ging vorüber, und Alex litt unter dem Bedürfnis nach Schlaf wie unter einer Folter ... Dann irgendwann hielt er es nicht mehr aus und sagte Ben, er müsse mit ihm aufs Zimmer zurückgehen. Ben hatte keine Lust dazu, es gefiel ihm hier, wo er schauen und hören konnte, und außerdem gab es hier Mädchen, die ihn anlächelten.
Im Zimmer warf sich Alex aufs Bett und schlief sofort ein. Er hatte noch nicht einmal seine Schuhe ausgezogen.
Und jetzt war Ben auf seinem eigenen Bett, doch legte er sich nicht hin. Er saß auf der Kante und starrte Alex an. Er hatte seit der alten Frau mit niemandem mehr

ein Zimmer geteilt, und er hatte sie nicht beobachten, sie anstarren müssen: In der Nacht, als Rita ihm zu bleiben gestattete, war er zu dankbar gewesen, um irgendetwas anderes zu wollen als da zu sein. Doch dies war ein Mann, der ihn hierher gebracht hatte, an diesen Ort, wo er nie hatte hinfahren wollen. Er mochte Alex nicht, auch wenn der freundlich zu sein schien: Ben hatte das Gefühl, von Alex betrogen worden zu sein.

Der Mann lag schutzlos mit ausgebreiteten Armen und weit gespreizten Beinen da, das Gesicht Ben zugewandt, die Augen nur so leicht geschlossen, dass es aussah, als beobachte er Ben. Ben hätte ihn töten können, während er so dalag, und Alex würde es nicht einmal merken. Ben fühlte, wie die Wut, von Traurigkeit genährt, in seine Schultern, seine Arme, seine Fäuste fuhr. Er konnte sich vornüber lehnen und hart in jene Kehle beißen, die sich ihm da bot … Doch Ben wusste, dass er das nicht durfte, sich bezähmen musste. Noch während ihm die Wut die Augen dunkel werden ließ, sagte eine andere Stimme zu ihm: »Halt. Das darfst du nicht. Das ist gefährlich. Sie können dich töten deshalb.«

Ben blieb sitzen und ließ die traurige Wut in sich zusammensinken, während seine Fäuste sich wieder öffneten.

Er dachte an Richard. Jetzt kam es ihm vor, als sei Richard ein wirklicher Freund gewesen, und dass er ihn mochte.

Ben saß lange Zeit so da, die Beine gespreizt, die Fäuste auf die Knie gestützt, lehnte er sich nach vorn und sah Alex aufmerksam an. Einmal streckte er einen Arm aus, den dicken Arm mit großer Faust, und hielt ihn neben Alex' Arm, der dort so dicht vor ihm lag. Alex' Beine waren in seinen Jeans versteckt, doch Benn wusste, dass seine eigenen Beine im Vergleich wie Baumstämme waren und die Hosenbeine stramm spannten. Das Gesicht da: Verglichen mit seinem eigenen war es so klein und zart; die Brust, die das nachlässig geschlossene Hemd sehen ließ, hatte wenig Haar darauf. Sie waren sich so ähnlich, dieser Alex und er, und doch so unterschiedlich ... Um nur eins zu nehmen, er könnte Alex zwischen seinen beiden Armen zerquetschen, und Alex würde nicht einmal in der Lage sein, sich zu bewegen.
Ben trat ans Fenster. Es schmerzte, in die glitzernden Höhlen des Himmels zu schauen, weshalb er nach unten sah. Fünf Stockwerke hoch waren sie. Nicht so hoch wie die alte Frau. Dort unten bewegten sich Menschen, und sie gebrauchten die neue Sprache, eine schleppende, schlürfende Art zu sprechen, wie Zucker im Mund.
Das Telefon klingelte. Alex rührte sich nicht. Es klingelte weiter. Ben nahm den Hörer ab und sagte auf Englisch: »Alex schläft«. Eine Stimme, eine Frauenstimme, sagte, dass sie gehört habe, Alex sei in der Stadt, und dass sie herüberkäme. Alex erwachte. Ben sagte, eine Frau, die Teresa hieß, käme herüber. Ob-

wohl er noch ganz müde war, sprang Alex auf und sagte: »Oh, Teresa, wunderbar, das ist phantastisch.« Er duschte und kam in sauberen Kleidern wieder. Es war jetzt fast sechs. Alex nahm Ben mit ins Foyer hinunter, und dann kamen Leute, immer mehr, bis sie elf waren und zu einem Restaurant aufbrachen, von dem Alex sagte, dass es Ben gefallen würde, weil man dort vor allem Fleisch servierte.

Alle wollten mit Ben reden. Woher kommst du? Arbeitest du mit Alex zusammen? Hast du bisher Filme gemacht oder Theater gespielt? – diese Art Fragen, und Bens Antworten brachten sie zum Schweigen, weil sie nichts mit dem Thema zu tun hatten. Als er zum Beispiel gefragt wurde, woher er stammte, sagte er, aus dem Excelsior Hotel in Nizza, und als diese freundliche und neugierige Person weiter fragte, sagte er, er stamme nicht aus Schottland, wusste aber auch nicht den Namen seiner Heimatstadt. Und so behandelten sie alle Ben vorsichtig, wenn auch freundlich, und versuchten, ihn nicht anzustarren. Doch Teresa, das wusste Ben, war wirklich freundlich: Er konnte spüren, dass sie es war.

Es war die Art von Restaurant, die es in Rio gibt, wo auf den Tischen schon Teller mit Tomaten, Gurken und Saucen stehen, wohin die Leute jedoch wegen des Fleisches gehen, und wo es Keulen und große Stücke jeder Art von Fleisch gab, vor allem Rindfleisch, das auf großen Platten oder auf Spießen gereicht wurde. Ben hatte noch nie eine solche Auswahl und Menge Fleisch gesehen, und es gefiel ihm sehr, doch seine Traurigkeit war zu stark, als dass er sich richtig hätte freuen können. Er hatte das Gefühl, nicht dazuzugehören, dem Geplauder, den Umarmungen, den Gesprächen, die er nicht verstand, wenn sie auf Portugiesisch geführt wurden, und sogar das Englisch war verstümmelt und schwer zu verstehen. Bald war es vorbei, und dann war er in einem Auto mit Alex und ein paar von den anderen. Sie sausten die Strandpromenade entlang, das Mondlicht spielte auf den Wellen und aus hohen Gebäuden strömte Licht. Am Hotel angekommen hörte er, wie Verabredungen für die nächsten Tage getroffen wurden: All diese Menschen freuten sich darüber, dass Alex hier war, und es schien fast, als erwarteten sie ein paar Tage Ferien.

Im Hotelzimmer zog sich Ben aus, dachte daran, seine Kleider auf Bügel zu hängen, und stieg wie immer nackt ins Bett. Er sah, wie Alex einen Pyjama anzog: Kleider, um darin zu schlafen. Wie seine Eltern, wie er selbst, als er noch ganz klein war, aber er hatte den Schlafanzug gehasst. Er schlief ein.

Jetzt tat Alex das, was Ben zuvor getan hatte. Er setzte sich auf die Bettkante und sah sich Ben genau an. Er streckte sogar einen Arm aus, wie Ben es getan hatte, und zog sein Pyjama-Hosenbein hoch, um sein Bein mit Bens zu vergleichen, das außerhalb des Bettzeugs lag, weil es so heiß war. Ben hatte ein Laken über seine Mitte gezogen. Alex dachte: Dann hat er also einen Instinkt, seine Geschlechtsteile zu verstecken – das ist merkwürdig für ein Tier. Aber er ist ja auch kein Tier. Wenn er jedoch kein Tier ist, dann … Dieses Selbstgespräch drohte, sich zu wiederholen, so wie es das viel zu oft in Alex' Kopf tat – und in den Köpfen der meisten Menschen.

Alex schlief. Ben schlief. Am nächste Morgen aßen sie beim Frühstück im Hotel Obst und noch mehr Obst, und dann nahmen sie ihre Sachen und gingen zu dem Apartment, das Alex gemietet hatte, in einer Straße, die nicht weit vom Strand entfernt lag. Im Fahrstuhl erklärte Alex, ihr Knopf sei der dritte – nicht allzu hoch: Dennoch mochte Ben den Fahrstuhl nicht. Zwei Zimmer von ordentlicher Größe, Schlafzimmer, getrennt durch einen größeren Raum, der das Wohnzimmer darstellte. Eine Küche, nicht besonders groß. Bad mit Dusche und Toilette. Ben würde sein eigenes Zimmer haben. Alex dachte, dies könnte möglicherweise gefährlich sein, doch brauchte er ein Zimmer für sich selbst. Unter anderem hatte er nämlich eine Freundin hier, Teresa. Dies war das erste Zimmer, das Ben für sich allein hatte, seit er zu Hause bei seiner Familie gewesen war, und instinktiv suchte er mit dem Blick nach Gitterstäben vor den Fenstern: keine Gitter. Dennoch fühlte er sich eingesperrt und prüfte immer wieder die Tür – ja, er konnte hinausgehen und wieder hereinkommen, er hatte einen Schlüssel. Dies war keine Falle … Doch dieses Zimmer, mit seinem einzelnen Bett, den großen Fenstern, war wie das Zimmer, das er als Kind gehabt hatte. Es war um die Mittagszeit. Alex

sagte, er leide immer noch unter der Zeitverschiebung, und Ben dachte, dies heiße, Alex sei krank: Er selbst erinnerte sich nicht, jemals krank gewesen zu sein. Alex ging in sein Zimmer, wobei er sagte, später würden viele Leute zu Besuch kommen, und wenn er aufwache, werde er Ben mitnehmen, um für das Essen einzukaufen, das sie in der Küche zubereiten wollten. Ben blieb ruhelos in seinem Zimmer allein … sah hinunter auf die Straße, von wo er gerade noch die Stimmen hören konnte, die diese schleppende Sprache sprachen … schaute zu anderen Fenstern hinüber, wo er Menschen hin und her gehen sah, ohne zu wissen, was sie taten. Er ging in das Wohnzimmer. Dort gab es ein paar Zeitschriften, doch die Bilder und Fotos waren immer von der Art von Leuten, die nicht seine Freunde waren und die es, das wusste er, nie werden würden. »Ich will nach Hause«, wiederholte er leise wieder und wieder in seinem Kopf. »Nach Hause.«
Um zu prüfen, ob er ein Gefangener war, ging er hinaus, schaffte es, in dem alten, lauten Fahrstuhl ruhig zu bleiben, lief bis ans Ende der Straße und zurück. Nicht allzu viele Menschen in dieser Seitenstraße. Sie starrten ihn alle an, und einer folgte ihm, ein Junge mit einem scharfen, bösen Gesicht. Ben rannte nicht – er wusste, dass er das nicht tun sollte –, doch er ging rasch zu dem Gebäude zurück, wo sein Zimmer und seine Sicherheit waren, und während er am Fahrstuhl wartete, wusste er, dass der Junge hinter ihm hereinschlich, ihn in geduckter Haltung anstarrte, die Ben

sehr gut verstand. *Er durfte sich nicht umdrehen und den Jungen bei den Schultern packen* … Der Fahrstuhl kam herbeigerumpelt, als der Junge ihn fast erreicht hatte – was wollte er? –, und dann war Ben im Fahrstuhl und steckte schon seinen Schhlüssel in die Apartmenttür, die sich öffnete, und Alex war da. »Oh, da bist du ja … Ich habe mir schon Gedanken gemacht …« Alex lächelte, doch Ben wusste, dass es ihm nicht gefallen hatte, Ben nicht zu finden, als er erwachte. Dann fragte ihn Alex, ob er wieder zu dem Plätzchen vor dem Hotel gehen wollte, wo die Tische waren, und Ben sagte, ja, das wolle er. Dort saßen sie dann und aßen Sandwiches, tranken Saft und sahen zu, wie Menschen aller Farben, schwarz und braun und hellbraun und weiß, vorüberkamen. Viele davon waren Mädchen, manche von ihnen hatten kaum Kleider an. Auch an den Tischen saßen Mädchen, manchmal zu zweit, oder allein. Ben konnte sich nicht davon abhalten, sie anzustarren und sie haben zu wollen. Er dachte an Rita, und wie sie ihn gemocht hatte. Alex sagte ihm, er müsse vorsichtig sein, denn die Mädchen hätten normalerweise Männer, die sie beschützten. »Genau wie Johnston«, meinte Ben und fügte Alex' Ansicht von Johnston ein weiteres Element hinzu. »Hat er ihr das Geld weggenommen?«, fragte er. »Sie hat mich nie um Geld gebeten«, antwortete Ben. »Sie mochte mich.« »Ich glaube, du würdest sehen, dass diese Mädchen eine ganze Menge Geld von dir haben wollen.«
Das ging alles gut vonstatten, das Sitzen unter den

Sonnenschirmen und den Leuten zusehen, manchmal grüßte Alex Freunde, und dann kaufte er für das Essen ein, und Ben half ihm, alles zum Apartment zurückzutragen. Alex kochte, und Ben sagte, er könne helfen, er wüsste, wie man kocht – doch dachte er an den Toast und den Haferbrei und die paar Sachen, die er für die alte Frau zubereitet hatte, und bald sah er, dass dieses Kochen schwieriger war. Ben saß im Wohnzimmer und roch den Duft von Gewürzen und heißem Fleisch, und dann kam ein ganzer Schwung Leute herein, und er sah zu, wie sie sich alle küssten und hielten, und miteinander redeten und plauderten, dass ihre Zähne blitzten und strahlten. Draußen war es dunkel geworden. Diese Nacht war anders als die Nächte in Nizza: Sie war heiß und träge, mit einem starken Duft nach Meer ab und zu. Manche dieser Leute waren dieselben wie gestern abend, doch Ben sagte zu jedem Neuankömmling: »Das ist Ben, wir machen einen Film zusammen.« Und während sie »Como vai?«, »Welcome«, »Hello« sagten, warfen sie ihm alle den überrascht-neugierigen Blick zu, den er kannte, und dann achteten sie darauf, ihn nicht mehr direkt anzusehen, oder er ertappte sie dabei, wie sie ihn anstarrten und hofften, er würde es nicht bemerken. Das Essen wurde hereingetragen, auf Platten getürmt, eine ordentliche Menge, und in den Gläsern war Wein, und Weinflaschen standen überall im Raum. Es herrschte ein solcher Lärm, ein solches Durcheinander von Stimmen, und Ben verstand nicht viel von dem, was geredet wurde, selbst wenn sie Englisch sprachen. Pläne wurden geschmiedet, und er war Teil davon. Das Gerede, das Essen, das Trinken ging bis spät in die Nacht.

Ben schlief leicht in dem Zimmer, das ihn an sein altes Zuhause denken ließ, und erwachte früh. Er wagte nicht, wieder auf die Straße hinauszugehen, aus Angst vor einem weiteren Killerjungen, der ihm nachschleichen könnte. Er aß Obst, er stand an Fenstern und sah hinaus. Alex stand erst spät auf, und als er ins Wohnzimmer kam, war Teresa bei ihm: Ben hatte nicht mitbekommen, dass dieses Weibchen in der Nacht mit Alex in dessen Zimmer gegangen war.

Doch sie war freundlich und hilfsbereit, bereitete ihm etwas zu essen, bot ihm Saft an, und bezog ihn, als er still und trübselig dasaß, in das ein, was sie sagte, in ihrem schnellen, schwierigen Englisch: »Was hältst du davon, Ben?« »Würde dir das gefallen, Ben?« »Was soll ich denn für dich besorgen?« Er mochte sie sehr, doch er wusste, dass sie Alex gehörte.

Und so gingen die Tage vorüber, träge, und Ben schlief viel, aus Langeweile. Die Abende waren voller Leute, die laut hereinkamen, sich lachend auf Portugiesisch unterhielten, doch mit Alex und Ben in ihrem schwer zu verstehenden Englisch redeten. Manchmal brachten sie etwas zu essen mit, nicht immer. Ben saß abseits und sah zu. Er versuchte zu begreifen, wie sie, wo sie doch alle so verschieden waren, so leicht miteinander auskamen, als wüssten sie gar nicht, wie verschieden sie waren. Die meisten hatten glatte, eher dunkle Haut und dunkle Augen, ganz anders als Alex, der blass war, ein schmaler, leicht gebauter Mann mit hellem Haar, und seine Kleider waren hellblau, Hosen und Hemden, oder weiß. Über den Augen trug er buschiges, kurzes, blondes Haar, doch das Gesicht sagte, dass Alex nicht so jung war, wie er wirken wollte: Unter den Augen hatte er Falten. Er war vierzig, fünf Jahre älter, als Bens Pass dessen Alter angab. Niemand, der hierher kam, war so jung, wie Ben wirklich war, achtzehn. Obwohl es verwirrend schien, darüber nachzudenken: Er wusste, dass er nicht so aussah wie einer von *ihren* Achtzehnjährigen: Er hatte nicht ein solch junges Gesicht. Doch immer wenn er über sein Alter nachdachte, darüber, wie er war, erinnerte er sich an das »Du bist ein guter Junge, Ben« der alten Frau.

Teresa war eine groß gewachsene, junge Frau, mit einem breiten Hintern und großen Brüsten, doch ihre Taille war schmal, ein eng geschnürter Gürtel unterstrich ihre Figur. Sie trug ihr schwarzes Haar offen bis auf die Schultern. Ihre Augen waren dunkel. Sie lächelte, lachte immerzu, und ihre Stimme war sanft und angenehm für Bens Gefühle. Sie legte ihre Arme um Alex, um die Leute, die hereinkamen, und auch um Ben. »Lieber Ben«, sagte sie oft und drückte ihn an sich, was in ihm den Drang weckte, das zu tun, was er, das wusste er, nicht tun durfte. Doch niemand sonst berührte ihn. Nur Teresa durchbrach den Abstand, den alle anderen zwischen sich und ihm hielten. Nur Teresa nahm seine Hand, schwenkte sie, ließ sie wieder fallen; drückte seine breiten Schultern und sagte: »Oh, deine Schultern, was für Schultern, Ben«, oder legte ihren Arm um ihn, wenn sie dastand und sich mit jemandem unterhielt.

Ein Mann, der oft kam, war Paulo, der schon früher mit Alex zusammengearbeitet hatte. Sie schrieben an einem Drehbuch für diesen Film über Ben, doch nicht immer im Apartment. Die beiden saßen manchmal eine Weile zusammen am Wohnzimmertisch und redeten, wobei sie Ben nicht beachteten, während Teresa aufräumte oder etwas zu essen machte oder auf einer Sessellehne saß und die Beine baumeln ließ und die Männer beobachtete, in den Zeitschriften las oder manchmal auch sang. Dann gingen die Männer fort, und Ben wusste, dass es deswegen war, weil sie seine Gegenwart dort falsch für das fanden, was sie taten oder dachten. Er wusste, dass die Story sich andauernd änderte, weil Brasilien nicht war wie der Norden: Ben wusste jetzt, dass er aus dem Norden kam. Paulo war in jeder Beziehung anders als Alex, massig, mit weichem, braunem Fleisch, großen, braunen Augen, dunklem Haar und kleinen, fleischigen Händen mit Ringen daran. Paulo wollte sich mit Alex gut stellen, das wusste Ben: Alle wollten sie das. Alex war derjenige, dem sie sich alle zuwandten, zu dem sie alle aufsahen; alle warteten darauf, zu hören, was er dachte.

Manchmal waren an diesen Abenden bis zu fünfzehn oder zwanzig Leute zum Essen da. Jeden Tag kaufte Alex eine Menge zu essen ein, und er und Teresa kochten. Ben hörte, wie Teresa mit Alex darüber stritt, dass so viele Leute beköstigt wurden, von denen er manche gar nicht kannte, doch sie kamen, weil sie wussten, dass es hier etwas zu essen geben würde. Er sagte zu allen: »Klar, komm rein, setz dich, was willst du trinken, bist herzlich willkommen.«

»Du redest wie meine Frau, Teresa, sei endlich still«, sagte Alex.

Als er das letzte Mal hier gewesen war und an dem Theaterstück arbeitete, hatte er ein Apartment wie dieses gehabt, und das Ensemble und ihre Freunde verbrachten ihre Freizeit bei ihm, und er bewirtete sie. Das geht Amerikanern so, oder eigentlich jedem, der mehr Geld als andere hat, die oft arm sind, wie die meisten der Leute, die in dieses Apartment kamen, Schauspieler, Tänzer, Sänger mit oder ohne Arbeit, und es erschien Alex nur natürlich, sie zu beköstigen, und oft fand er auch Gründe, ihnen Geld zu geben – fragte sie, ob sie ihn beraten, etwas für ihn übersetzen könnten, ihm einen möglichen Drehort zeigen, ihn zu einem Museum mitnehmen könnten.

Doch das Entwicklungsgeld für den Film war kein großer Betrag; Alex hatte mehr gehabt, als er das letzte Mal hier war und an dem Film oder an dem Stück arbeitete. Teresa wusste, wieviel es war und dass es schnell weniger wurde. Und immer noch war kein Drehbuch da, obwohl Paulo und Alex jeden Tag daran arbeiteten.

Es gab eine Geschichte, wenn auch keine große. In

einem wilden, wunderschönen Teil Brasiliens, in den Hügeln vor einem großen Gebirge, lebte ein Stamm von Menschen wie Ben. Sie ernährten sich von den Früchten des Waldes, jagten Wild mit Keulen und Pfeil und Bogen, und kannten das Feuer – tatsächlich sollten sie im Verlauf des Films sehen, wie der Blitz in einen Baum einschlug und ihn in Brand setzte.

Das Problem war, dass außer der Entdeckung des Feuers nicht allzu viel passierte, wenn man erst einmal die grundsätzlichen Dinge gesehen hatte: Höhlen, die Jagd, Paarung, das Sammeln von Pflanzen. Ben hörte das alles und wusste, dass es so nicht stimmte, aber nicht, wie und warum: Sie fragten nicht nach dem, was er dachte. Manchmal hoben Alex und Paulo ihren Blick abwesend von der sorgenvollen Durchsicht ihrer Notizen, die über viele Seiten Papier verstreut waren, ihren inzwischen vielen Entwürfen, Konzepten, Exposés und starrten, ohne es selbst zu bemerken, mit hochgezogenen Brauen lange Ben an, sahen ihn aber gar nicht.

Wie sollte es also weitergehen? Vielleicht würde in diese ganze freundliche Szene ein Stamm von weiterentwickelten Menschen hineinplatzen und … was? Die beiden Rassen würden sich paaren und eine neue hervorbringen? Die Neuankömmlinge könnten Bens Leute ausrotten und Ben dazu, der bei ihrer Verteidigung wie ein Held stürbe? Vielleicht besser, wenn Bens Leute alle Neuankömmlinge umbrachten und ein unausweichliches Schicksal hinauszögerten, denn überall breiteten sich in diesem Land die neuen Leute aus.

Kein Problem, Schauspieler dafür zu finden. Das wären die eingeborenen Indianer des Gebietes. Welches Gebietes aber? Eine Reise musste unternommen werden, Schauplätze ausgewählt werden und Verhandlungen mit einem freundlich gesinnten Stamm aufgenommen werden, der erfreut sein würde, ein bisschen Geld zu bekommen: Darüber gab es keinerlei Zweifel.
Das Gebiet, für das sie sich nach Paulos Ratschlägen entschlossen hatten, das Hügelland des Mato Grosso, wurde unterdessen von schlechtem Wetter heimgesucht, von Stürmen und Überschwemmungen. Die Erkundungsreise wurde um eine Woche verschoben, und während dieser Zeit gingen die Diskussionen darüber weiter, wie sie Ben mit einem Linienflug in eine bestimmte Stadt bringen könnten und von dort aus weiter mit einer kleinen, privaten Chartermaschine. Alex und Paulo hielten es für selbstverständlich, dass sie Ben dabei haben mussten. Er hörte, wie sich die beiden Männer im Nebenzimmer unterhielten, und der elende Zorn, der ihn schon in seinem Griff hielt, vertiefte sich noch. Wohin würden sie ihn bringen? Schon wieder sollte er einen gewohnten Ort verlassen, ein Flugzeug besteigen und dann noch eins. Neue Orte, vielleicht eine andere Sprache.
Er fragte Teresa, wann sie ihn mitnehmen würden, und sie sagte, es würde bald sein. Sie stritt mit Alex darüber, dass es grausam wäre, Ben wegzubringen. Konnte er denn nicht sehen, wie unglücklich Ben war?
Eines Abends, als es schon spät war und die Gäste

daran dachten zu gehen, hörten sie ein halblautes, dumpfes Schlagen von nebenan, aus Bens Zimmer. Sie hatten nicht bemerkt, dass er leise die Gesellschaft verlassen hatte, während alle über die Hügel und Berge sprachen, zu denen die Filmemacher fahren wollten. Teresa öffnete leise die Tür und sah, dass er auf dem Boden kauerte, sich auf seine Fäuste stützte und seinen Kopf gegen die Wand schlug, Bumm, Bumm, Bumm. Teresa schloss die Tür, kam zurück und erzählte, was sie gesehen hatte.
»Kinder machen das«, sagte Alex. »Ein Nachbarsjunge hat das immer getan. Er schlug seinen Kopf gegen die Wand, manchmal stundenlang. Der Arzt meinte, das sei okay, er würde keinen Schaden leiden.«
Teresa sagte: »Er will nicht wegfahren. Er hat Angst.«
Die Gesellschaft war still und horchte: Bumm, Bumm, Bumm.
»Er wird sich das Hirn einschlagen«, meinte jemand.
»Nein, nein«, sagte Alex. »Lasst ihn nur, ist schon in Ordnung.«
Die Gäste gingen. Alex und Teresa blieben sitzen und horchten. Es war beunruhigend. Teresas Augen füllten sich mit Tränen. Es tat ihr in der Seele weh, zuzuhören. Das dumpfe Schlagen ging immer weiter. Sie trat wieder in Bens Zimmer. Er wimmerte vor sich hin, während er seinen Kopf gegen die Wand stieß, das Wimmern eines kleinen Kindes, und Teresa legte ihre Arme um ihn, während sie neben ihm niederkniete, und sagte: »Ben, lieber Ben, armer Ben, ist ja schon gut, ich

bin ja da.« Er ließ einen lauten Schrei aus Schmerz und Wut hören und wandte sich ihr zu, und sie spürte jenes haarige Gesicht oben an ihrer Brust und begriff, dass dies ein Kind war, das sie da hielt, oder wenigstens das Leiden eines Kindes. »Ben, es ist ja gut. Du musst nirgendwo hinfahren. Das verspreche ich dir.«

Sie blieb dort neben ihm auf dem Boden sitzen und hielt ihn fest, bis er sich in den Schlummer gewimmert hatte. Alex, der sich Sorgen um sie machte, warf einen Blick durch die Tür, zog sich wieder zurück. Dann war Ben still, und Teresa brachte ihn dazu, aufzustehen und sich aufs Bett zu legen. Sie kam zu Alex heraus, starrte ihn herausfordernd aus tränengefüllten Augen an und sagte: »Du kannst ihn nicht mitnehmen. Ich hab es ihm versprochen. Das kannst du nicht tun.«

»Na gut, ich schätze, wir brauchen ihn eigentlich auch nicht«, sagte Alex.

Aber es regnete immer noch in den Hügeln, wo man sie erwartete, und jeden Abend hörten die Leute, die um den Tisch herum saßen, aßen und tranken, stritten und lachten, von nebenan, an der Wand, die diesen Raum von Bens Zimmer trennte, das dumpfe Schlagen seines Schmerzes, seiner Wut.

Sein Zorn drohte, aus ihm herauszubrechen und in seine Fäuste zu fahren; er wollte schlagen und beißen und zerstören – vor allem Alex. Ben glaubte Teresa nicht, als sie sagte, Alex würde ihn dort lassen: Er betrog Teresa, gerade so wie er ihn, Ben, betrogen hatte, um ihn hierher zu bringen.

Dieses dumpfe Schlagen: Es war schrecklich, es wirkte direkt auf die Nerven aller, die es hörten, es war nicht möglich, es zu überhören. Sie versuchten es alle, doch ihr Gespräch brach ab und wurde ein Lauschen. Alex sagte dann: »Kümmert euch nicht drum, er tut sich nichts zuleide.« Und das Gespräch setzte wieder ein, stieg zu einem Crescendo an, gegen das Schlagen, doch alle Gesichter, die dort versammelt waren, zeigten Anspannung, Befremdung, sogar Angst, und bald schwiegen sie wieder, hielten ihre Gläser in ihren Händen, vergaßen das Essen auf ihren Tellern. Bang, Bang, Bang an der Wand.

»Das muss doch sein Gehirn verletzen«, regte sich Pablo auf, doch Alex sagte noch einmal: »Nein, Kinder machen das auch, es bedeutet nichts.«

In Wahrheit jedoch sagte dieses allabendliche Schlagen Alex, dass die Vision, die seine Phantasie im Hotel in Nizza bewohnt hatte, nicht ausreichte, um diesen Film durch seine vielen Stufen zu tragen, die unvermeidlichen Schwierigkeiten, Krisen, Widerstände. Und er musste immer noch ein Drehbuch zustande bekommen, oder wenigstens ein detailliertes Konzept, mit dem er mehr Geld besorgen konnte, genug, um den Film tatsächlich zu machen.

Alex und Paulo beschlossen, loszufliegen, obwohl der Regen immer noch fiel in den Hügeln, wo sie nach Ansicht aller die Landschaften finden würden, die sie suchten. Am Montag sollten sie abreisen, und am Sonntag war ab Mittag das gemeinsame Wohnzimmer

voller Leute. Die Filmemacher würden mindestens eine Woche lang unterwegs sein. In diesem gastlichen Apartment würde Ben mit Teresa zurückbleiben, die sich um ihn kümmern sollte.
Ben konnte das Reden, Reden, Reden über die Vorbereitungen hören, und er ging in seinem Zimmer auf und ab wie in einem Käfig. Dann kam er heraus, stand da und sah sie alle an. Sie bemerkten ihn gar nicht, wie er so dastand. Sie waren alle ein wenig betrunken, herzlich zueinander, lärmten. Teresa hatte ihren Arm um Alex gelegt, und ihr schwarzes Haar fiel in seinen Nacken. Ben ging zur Tür und verließ die Wohnung. Es war später Nachmittag, das Licht schräg und strahlend, doch nicht so schlimm wie der Mittagsglast. Er wusste nicht, was er tun wollte. Er ging dorthin, wo das Meer als blaues Blenden zu sehen war. Seine Augen schmerzten hinter seiner dunklen Brille, doch nicht allzu sehr. Dann lag der lange, weiße Strand vor ihm, und darauf lagen oder spielten so viele Menschen. Mehr noch sprangen an den Wellen entlang. Die Mädchen trugen so wenig, dass er genau hinsehen musste, um es zu erkennen: Ja, das war ein Stück Stoff da vorn, und die beiden Fetzen versteckten Brustwarzen. Er war geladen vor Wut, dem Bedürfnis, wehzutun, zu töten. Er ging am oberen Rand des Strandes entlang und versuchte zu vermeiden, dass die Splitter des Lichtes ihm in die Augen drangen, hörte auf das Geräusch der Wellen, die Stimmen, das Lachen – diese Masse von Menschen, so viele Menschen, die wussten, wie sie zu-

sammen sein sollten, alle genau gleich wie die anderen, obwohl sie von unterschiedlicher Farbe, Größe, Form waren – niemand starrte sie an, weil sie so seltsam aussahen.

An diesem Strand arbeiteten Diebesbanden, genau wie an den anderen Stränden von Rio, meist Kinder oder Jugendliche, und sie hatten Ben schon ins Visier genommen, als er die Straße hinunter an den Strand gekommen war. Sie benutzen einen Trick, der folgendermaßen geht: Ein Jugendlicher, oder auch ein Kind, schießt auf das Opfer zu und spritzt ihm Schmiere auf die Schuhe, was er oder sie zunächst vielleicht gar nicht bemerkt. Dann ist da plötzlich ein ekelhafter Klecks von hellem Fett auf einem Schuh oder auf beiden. Ben ließ einen Wutschrei hören. Die Trickdiebe, sie arbeiten nämlich im Team, laufen neben dem Opfer her und warten auf den Augenblick, wo das Opfer das Fett sieht, und genau dann kommt einer herbeigerannt und bietet an, den Schuh oder die Schuhe zu reinigen, wobei er den Preis dafür nennt. Ben hatte kein Geld bei sich, und außerdem war er wahnsinnig vor Wut. Er packte den grinsenden Jugendlichen, der sich mit einem Tuch in der Hand zu seinen Schuhen niederbeugte, mit seinen Armen und begann ihn zu quetschen, während er – nicht der Jugendliche, der keine Luft mehr in sich hielt – vor Wut heulte und schrie. Sofort kam der Rest der Bande herbeigelaufen, um ihren Kumpel zu retten, und ein vorbeischlendernder Beobachter – ein Polizist – bemerkte es und kam ebenfalls dazu. Ben war nun nur

ab und zu sichtbar, ein Arm, ein Bein, sein Kopf, in einem Gewühl halbnackter, kämpfender Jungen.
Alex und Teresa rannten, gefolgt von ihren Freunden, auf die Szene zu, die dieses Stück des Strandes zum Schweigen gebracht hatte. Teresa schrie auf Portugiesisch den Polizisten an: »Schluss, so machen Sie doch Schluss damit, er gehört zu uns!«
Wer denn überhaupt? Ben war kaum zu sehen; Gebell und Geheul drang aus dem Haufen Angreifer heraus.
Der Polizist begann, auf einen Kopf zu schlagen, Arme, ein Bein, was immer zum Vorschein kam, und zog ein paar der Jugendlichen am Haar heraus. Ein Schrei erklang, die Polizei sei da, und sofort löste sich der Haufen junger Leute auf und stob auseinander, manche von ihnen blutend, einer mit einem Arm, der gebrochen aussah. Ben kauerte und hielt sich die Arme schützend über den Kopf. Seine Kleider waren ihm fast gänzlich vom Körper gerissen worden. Sein Hemd hielt ein weglaufender Junge in der Hand, und seine Schuhe waren verschwunden.
Teresa fing einen scharfen, doch bittenden Streit mit dem Polizisten an. »Er gehört zu uns – er gehört zu ihm …« – auf Alex deutend. »Wir drehen einen Film. Fürs Fernsehen.« Diese eindringliche Bitte ließ den Polizisten ein paar Schritte zurücktreten. Er starrte Ben an, die behaarten Schultern, das buschige Gesicht, in dem die weißen Zähne schmerzverzogen grinsten.
Teresa legte ihren Arm um Ben, dessen breite Brust

bebte und der grunzende Geräusche von sich gab, die, das wusste Teresa, wahrscheinlich bald zu einem Wimmern werden würden, das, auch dieses wusste sie, eine Reaktion des Polizisten hervorrufen würde, dessen Gesicht nicht länger aufgeregt und besorgt aussehen, sondern grausam werden würde.

»Komm, lass uns gehen, Ben«, sagte sie und führte ihn davon. Alex ging auf der anderen Seite neben Ben, doch Ben sah ihn nicht an, sondern nur Teresa, sein armes Gesicht, an dem das Blut herunterrann, war eine einzige Bitte darum, dass sie ihn retten sollte.

Der Polizist stand da und starrte, ließ sie jedoch laufen, die drei vornweg, Alex, Ben und Teresa, der Rest hinterher.

Im Apartment saßen die Leute immer noch um den Tisch herum und hatten kaum gemerkt, dass Ben gegangen war und die anderen hinter ihm her. Sie hatten Ben immer nur in sauberen Kleidern gesehen, eleganten Kleidern, und jetzt waren sie schockiert über das, was sie sahen.

Teresa nahm Ben ins Bad mit und zog ihm, wie die alte Frau es tat, das aus, was von seinen Kleidern übrig war, ohne Scheu, wobei sie sanft mit ihm sprach: »Ist ja schon gut, jetzt bist du sicher, hab' keine Angst mehr, armer Ben, steig in die Dusche, ja, so ist's gut.« Und Teresa wusch ihm Sand und Schmutz ab, stillte die Blutung aus einem Kratzer an der Stirn und steckte seine zerrissenen Hosen in die Waschmaschine. Sie holte saubere Kleider, zog ihn an, und er ließ sie dies alles

tun, willenlos in ihren Händen, drehte sich um, wenn sie es sagte, hob einen Arm oder den Fuß.
Er stand unter Schock, atmete schwer, sah bleich aus, und seine Augen hatten einen dunklen, verwirrten Blick.
Sie setzte sich zu ihm aufs Bett und wiegte ihn. »Ist ja schon gut, Ben. Ich bin deine Freundin. Alles wird gut, du wirst schon sehen.«
Diese Nacht, die sie, weil Alex am nächsten Tag losfuhr, mit ihm in seinem Bett hätte verbringen sollen, blieb Teresa bei Ben, der angezogen auf dem Bett lag und nicht schlief. Sie hielt seine Hand und sprach leise zu ihm. Sie war besorgt wegen seiner Willenlosigkeit, seiner Gleichgültigkeit. Diese junge Frau, die in ihrem kurzen Leben mit allen möglichen Extremen alles gesehen hatte, wusste sehr genau, dass dieser Ben, der Unbekannte, in einer Krise war, eine Art innerer Wandlung durchlief.
Am Morgen fuhren die beiden Männer zum Flughafen, und Teresa blieb mit Ben im Apartment zurück, und mit genügend Geld, damit sie beide essen konnten. Bens eigenes Geld war immer noch kaum ausgegeben.
Und jetzt kam Ben aus seinem Zimmer und tat, was er vorher noch nie getan hatte: Er setzte sich an den großen Tisch statt auf einen Stuhl an der Zimmerwand, weg von den anderen. Er saß da, sah sich im leeren Zimmer um, beobachtete Teresa beim Aufräumen und Putzen und aß gehorsam, was sie für sie beide kochte.
Er hatte sich tatsächlich verändert. Da war etwas gewe-

sen mit der Szene am Strand, dem bewussten Betrug durch die Jugendlichen, und dann der Angriff, und wie er trotz seiner großen Kraft machtlos dagegen war – sie waren so viele gewesen, und sie hatten ihn mit Griffen gepackt, die ihn sich nicht mehr rühren ließen – seine Wut war verflogen und hatte ihn traurig zurückgelassen, weil er wusste, wie körperlich hilflos er während dieser wenigen Momente gewesen war – vielleicht drei Minuten, oder gar weniger. Immer hatte er bis zu jenem Augenblick das Bewusstsein seiner Stärke gehabt, und dass er darauf zurückgreifen konnte; eine letzte Möglichkeit der Verteidigung, und dass er nicht völlig den anderen ausgeliefert war. Doch jetzt war er hilflos gewesen, und es hatte Gemeinheit, Grausamkeit gegeben, die Absicht, ihm wehzutun.

Er sagte zu Teresa: »Wann fahre ich nach Hause?«

Teresa wusste, dass er in London gewesen war, und dass es wahrscheinlich das war, was er meinte, doch sie sagte vorsichtig, dass sie sicher wäre, Alex würde ihn nach Hause bringen.

»Ich will nach Hause«, sagte Ben. »Ich will nach Hause.«

Als Teresa mit dem Putzen und dem Kochen fertig war, brachte sie Ben Fruchtsaft und setzte sich dann neben ihn, mit ihrem Saftglas. Er hoffte, sie würde ihren Arm um seine Schultern legen, damit ihr weiches, schwarzes Haar auf ihn herniederfiel, und das tat sie auch. »Armer Ben«, sagte sie. »Armer Ben. Ich bin traurig wegen dir.«

»Ich will nach Hause.«
Teresa wollte auch nach Hause, und wie Ben wusste auch sie kaum, welchen Platz sie wirklich ihr Zuhause nennen konnte.

Dies war ihre Geschichte. Sie war in einem armen Dorf im Nordosten Brasiliens zur Welt gekommen, wo Dürre jetzt die Tiere tötete und die Felder mit Staub füllte. Sie erinnerte sich an Trockenheit und Hunger und daran, die Nachbarn nach Süden gehen zu sehen, nach Rio, São Paulo. Dann sagte ihr Vater, auch sie müssten weggehen, sie würden alle sterben, wenn sie blieben: Vater, Mutter und vier Kinder, das älteste Teresa. Einen Teil ihres Weges legten sie per Bus zurück, doch dann war es die Frage, mit dem Bus zu fahren oder zu essen zu haben. Tagelang liefen sie zu Fuß, aßen Brot und gestohlenen Mais von den Feldern, die grüner wurden, je weiter sie nach Süden kamen. Dann waren sie in einem überfüllten Armenviertel vor Rio, wo die Häuser eins über das andere einen Hügelhang hinaufgebaut waren, und wo es besser war, je höher man wohnte, weil beim Regen das Abwasser den Hügel hinabgespült wurde. Mit ihrem letzten Geld bauten sie sich einen Unterstand aus Plastikplanen auf Pfosten, und unterhalb von ihnen lagen Hütten wie die ihre und bessere Häuser, zwischen Pfaden, die langsam zu tiefen Furchen ausgewaschen wurden. Sie hatten jetzt kein Geld mehr übrig. Der Vater versuchte, gemeinsam mit den anderen armen Männern, Arbeit zu bekommen, kämpfte um irgendeine Arbeit, und bekam manchmal auch für ein oder zwei Tage welche. Sie waren hungrig, sie waren verzweifelt. Dann begann etwas, das Teresa anfangs nicht verstand, obwohl sie wusste, dass die Mädchen aus den Favelas, den Armenvierteln, mit ihren Körpern Geld verdienten. Ihr Vater sagte nichts, ihre Mutter sagte nichts, doch sie konnte ihre Gesichter lesen, die sagten, dass sie die sechsköpfige Familie ernähren konnte. Teresa redete mit den Mädchen, die ihre Familien schon ernährten. Sie warteten vor den Kasernen, wenn abends die Soldaten Ausgang hatten, oder gingen in die Cafés, wo die kleinen Kriminellen verkehrten. Die meisten dieser Mädchen nahmen es hin, ganz unten zu sein, Müll zu sein, und dass sie auf nichts Besseres hoffen konnten. Aufzusteigen hieß, Geld für ein gutes Kleid und gute Schuhe zu haben, und sobald sie Geld in den Händen hielten, ging es an ihre Familien. Teresa war ein kluges Mädchen mit einem klaren Blick, und sie hatte nicht die Absicht, eine Soldatenhure zu bleiben. Anfangs ging sie mit einem anderen Mädchen, um zu sehen, wie die Dinge liefen, und holte sich mit Leichtigkeit einen Soldaten, der sie im Stehen gegen eine Wand gelehnt nahm und ihr genug *Reais* gab, um für ein paar Tage Essen zu kaufen. Teresa war krank vor Angst, irgendeine Krankheit zu bekommen, und vor der Angst, diesem Leben niemals zu entkommen. Sie ging mit den Soldaten gerade so lange, wie sie brauchte, um genug Geld für ein Kleid und ein Paar Schuhe zu sparen, während sie den Rest ihrer Mutter gab. »Ist das alles?«, fragte ihre Mutter und nahm ihr die *Reais* ab: Ihre Stimme war rauh, ihre Augen waren voller Scham, und sie schimpfte dauernd mit Teresa, obwohl sie Freundinnen gewesen waren. Die Einwohner machten böse Bemerkungen, wenn sie die Mädchen abends losziehen sahen, und die Männer liefen ihnen hinterher, wenn sie zurückkehrten, und versuchten, sie dazu zu zwingen, ihnen Sex gratis zu geben.

Teresa war ein gutes Mädchen gewesen, das zur Kirche ging; der Priester und der Lehrer in der Schule mochten sie und sagten ihren Eltern, diese Tochter, die sie da hätten, sei ein Geschenk Gottes. Nun war sie jemand geworden, der die Leute hässliche Worte hinterherriefen. Sie fühlte sich hässlich. Während der Wochen, in denen sie aus dem Norden hierher gewandert waren, hatte sie ein Paar löchrige, alte Jeans getragen und ein Hemd, das einmal ihrem Vater gehörte. Das trug sie hier immer noch bei ihrer Arbeit, weshalb sie auch nur so wenig Geld verlangen konnte. Es gab keinen richtigen Platz, um sich zu waschen. Ihr Haar war fettig. Sie wusste, dass sie schlecht roch.

Sie musste sich zwingen, so, wie sie war, in einen Laden zu gehen und ein Kleid zu kaufen. Sie hatte Angst, man würde sie einfach hinauswerfen. Sie wusste genau, was sie wollte: Sie hatte das Kleid auf einer Stange gesehen, vom Gehsteig aus. Sie ging hinein, das Geld in der Hand, und sagte: »Ich möchte das Kleid da.« Sie

wusste, dass sie es nicht anprobieren konnte, weil sie so schmutzig war. Die Verkäuferin nahm ihr Geld und steckte das Kleid in eine Tüte, wobei sie Teresa kalt und böse ansah. »Ich möchte, dass Sie es für mich aufheben – nur für ein paar Tage«, sagte Teresa.
Die Verkäuferin wollte das eigentlich nicht, doch Teresas bittende Augen sprachen so deutlich, dass sie ihre Meinung änderte. Sie würde die Tüte zurückstellen, doch nur für eine Woche. Teresa wusste, dass sie das Kleid nicht mit in die Favela nehmen konnte: Ihre Mutter hätte es ihr weggenommen, um es für Essen zu verkaufen. Und Teresa gab in ihrem Inneren zu, dass ihre Mutter Recht hatte. Sie kannte nur zu gut den Zorn darüber, Kinder um Essen bitten zu sehen, das es nicht gab.
Teresa wurde gegen die Wand gelehnt, im Dunkeln, und sogar am Tag, bis sie das Geld für ein Paar gute Schuhe hatte. Sie holte das Kleid aus dem Laden und zog es an, ein rotes Kleid mit Ausschnitt, doch nicht zu tief, eng an der Taille – sie war ein anderer Mensch. Das tat sie hinter einem Busch in einem öffentlichen Park. Sie zog die Schuhe an, hochhackig, fein: es würde ihr sicher schwer fallen, darin zu laufen. Und jetzt musste sie eine Art und Weise finden, sich zu reinigen, und das brauchte mehr Mut als alles, was sie bisher getan hatte. Kühn ging sie zu einem großen Hotel, einem der besten, und betrat es, als gehöre sie hierher. Das Schwierigste war, so in jenen Schuhen zu laufen, dass die Leute dachten, sie wäre daran gewöhnt. Die Ange-

stellten in der Hotelhalle sahen sie sich wohl genau an, doch dachten, sie käme, um irgendeinen Mann in seinem Zimmer zu besuchen. Sie fand eine Toilette, und niemand sonst war dort. Sie hob das Kleid hoch und wusch sich mit einem Lappen, den sie bei sich trug, die Beine und bis zur Taille hoch; streifte das Kleid herab und wusch sich Achseln und Brüste. Als sie die Versuchung spürte, die Seife mitzunehmen, um sie ihrer Familie zu schenken, hielt ihr Stolz sie zurück. »Ich bin keine Diebin«, beschloss sie. Jemand kam herein, warf Teresa kaum einen Blick zu, betrat eine Kabine, kam wieder heraus, wusch sich die Hände neben Teresa, die sich auch die Hände wusch.

Die Frau ging wieder. Jetzt war Teresa sauber, bis auf die Haare, und sie musste das größte Risiko noch eingehen. Sie wusch sich das Haar, konnte währenddessen nicht richtig hören, und hatte gerade so viel Glück, ihr Haar aus dem Waschbecken genommen zu haben und sich nur noch vorzulehnen, um das Wasser herauszuwringen, als eine Frau hereinkam, sie anstarrte, jedoch nichts sagte. Dann ging auch sie wieder. Teresa kämmte sich das nasse Haar. Sie wusste, dass sie jetzt, sauber, in ihrem neuen Kleid, mit den hohen weißen Schuhen und dem glatten, weichen Haar, so gut wie jede andere Frau war, und sie verließ das Hotel und setzte sich an einen Tisch in der Sonne, um ihr Haar trocknen zu lassen. Es war später Vormittag. Sie wusste nicht, wie sie die Leute dort taxieren sollte, außer die Mädchen, die auch, das wusste sie, aus den Favelas stammte wie sie selbst. Wie sie, so waren alle hübsch. Mit einem hübschen Kleid und Schuhen und genug Geld, um sich einen Drink zu kaufen, konnte sich ein Mädchen aus einem der schlimmsten Slums der Welt an einen Tisch vor einem feinen Hotel setzen, und niemand würde etwas sagen. Ein Kellner höchstens. Die anderen Gäste wussten vielleicht nicht, wer sie waren, die wartenden Mädchen, doch die Kellner hatten es sofort durchschaut. Als jedoch einer kam, bestellte sie ein Glas Orangensaft und saß eine lange Zeit allein da. Sie sah, wie eins der Mädchen mit einem Mann in das Hotel ging. Schließlich kam ein Mann und setzte sich an ihren Tisch, und sie musste mutig sein. Es war ein Tourist, der nur zehn Worte Portugiesisch sprach. Er war Deutscher. Er fragte, wieviel, sie nannte ihm eine so riesige Summe, dass sie erwartete, er würde sie auslachen: Doch dies war ein berühmtes Hotel, das wusste sie, und jeder hier war gut angezogen und gut ernährt. Er sagte, ja, er sei einverstanden. Jetzt hatte sie einen schwierigen Augenblick: Würde er sie fragen, ob sie ein Zimmer hätte? Doch nein, er nahm sie beim Arm, und sie gingen durch die Stadt zurück zu einem kleineren Hotel, wo ihn niemand mit ihr aufhielt, als sie zum Fahrstuhl gingen. In der glänzenden Tüte der Boutique trug sie noch ihre alten Kleider bei sich, die nicht gut rochen. Sie schaffte es, die Tüte im Fahrstuhl stehen zu lassen, als sie heraustraten.

Dieser Mann mochte sie und bat sie, jeden Tag zu kommen – er war eine Woche zu Besuch. Dies war ein

Glücksfall: ein wie großer, das wusste sie noch nicht. Doch vielleicht war es nicht nur Glück. Sie war sehr schön, das sah sie, als sie in den langen Spiegel im Zimmer sah. Sie war sehr schön und hatte ein Gefühl für Sex. Er war ihr nicht unangenehm. Er war nicht wie die Soldaten.

Am Ende der Woche mit dem Deutschen brachte sie ihrer Mutter mehr Geld, als sie je zuvor auf einmal gebracht hatte. Doch war es nicht alles, was sie hatte, und sie war immer mehr von Angst besessen wegen der Gefahr, in die sie sich begab, wenn sie so große Geldbündel unter ihren Brüsten versteckt trug. Banken waren nicht für Leute wie sie. Sie hatte noch nicht einmal einen Ausweis, und sie wusste, dass sie Schwierigkeiten bekäme, wenn die Polizei sie aufgriff. Sie stand einen Tag lang Schlange und bekam ihren Ausweis, ein Stück Papier, auf dem stand, dass sie Teresa Alves hieß. Sie fühlte sich betrogen von diesem Ausweis, der nicht ausdrückte, wie sie sich selber fand. Und der Ausweis löste nicht ihr Problem mit dem Geld. Ein bestimmter Ladenbesitzer bewahrte Geld für seine Kunden auf, gegen eine Gebühr, doch sie traute ihm nicht. Aber es blieb ihr nichts anderes übrig, und so gab sie ihm die Hälfte dessen, was sie hatte.

Eine Woche lang ging sie nicht zu den Tischen vor jenem ersten Hotel, und als sie es schließlich tat, hatte sie sich ein zweites Kleid gekauft, ein grünes, und sie war zum ersten Mal in ihrem Leben bei einem richtigen Friseur gewesen. Sie war mit Abstand die schönste

Frau an jenen Tischen, und sie bekam sofort einen neuen Kunden, einen Griechen. Ihre Karriere vor dem Hotel lief gut für ein paar Monate. Die Familie bekam zu essen. Ihr gespartes Polster wuchs. Und sie plante, wie sie dem Hurenleben entkommen konnte. Sie hatte nicht mehr so viel Angst wegen Krankheiten, wie in der Zeit mit den Soldaten, nervös machte sie das jedoch schon, obwohl ein Arzt ihr gesagt hatte, dass sie gesund sei – bis jetzt.

Eine Hure zu sein war teuer. Sie wusste, dass ihr Beruf sie an Kleidung und teuren Drinks und Make-up und Friseur und dem Mädchen im Hotel, das ihr die guten Kleider in Ordnung hielt, so viel kostete, wie ihr Vater in all den Jahren seines Lebens als armer Bauer verdient hatte.

Dann hatte sie noch einmal Glück: Sie war ein Glückspilz, das wusste sie. Einer ihrer Kunden, ein Amerikaner, der beim Theater arbeitete, nutzte sie, um Informationen über die heimischen Gebräuche und vieles mehr zu bekommen, und bat sie, einfache Sachen zu übersetzen – inzwischen konnte sie ein wenig Englisch, nicht viel, doch genug, um es so aussehen zu lassen, als wisse sie viel mehr. Und so wurde sie bekannt in jener Welt: Fernsehen, Film, Theater, und man bot ihr Arbeit an. Und sie gab das Huren auf, obwohl sie, wenn sie ehrbar war, weniger verdiente. Alle paar Tage fuhr sie in die Favela zurück; sie hatte ein billiges Zimmer in Rio: Wenigstens besaß sie jetzt einen Ort, wo sie ihr Geld und ihre Kleider aufheben konnte. Ihre Mutter sagte voll Bitterkeit zu ihr, dass sie bald ganz fortgehen würde, undankbare Tochter, und sie alle dem Verhungern überließe. Doch Teresa würde das niemals tun, und ihre Mutter wusste es. Beide verstanden, dass die Mutter nur zornig war, weil sie sich schämte. Jetzt sagte Teresa ihr, dass sie eine gute Arbeit hatte, doch ihre Eltern glaubten ihr nicht, taten jedoch so, um Teresas Gesicht zu wahren – und ihr eigenes, weil sie dann nicht vom Geld einer Hure lebten.

Der Familie ging es besser als vielen anderen in der Favela. Der Vater hatte ein kleines Ziegelhaus gebaut, mit einem Dach aus Zinkblech, auf das der Regen trommelte. Es gab zwei Zimmer, und keine sechs, sondern nur drei Leute darin, Mutter, Vater und ein kleines, kränkliches Mädchen. Die beiden Jungen, der, der mit vierzehn gleich nach Teresa kam, und der, der dann kam, mit zwölf, hatten sich einer Bande Jugendlicher angeschlossen, die durch die Straßen zogen und stahlen, sich nahmen, was sie kriegen konnten. Wenn sie nach Hause kamen, dann nur, um nach Geld zu verlangen, dann waren sie gleich wieder fort. Manchmal sah Teresa eine Bande Straßenkinder, suchte mit ihrem Blick nach ihren Brüdern und sah sie vorbeihuschen, oder sie saßen mit verlorenem Blick auf der Bordsteinkante. Drogen. Sie nahmen welche, und sie verkauften welche. Sie schalt sie aus, aber sie wusste, dass sie vor diesen kalten, grausamen Straßenkindern Angst haben musste, die für eine Handvoll *Reais* töteten. Doch sie hatte geholfen, sie aufzuziehen, hatte ihnen zu essen

gegeben, und deshalb meinte sie, das Recht zu haben, sie zu schelten. Sie gab ihnen Geld. Und musste dann auf die Banden Acht geben, denn es konnten nicht nur ihre Brüder sein, die dann nach mehr verlangten.
Vor zwei Jahren hatte Alex sie beschäftigt, als er an dem Theaterstück arbeitete, und sie waren ein Liebespaar geworden. Anfangs tat sie es ihm zu Gefallen, wollte nicht, dass er dächte, das wäre im Preis inbegriffen. Das hätte ihn jedoch gar nicht gestört, er hätte es nicht einmal bemerkt. Er mochte sie, verließ sich auf sie und hatte keine Ahnung von den schmutzigen Wegen, die sie gegangen war, zuerst ganz wörtlich, von ihrem weit entfernt gelegenen, sterbenden Dorf hierher, und dann, indem sie ihren Körper gebrauchte, um der Armut zu entkommen. Er nahm die Dinge, wie sie kamen, und in Rio war eben die schöne Teresa, und sie war bestimmt nicht mehr, als er verdiente. Er war an die guten Seiten des Lebens gewöhnt, und er war gern großzügig mit Geld. »Ich habe eine Mutter«, sagte sie. »Der gebe ich Geld.« Und er gab Teresa Geld, ein gutes Gehalt, mehr, als er getan hätte, wenn da keine Mutter gewesen wäre.
Wenn Teresa sich gestattete, über ihre Situation nachzudenken, wurde sie von Panik ergriffen. Ihre Mutter, ihr Vater und das kränkliche Kind hingen vollständig von ihr ab. Sie überlegte, wie sie ihre Brüder retten könnte. Das Problem war, dass das Zimmer, das sie in der Wohnung einer Sängerin gemietet hatte, die die Miete dringend zum Leben brauchte, winzig war und

sie ihre Brüder nicht dorthin bringen konnte. Wenn sie mehr verdiente, eine größere Wohnung mietete? – Doch sie war nicht bereit, zur Prostitution zurückzukehren. Die Verantwortung lastete auf ihren Schultern wie schwere Säcke, die sie tragen musste. Sie war siebzehn, obwohl sie vorgab, zweiundzwanzig zu sein, gerade eben wie sie vorgab, mehr Englisch zu können, als sie tatsächlich sprach. Oft träumte sie von ihrem Dorf, obwohl es so arm und das Leben dort so schwer gewesen war. Wenigstens hatte man sich um sie gekümmert. Sie sehnte sich danach, jemand zwischen sich und den Gefahren zu haben, die sie umgaben. Es waren die starken Arme ihrer Mutter, die sie sich wünschte, und sie wusste es.

Und so saß Teresa da, den Kopf in die Hand gestützt, und dachte daran, dass sie, als sie noch ein Kind war und durch den Staub lief, keine Ahnung davon hatte, dass sie so bald eine so schwere Last würde tragen müssen, und Ben saß bei ihr am Tisch und war traurig: »Ich will nach Hause.« Und manchmal legte Teresa ihre Arme um ihn, »Armer Ben«, und sogar: »Du bist ein guter Junge, Ben.« Und während sie dies sagte, erinnerte sie sich selbst daran, dass dies ein bärtiger Mann war, dessen Pass besagte, dass er fünfunddreißig war, auch wenn er selbst ihr erzählt hatte, er sei achtzehn. Die Leute behandelten ihn, als sei er sogar noch jünger, und er gehorchte wie ein folgsames Kind. Das kommt daher, dass wir alle mit ihm reden, als sei er ein Kind, dachte sie. Die Menschen benehmen sich so, wie sie behandelt werden. Sie änderte ihr Verhalten ihm gegenüber, bat ihn wie einen Erwachsenen, kleine Dinge für sie zu tun, ihr ein Sandwich zu machen, eine Tasse Kaffee; sie meinte, deshalb eine Veränderung in ihm zu bemerken.

Er saß nicht immer bei ihr. Die Tür zwischen dem großen Raum und seinem Zimmer stand für gewöhnlich offen, damit Teresa sehen konnte, was mit ihm los war. Normalerweise lag er auf seinem Bett oder saß darauf und probierte seine Sonnenbrillen auf. Am Nachmittag fiel das Licht grell in sein Zimmer, so dass es manchmal schien, Ben sei in einem sich kräuselnden Wasserbecken. Ihm selbst schien es, als versuchten ihn Splitter und Nadeln der Helligkeit in die Augen zu stechen und seinen Kopf mit Glast zu füllen. Er probierte die Brillen auf, eine nach der anderen, und blieb schließlich immer bei der dunkelsten. Zuweilen versuchte er es dann wieder ohne, während die weiße Hitze des Tages in gleißenden Mustern über die Wand glitt. »Warum sind meine Augen so anders?«, fragte er heftig und sprach etwas an, was man Schicksal, Bestimmung nennen konnte – die schmerzlichen Gefühle, die von dem *Armer Ben* der alten Frau und von Teresa hervorgerufen wurden. Doch weshalb, weshalb, weshalb war er so anders?

Unterdessen waren Alex und Paulo in den Hügeln, die sie in einem kleinen Sportflugzeug erreicht hatten, von einer Stadt aus, die ihrerseits einmal am Tag von einem Flugzeug angeflogen wurde. Sie hatten eigentlich mit einem Auto in die Hügel fahren wollen, doch hatte es so viel geregnet, dass die Straßen zu schlecht dazu waren. Sie waren in einem kleinen Hotel gelandet, einem Gasthaus, das Paulo von einer früheren Erkundungsreise in diese Gegend her kannte, und in dem gelegentlich Goldsucher, Anthropologen oder Geologen abstiegen. Es hatte vier Zimmer und war von einer breiten Veranda umgeben, auf der die beiden Männer saßen und an ihrem Drehbuch arbeiteten. Sie waren über eine ganze Reihe von Hügeln gewandert, mit Ben in den Köpfen – Ben und seinen Leuten. Das Problem war, dass zwar die Vision, die Alex von Bens Stamm in jenem Hotel in Nizza gesehen hatte, immer noch in seinem Kopf lebte, so dass er oft daran zurückdachte und verglich, dass Alex Ben jedoch immer öfter so sah, wie er jetzt war, ein elendes, zorniges Wesen, von dem sie beide, er und Paulo, dachten, dass es wahrscheinlich krank war. Ben verursachte Alex Schuldgefühle, und es gab Augenblicke, da bereute er, Ben hierher nach Brasilien gebracht, ja überhaupt die ganze Idee gehabt zu haben. Es funktionierte nicht. Wenn die Dinge funktionierten und gut weitergehen sollten, dann lief es so: Es gab einen magischen Augenblick, alles passte und fügte sich zusammen, Leute, Ereignisse, ein Artikel in einer Zeitschrift oder ein zufällig in die Hand genommenes Buch trugen zu dem Prozess bei, und es waren diese glücklichen Umstände, an denen man sehen konnte, dass man in einer günstigen Strömung war. Doch bei diesem Projekt – diesem

Film – holperte und stolperte alles nur gerade so dahin, oder kam ganz zum Erliegen. Wie oft hatten sie das Drehbuch neu begonnen, geglaubt, dass es gut war, doch dann kamen ihnen Zweifel, und sie wussten, das war es nicht. Alex wusste jetzt, dass es die Gegenwart von Ben gewesen war, die genügend Kraft gegeben hatte, weiterzumachen. Ben, so wie er war. Doch jetzt lag Ben wie eine Blockade, wie ein Riegel vor ihrer kreativen Phantasie, wenn sie an ihn dachten, dann hörten sie das Bumm, Bumm, Bang, Bang seines Kopfes an der Wand. Sie frotzelten, dass dieses Geräusch wie das von Bergwerkstempeln war: Sie hörten die Stempel einer kleinen Mine in der Nähe der Pension. Dieser Scherz war ihr Versuch, Ben wieder in einen Zusammenhang zu bringen, der ihre Ideen füttern konnte.

Sie waren nicht nur über eine ganze Reihe Hügel und kleinere Berge gewandert, sondern hatten auch einen Stamm besucht, und von diesem Besuch an begann der Prozess – erst stillschweigend, doch jetzt ganz offen –, Ben aus dem Film zu entfernen.

Mit dem Flugzeug – dem dritten, einem Viersitzer – waren sie über Wälder und Flüsse dahin geflogen und waren in einem Regenwald gelandet, wo sie auf Menschen trafen, die nicht feindselig wirkten, sondern sich über das freuten, was sie, auf Paulos Rat hin, mitgebracht hatten. Das waren zwei kleine Radios mit Batterien – eine ordentliche Zahl da- von in dicken Plastiktüten, um die heiße Feuchtigkeit abzuhalten –,

Dosennahrung, Kleider, Messer. Paulo hatte es übernommen, mit ihnen zu reden – er beherrschte ein paar Worte der einheimischen Sprache –, während Alex still dabeisaß, doch seine Augen arbeiteten hart. Was für Gesichter! Was für Körper! Was für herrliche Menschen waren dies, die ihr noch unverdorbenes Leben hier am Ufer eines Flusses lebten. Diese Menschen waren es gewesen, die in einer früheren Version ihres Drehbuchs in das Gebiet von Bens Stamm eingedrungen waren, und dann ... Doch Paulo und er waren nicht in der Lage gewesen zu entscheiden, was dann kam.
Hübsche Mädchen waren da, eines vor allem, das zarteste und schönste Wesen, das Alex je gesehen hatte. Sie war ungefähr vierzehn, sagte man ihnen, und würde bald heiraten. Dieser Stamm hatte nichts dagegen, in einem Film mitzuspielen, doch es wurden Grenzen gezogen, eine davon war, dass keines der Kinder von hier weg und in die Nähe der Versuchungen einer großen Stadt gebracht werden durfte – was für diese Leute ein Ort war, der eine Flugstunde von hier entfernt lag, dessen Namen die Filmemacher kaum auf ihrer Karte fanden.
Dieses Mädchen ... Sie bekamen sie beide nicht mehr aus dem Kopf; sie gestanden sich, überwältigt von ihr zu sein. Sie kehrten zu ihrer Veranda zurück und zu dem kleinen Hotel, das von einem älteren Mann und einer älteren Frau geführt wurde, die jeden Morgen fragte, was sie gerne essen wollten, doch war es dann doch immer nur Hühnchen mit Reis und Bohnen und

scharfen Gewürzen, und dann wieder Hühnchen. Sie tranken Bier, das in einem Eisschrank gekühlt wurde, der mit Batterien betrieben wurde, denn Strom gab es dort nicht regelmäßig, er fiel oft aus. Die beiden warfen alle früheren Versionen des Drehbuchs fort und fingen ganz neu an, mit dem Stamm und dem Mädchen als Ausgangspunkt. Es wäre nicht richtig zu sagen, dass Ben vollkommen daraus verschwand. Zuerst wurde dieses Mädchen gezwungen, einen wilden Hügellandbewohner zu heiraten, der Gold gefunden hatte und damit das Mädchen kaufen wollte, und dieser Mann trug immer noch ein paar von Bens Zügen, so wie Alex sie sah, vor allem eine rauhe Blödheit. Dann verlor der Freier seine Wildheit und war durch ein verkrüppeltes Bein behindert, das das Mädchen heilte – so konnte man sagen, dass Bens Rolle auf ein lahmes Bein zusammenschrumpfte. Am Ende kam ein Film dabei heraus, der ganz gut lief. Das Mädchen wurde ein Fernsehstar und konnte jeden Tag in Rio auf den Bildschirmen bewundert werden. Das war so etwas wie ein Happy End, und das Mädchen meinte das ganz gewiss, zumindest am Anfang ihrer Karriere: Als sie älter wurde, war sie sich nicht mehr ganz so sicher.

Unterdessen rief Alex Teresa von einer Stadt aus an, in die sie fliegen mussten, um an ein vernünftiges Telefon zu kommen. Alex sagte, dass er noch eine Woche oder so hier bleiben würde. Es sei sehr billig, hier zu leben, und sie wollten einen bestimmten Stamm noch einmal besuchen. Teresa sollte bitte im Apartment bleiben,

sich um Ben kümmern und ihn darauf vorbereiten, dass er nicht mehr in dem Film sein würde.
Teresa war empört, und sie hielt nicht hinter dem Berg damit. Ben hätte nicht so behandelt werden dürfen – einfach aufgelesen und dann wieder fallen gelassen. Gleichzeitig freute sie sich, zeigte es jedoch nicht: Sie wusste, dass Ben noch mehr Schaden nehmen würde, wenn er in dem Film mitspielen müsste, das heißt, wenn er überhaupt damit fertig werden würde. Sie blieb sachlich und besprach Umstände und Bedingungen. Das Geld wurde knapp. Nun, meinte Alex, sie konnten ja erst Bens Geld nehmen, Alex würde es dann erstatten. Und wie ging es Ben? »Es geht ihm – gut«, antwortete Teresa und verriet Alex damit nichts, was auch nicht in ihrer Absicht lag. »Es geht ihm gut.«
»Na prima«, meinte Alex.
»Soll ich ihm sagen, dass du ihn bald nach Hause bringst?«
»Ja doch, ja, ich hab' ihm ja gesagt, dass ich das tun würde. Aber ich habe nachgedacht, Teresa. Wenn ihm Rio gefällt, könnte er ja vielleicht bleiben. Was meinst du?«
»Er will nach Hause«, sagte Teresa, und ihre Stimme hörte sich nach Tränen an.
»Gut, gut, ist schon okay. Sag ihm, dass wir bald wieder da sind.«
Teresa sagte Ben, dass er nicht in dem Film mitspielen würde, weil sie wusste, dass ihn das glücklich machen

würde, doch nicht, dass Alex bald zurückkäme, denn sie wusste, dass Ben ihn fürchtete.
Zwei Wochen waren vergangen, dann drei. Es gab schon eine häusliche Routine. Morgens ging Teresa los und holte frisches Brot, dann machte sie Kaffee für sich selbst und goss Ben Fruchtsaft ein. Sie versuchte ihn dazu zu bringen, mehr zu essen, aber er hatte keinen Appetit und sah dünn und elend aus. Teresa war für ihr Leben gern am Strand, doch Ben konnte weder dorthin gehen, noch allzu lange allein gelassen werden. Sie ging mit ihm aus, nicht an die Tische des Hotels, wo sie den Schritt aus der absoluten Armut geschafft hatte, sondern zu einem anderen, wo man sie nicht kannte. Er trug seine dunkle Brille und einen Panamahut, den sie ihm gekauft hatte und den er tief ins Gesicht zog. Dort saßen sie ein paar Stunden, tranken Saft und sahen sich die Leute an. Teresa beobachtete interessiert Bens Reaktionen: Manchmal schien er in sich zusammenzuschrumpfen, während sein weißes, gezwungenes Grinsen in seinem Bart auftauchte. »Was ist los, Ben?« »Der ist böse«, sagte Ben dann. »Er tut mir weh.« »Aber ich bin doch bei dir, Ben.« Sie versuchte zu entdecken, was an dieser offensichtlich harmlosen Person Ben ängstigen mochte, doch es gelang ihr nicht. Oder sein kleines, freudiges Lächeln erschien, und sie sah eine andere, genauso wenig bedrohliche Person – für gewöhnlich eine Frau. »Du musst aufpassen, Ben. wenn du die Mädchen anlächelst.« »Ich mag sie«, sagte Ben dann. Und einmal: »Ich glaube, sie mag mich auch?«

Nach solchen Ausflügen hatte Teresa das Gefühl, Gefahren überlebt zu haben, und freute sich, wieder zu Hause zu sein, wo sie ein Steak für ihn machte und ein Sandwich für sich selbst. An den langen, heißen Nachmittagen faulenzten sie, und ihre Freunde kamen ab und zu vorbei, einer oder zwei, doch an den Abenden war es nicht anders als mit Paulo und Alex; jetzt kamen die Leute jedoch mit einer Flasche Wein oder einem Stück Fleisch zum Braten, oder Obst – diese Wohnung konnte nicht mehr das Füllhorn der Gastfreundschaft sein, denn Teresa besaß nicht das Geld dafür, und sie wollte auch nicht mehr als nötig von Bens ausgeben. Und Ben zog sich nicht in sein Schlafzimmer zurück, sondern blieb da und saß sogar eine Weile mit ihnen am Tisch. Man bezog ihn nicht ins Gespräch ein, das sich dauernd um Dinge drehte, die er nicht verstand, doch merkte er sich, was er konnte, mehr als Teresa oder die anderen vermuteten. Sie lachten alle sehr viel, doch er fragte sich oft, was sie wohl so komisch fanden: Ihm machte es eher Angst. Mehr und mehr erinnerte er sich an die alte Frau, wie sie sich um ihn gekümmert hatte, ihre Freundlichkeit; er dachte sogar an die Katze als einen Gefährten, den er verloren hatte. Ben wusste, dass Ellen Biggs gestorben war, doch hielt es ihn nicht davon ab, an sie zu denken als jemand, die ihn willkommen heißen würde, wenn er an ihrer Tür auftauchte.
Die Leute, die Teresa besuchten, waren ein paar soziale Stufen niedriger als Alex' Gäste. Keine Filmregisseure

und Drehbuchautoren, keine bekannten Schauspieler und Tänzer. Die hier waren kleine Fische, am Rande des Theater- und Fernsehbetriebs, Bühnenarbeiter, Public-Relations-Mädchen, eine Dolmetscherin, deren Freundschaft Teresa pflegte, um mehr Englisch zu lernen. Eine Kosmetikerin hatte Teresa alles beigebracht, was sie wusste, und von einer Sängerin in einem Klub, in dem Seeleute verkehrten, hatte sie ein paar Lieder gelernt und wie man Gitarre dazu spielte. Keine Mädchen aus Teresas Favela, niemand, der Teresa kannte, wie sie früher gewesen war, vor gar nicht allzu langer Zeit. Unter diesen Menschen war eine junge Frau, die Teresa heimlich als ihren Hauptgewinn betrachtete. Sie hieß Inez, und sie stammte aus guter Familie: Ihr Vater war Universitätsprofessor, und sie arbeitete als Assistentin in einem wissenschaftlichen Labor. Teresa hatte sie kennen gelernt, als ein kurzer Fernsehfilm über Gene, Vererbung, gedreht worden war – diese Art von Sachen –, und Inez' Vater als Berater hinzugezogen wurde. Inez fühlte sich zum Theater hingezogen, wie das nur diejenigen können, deren Leben von Geburt an glänzend verlief. Sie hatte das Gefühl, für die Vorhersehbarkeit bestimmt zu sein.

Teresa bewunderte diese kluge junge Frau, die auf eine Weise erzogen worden war, die bedeutete, dass das, was sie sagte, Teresa immer durch Möglichkeiten erstaunte, die sie sich nie hätte träumen lassen. Und Inez war von Teresa fasziniert. Anders als Alex, der nichts damit verband, als Teresa ihm erzählte, sie sei Hunderte von Meilen gelaufen, um nach Rio zu gelangen, wusste Inez sehr gut, woraus Teresa entkommen war. Sie war über die versteppten Gebiete geflogen, wo die Staubwolken so hoch in der Luft lagen, dass sie kaum durch sie hindurch zu den ausgetrockneten Flüssen und den Dörfern hinuntersehen konnte, die bis zu den Dächern im Staub standen. Sie wusste von den Favelas. Teresas Geschichte erfüllte sie mit Neugier, Mitleid und unbequemen Schuldgefühlen. In Rio war es unmöglich, der Armut zu entkommen, die immer gegenwärtig war und sich einem an jeder Straßenecke aufdrängte, in Gestalt der Kinder ohne Zuhause, der Banden der Straßenkinder, die wie weggeworfene Bündel alter Kleider auf dem Gehsteig schliefen und wie Vogelschwärme auf die Brunnen hernieder fielen, schwatzend und lärmend, um dann wie Vögel zu trinken, immer mit einem Auge nach Polizisten Ausschau haltend, die sie einsperren oder gar töten konnten.

Als Inez erfuhr, dass Teresas Familie in einer Favela lebte, fragte sie, ob sie auf Besuch mitkommen dürfe; sie hatte immer schon in eine Favela gehen wollen, es aus Furcht jedoch gelassen, und mit Teresa wäre sie geschützt. Anfangs sagte Teresa nein, aus Angst, dass diese kluge, anspruchsvolle Freundin sie verachten könnte, doch dann sagte sie ja. Sie hatte einen Grund dafür. Sie sagte Inez, sie solle Schuhe anziehen, die nicht so leicht Schaden erlitten, und sie selbst zog eine Jeans, eine weiße Bluse und flache Schuhe an. Die beiden jungen Frauen nahmen ein Taxi bis dahin, wo sie die Favela den Hügel hinaufkriechen sehen konnten, und kletterten dann die schmutzigen Wege zwischen den Hütten und Baracken empor bis nach oben, wo sie Teresas Vater schlafend auf einem Bett fanden, das aus Plastikstreifen bestand, die über einen Rahmen gespannt waren, der vom Müllplatz stammte; die Mutter saß unter einem kleinen Vordach aus an Pfählen festgebundenen Säcken und hielt das kranke kleine Mädchen auf dem Schoß.

Das Gesicht der Mutter zeigte keine Regung, als sie ihre Tochter ansah, die ihr – ohne sie anzusehen – einen Umschlag mit dem Geld darin gab. Sie grüßte Inez kühl, obwohl sie beeindruckt war, das wusste Teresa, weil niemand Inez je als Prostituierte betrachten konnte, so stattlich, wie sie wirkte. Ihre Mutter bot ihnen nichts an, doch Teresa ging an dem schlafenden Mann vorbei zu einem Regal, wo in einer Plastikflasche Wasser stand, und schenkte zwei Gläser für sich und Inez voll; aber dann gab es keinen Platz zum Sitzen. Teresa konnte sehen, dass Inez nicht aus dem Glas trinken wollte, von dem sie annehmen musste, dass es verseucht war. So standen die beiden jungen Frauen herum, während die Mutter dasaß, dem schlafenden Kind Luft zufächelte und über das Durcheinander der Barackendächer starrte. Dann regte sie sich doch und fragte Inez, was sie mache, und Inez sagte, sie arbeite in einem Labor. Die abweisende Frau, entschlossen, nicht zu lächeln, legte das Kind schließlich auf sein Bett in der Ecke, brachte zwei Hocker heraus und gab einen

Inez und den anderen Teresa. Sie fragte, wo Inez Teresa kennen gelernt hatte – bei dem Wort *Teresa* klang ihre Stimme wie ein bitterer Vorwurf –, und Inez sagte, dass sei gewesen, als Teresa an einem Fernsehfilm arbeitete. Das war es, was für Teresa bei diesem Gespräch hatte herauskommen sollen, und jetzt war es das auch: Ihre Mutter war sichtlich besänftigt, beeindruckt, und als sie jetzt Teresa ansah, obwohl sie bisher versucht hatte, dieses ehrlose Mädchen nicht anzusehen, so als existiere es gar nicht, waren ihre Augen voller Tränen. Beim Abschied umarmte sie Teresa, was sie seit mehr als zwei Jahren nicht getan hatte, und sie weinte, und Teresa weinte auch, und die Mutter weinte weiter, während sie den beiden sauberen, hübschen jungen Frauen nachschaute, die den steilen Weg hügelabwärts rutschten.

Inez war von dem Besuch tief berührt. Als sie wieder mit Teresa im Apartment saß, weinte auch sie, während Ben zusah. Sie sagte, dass sie Teresa so sehr bewundere, oh, sie mochte gar nicht an all die armen Leute denken, wie klug war Teresa gewesen, das alles zu überleben. Sie war aufrichtig dabei, und Teresa wusste es, aber sie dachte: ›Und ich muss dir danken für etwas, das du nie verstehen wirst.‹ Denn Inez wusste nicht, dass Teresa eine Prostituierte gewesen war; hätte sie es gewusst, sie hätte Teresa wahrscheinlich noch mehr bewundert und ihr eigenes, sicheres Leben noch mehr abgelehnt.

Jetzt nahmen die Dinge eine Wendung, die Johnston

und Rita nicht überrascht hätte. Inez arbeitete bei einem Biologen, einem Freund ihrer Eltern, der eine Abteilung des Labors leitete. Sie erzählte ihm von Ben und beschrieb ihn als einen Yeti. »So etwas Ähnliches auf jeden Fall«, doch niemand wisse genau, was er war. »Er ist ein Rückfall«, meinte sie. »Das denke ich zumindest. Du solltest ihn dir mal ansehen.«
Inez erzählte Teresa, ihr Chef – so drückte sie es taktvoll aus und sagte nicht, dass sie diesen »Chef« schon ihr ganzes Leben kannte, als einen Freund ihrer Eltern – sei daran interessiert, Ben kennen zu lernen. Teresa horchte sofort auf. Sie bekam Angst. Diese direkte, ehrliche und wahrhaftige Reaktion wurde von ihrer Ehrfurcht vor Worten wie Wissenschaftler, Wissenschaft weggewischt: Sie hatte keine Ahnung von diesen Dingen, ihre Schulbildung war nicht viel weiter gekommen als Lesen, Schreiben und Rechnen, und sehr viel Religion. Sie wusste, dass sie ungebildet war, doch nicht, wie ungebildet: Inez' Bildung war wie ein Wunder für sie, etwas weit Entferntes, Unerreichbares, und sie staunte darüber, dass Inez Wissenschaftler als Kollegen kannte, so wie sie selbst Bardamen und Schauspielerinnen kannte, die oft genug arbeitslos waren, und Sänger, die froh waren, wenn sie in einem Klub für ihr Abendessen singen konnten, und vielleicht ein paar *Reais* dazu. Inez war strahlend, weil sie in einem Labor arbeitete und die Geheimnisse der modernen Welt begriff. Teresa fragte, was dieser Wissenschaftler mit Ben tun wolle, und Inez antwortete: »Ihn sich

nur ansehen.« Inez wusste, dass sie einen Vertrauensbruch beging, doch ihre Erziehung hatte ihr beigebracht, dass die Wahrheit, die wissenschaftliche Wahrheit, wichtiger war als irgendetwas sonst: Man könnte sagen, dass ihre Erziehung ebenso viel Religion beinhaltete wie Teresas. Sie wusste ziemlich genau, dass es mit »ihn sich nur ansehen« nicht getan sein würde, doch fühlte sie sich mächtig und nützlich, indem sie dieses Wesen, das offensichtlich eine Art wissenschaftliches Geheimnis war, jemandem vorstellte, der es lösen konnte. Sie sagte nichts von alledem Teresa, die wusste, dass sie angelogen wurde und dass Inez' glattes lächelndes Gesicht plötzlich das einer Feindin war. Ihre Freundschaft starb in jenem Augenblick.
Teresa bestand darauf, dass das Treffen so sein musste, dass es Ben nicht ängstigte, und so wurde vereinbart, dass am nächsten Sonntag Inez und ihr »Chef« und noch ein paar Freunde, die Ben alle kannte, zusammenkommen sollten. Ben wurde nicht gesagt, dass jemand Besonderes kommen würde. Unterdessen wurde Teresa fast verrückt vor Sorge, auch wenn sie sich selbst einredete, dass die Situation nicht außer Kontrolle geraten könne: Hatte sie nicht selbst die Bedingungen gestellt, und hatte Inez nicht versprochen, sich daran zu halten?
Teresa und ihre Freunde, einschließlich Ben, saßen schon um den Tisch herum am Sonntagmittag, als Inez mit Luiz Machado eintraf, einem gut aussehenden, höflichen Mann von ungefähr vierzig, der lächelte, da-

mit die Leute sich entspannter fühlten. Er war Chef einer Abteilung des Instituts, in der die Pflanzen des Regenwaldes erforscht wurden, einer von vielen ähnlichen Abteilungen, und während so etwas wie Ben nicht sein Gebiet war, gab es eine andere Abteilung, in der Tat »die üble Ecke«, wo jemand Chef war, der Ben als echten Hauptpreis betrachten würde. Obwohl Luiz Machado sich alle Mühe gab, nicht allzu einschüchternd zu wirken, war es doch offensichtlich, dass er sich nicht wohl fühlte in dieser Gesellschaft. Er hatte Inez schon dafür kritisiert, dass sie zu eng mit Teresa befreundet war und mit ihr in die Favela gegangen war: Sie hätte umgebracht oder entführt werden können, sagte er; und wenn sie einen guten Mann abbekommen wolle (und er wusste, dass sie das wollte), dann solle sie aufpassen: Dieses Lotterleben, das sie so sehr mochte, konnte leicht einen kritischen Freier abschrecken.

Seine lächelnden braunen Augen verstreuten allgemein Freundlichkeit um den Tisch herum und richteten sich dann auf Ben, mit einem langen, scharfen, beobachtenden Blick. Bens Augen schienen sich zu verdunkeln, während er zurückstarrte, und schossen dann unruhig im Raum umher. Er machte einen so guten Eindruck, wie es besser nicht ging: Teresa hatte ihn zum Haare schneiden und Bart stutzen mitgenommen, er trug ein gutes Hemd, eines von denen, die für ihn gemacht waren, und er lächelte, das breite, angstvolle Grinsen, das die Leute immer falsch verstanden. Der Wissenschaft-

ler streckte die Hand aus, um Bens Hand zu schütteln, doch Ben grinste.
Luiz setzte sich neben Inez. Nur Teresa wusste, weshalb Luiz hier war: Die anderen kannten Inez alle, wenigstens dem Namen nach, als reiches Mädchen, das Geld für das Theater gab. Die Unterhaltung setzte ein, es gab zu essen und zu trinken. Ben saß still, die Augen auf Luiz gerichtet, wenn sie nicht scheinbar nach Fluchtwegen suchten. Was Luiz anging, die Freundlichkeit in Person, so sah er Ben nicht mehr so forschend an wie anfangs, doch warf er ihm häufig Blicke zu, und jedes Mal nahm er mehr Informationen dabei in sich auf. Ben aß nicht. Teresa hatte Angst, er könnte nach nebenan gehen, und sie würden das »Bang, Bang, Bang« hören. Inez lächelte viel, und wenn sie Teresa ansah oder mit ihr sprach, war ihr Gesichtsausdruck eine einzige Bitte um Entschuldigung, auch wenn sie selbst es nicht merkte. Diese normalerweise so selbstbewußte junge Frau war die personifizierte Schuld, und Teresa war ungemütlich zumute. Es war keine leichte Situation. Bald musste Luiz in sein Labor zurück – ja, es gab etwas zu kontrollieren, Sonntag oder nicht, Experimente nahmen keine Rücksicht auf den Kalender. Er stand auf, und unter seinem Blick stand Inez, die eigentlich bleiben wollte, auch auf. Die beiden Besseren gingen, mit einem kleinen Hin und Her von »Auf Wiedersehen« und »Danke schön«.
Und jetzt entspannten sich die Leute wieder, und der Spaß und die Zwanglosigkeit kehrten in ihre Unterhal-

tung zurück. Doch Ben ging in sein Zimmer und setzte sich ans Fenster, er hatte seine dunkle Brille aufgesetzt: Die Nachmittagssonne erfüllte den Himmel mit Licht und ließ weißes Feuer von den Flügeln der Meeresvögel stieben.
Als der Lärm der Besucher verschwunden war, kehrte er in das Wohnzimmer zurück und sah Teresa immer noch am Tisch sitzen, sie weinte. Sie saß in einer Falle und wusste nicht, was sie tun sollte.
»Wann kann ich nach Hause?«, fragte Ben. »Wann bringt Alex mich nach Hause?«
Teresa hörte zu weinen auf, weil Ben Alex erwähnt hatte: Für gewöhnlich tat er das nicht. Ben musste wirklich Angst haben.
Sie antwortete nicht.
»Wer ist dieser Mann?«
»Er ist ein sehr kluger Mann.«
»Was wird er mit mir machen?«
Diese Zielsicherheit verstärkte ihre Vorahnungen. Sie gab zu, dass er Recht hatte, indem sie sagte: »Ich weiß es nicht, Ben, doch er wird dir sicher nicht wehtun.«
»Ich mag ihn nicht.«
Teresa mochte ihn auch nicht. Zwischen ihr und Inez war trotz ihrer so unterschiedlichen Herkunft das instinktive Wohlgefühl, das Frauen so oft miteinander empfinden, doch nichts davon verspürte sie bei Luiz: Seine Freundlichkeit, das immerzu lächelnde, hübsche Gesicht versetzte all ihre Instinkte in Alarmbereitschaft.

Am nächsten Tag rief er an, und Teresa sagte: »Ich mag das nicht, ich möchte das nicht tun.« Dann sprach Inez mit ihr, und Teresa sagte: »Nein, Inez. Ich bleibe bei meinem Nein.« Ben war mit im Zimmer, und deshalb war sie gehemmt. Schließlich stimmte sie zu, dass ein gewisser Alfredo, ein Freund von Luiz und Inez, käme, um mit ihr zu sprechen – mit ihr und mit Ben.
Sie legte den Hörer auf und sah sich Bens breitem Grinsen gegenüber.
»Ben, man will, dass du etwas tust. Es wird dir nicht schaden.«
Bens Grinsen blieb auf seinem Gesicht, und seine Augen blickten unruhig umher. »Es ist nicht viel. Und ich werde die gleichen Sachen machen, mit dir zusammen.«
»Was für Sachen?«
»Man will Tests machen.« Sie musste erklären, was sie über Tests wusste, was nicht eben viel war. »Man will dir ein bisschen Blut abnehmen, um etwas herauszufinden.«
»Warum bin ich anders als alle anderen?«
»Ja. Darum geht's, Ben.«
»Ich will das nicht.«
Es war schon recht spät an jenem Abend, als es an der Tür klingelte: Dieser Alfredo musste von der Forschungsstelle herüberkommen, die Meilen weit entfernt in den Hügeln lag. Teresa sah, dass Ben zitterte, und sagte: »Ist ja schon gut, Ben. Hab keine Angst.«
Als sich die Tür öffnete, war Alfredo kein bisschen

überheblich, sondern jemand wie Teresa, ein kräftiger, brauner Mann mit denselben schwarzen Augen und schwarzen Haaren, und kaum hatten sie sich gesehen, da verfielen sie in den Dialekt der Gegend, aus der sie beide stammten. Doch er hatte die gefährliche Reise zehn Jahre zuvor gemacht: Er war älter als Teresa. Auch er war zuerst in einer Favela gelandet, hatte es geschafft, herauszukommen, viele verschiedene Jobs gehabt, sich dabei immer mehr verbessert, seinen Verstand gebraucht und das Glück gehabt, ohne dass nichts jemals erfolgreich wird, nicht einmal für mutige und erfinderische Seelen, und er war so weit von seinen Wurzeln gelandet, wie er sich niemals hätte vorstellen können: Er war jetzt Assistent im Labor. So wurde er wenigstens genannt, tatsächlich war er jedoch eine Art Mädchen für alles. Er fuhr Leute durch die Gegend, reinigte die Ausrüstung, schrubbte Bänke, half, Arbeitsproben vorzubereiten, und er hatte, wie Teresa, ein wenig Englisch gelernt – ein gutes Stück mehr als sie.
Teresa verstand sofort, dass es eine glänzende Taktik war, Alfredo vorzuschicken: Sie waren tatsächlich ziemlich schlau. Nicht nur würde sie, Teresa, sich sicherer fühlen, wenn sie einen ihrer eigenen Leute sähe, sondern auch Ben würde diesen freundlichen Burschen leicht mögen und ihm gleich vertrauen. Ben saß mit ihnen am Tisch und versuchte zu verstehen, was sie sagten – lebhaft unterhielten sie sich über ihre Kindheit, ihre schweren Zeiten, ihre Flucht aus der Favela. Weil er nicht verstand, gebrauchte er seine Augen. Er wusste,

dass dieser Mann nichts Schlechtes bedeutete, und weil Teresa ihn so sehr mochte, mochte Ben ihn auch. Doch am Schluß des Gespräches sagte Teresa: »Ben, sie wollen, dass du mit mir zusammen dorthin fährst und ein paar Tests mitmachst. Ich werde sie auch machen – zuerst ich und dann du. Du wirst sehen, dass es mir nichts tut, und dann wirst du keine Angst haben.«

»Ich will aber nicht«, sagte Ben.

Während der ganzen nostalgischen Unterhaltung hatte Alfredo Ben beobachtet, und jetzt sagte er: »Man will mehr über deine Leute herausfinden.«

»Ich habe keine Leute. Ich bin nicht so wie meine Familie – zu Hause. Sie sind alle anders als ich. Ich habe noch nie jemanden gesehen wie mich.«

»Ich habe schon Leute wie dich gesehen«, sagte Alfredo.

Bens Reaktion war so, dass das, was Alfredo vielleicht hätte noch sagen wollen, einfach nicht mehr über seine Lippen kommen wollte. Ben lehnte sich vor, seine Augen waren voller Dankbarkeit, Tränen rollten in seinen Bart und er presste seine großen Fäuste zusammen: Er schien innerlich von Freudenfeuern entzündet zu sein.

»Wie mich? Leute wie mich?«

»Ja«, sagte Alfredo, und er wusste, dass er eigentlich weiter erzählen musste, konnte jedoch diese Glückseligkeit dort vor ihm nicht zerstören. Ben stieß jetzt kurze, keuchende Laute aus, doch verströmte er seine Tränen nicht, weil ihm das Herz schwer war, sondern weil er sich zu glücklich fühlte, um dies alles zu ertragen, und er stand auf und begann einen stampfenden Tanz durch das Zimmer, wobei er kurze, bellende Laute ausstieß, die, das wussten die beiden Beobachter, bedeuteten, dass die Trauer eines Lebens sich in Nichts auflöste.

Unterdessen schaute Teresa fragend Alfredo an: Sie wusste, dass er noch mehr zu sagen hatte, doch sie wusste auch, dass er von dem, was er sah, zu ehrfürchtigem Schweigen gebracht wurde.

»Leute wie mich«, sang Ben vor sich hin, »wie mich, Leute wie Ben.« Und er unterbrach seinen Tanz und fragte: »Genau wie mich?«

»Ja, genau wie dich.«

»Wirst du mich zu ihnen bringen?«

Und dies war jetzt der Augenblick, wo Alfredo mit der Wahrheit herauskommen musste, die dieser Freude ein Ende setzen würde. Er konnte es ganz einfach nicht. Was Teresa anging, so dachte sie, dass sie keine Ahnung gehabt hatte, wie schwer die Trauer auf Bens Herz drückte, obwohl sie gewusst hatte, dass er traurig war, und sich Sorgen um ihn gemacht hatte. Diese Erregung, dieser Triumph, das war eine Reaktion auf etwas, dass sie sich nicht hatte vorstellen können. Das kam daher, dass sie so etwas niemals selbst erlebt hatte. Sie war unglücklich gewesen, sie hatte Angst gehabt, doch was hatte er sein ganzes Leben lang gefühlt?

Bens Tanz ging weiter, so laut, dass Teresa sich Sorgen machte wegen der Leute einen Stock tiefer: Doch vielleicht waren sie ja gar nicht zu Hause. Und dann kam

Ben an den Tisch zurück, setzte sich hin und sagte zu Alfredo: »Bringst du mich morgen hin?«
»Es ist sehr weit weg von hier«, antwortete Alfredo. »Sehr weit. In den Bergen, weit weg von hier.«
»Und zuerst müssen wir dort hinausfahren und die Tests machen, du und ich«, sagte Teresa.
»Müssen wir nicht«, meinte Ben.
»Doch«, sagte Teresa.
»Doch«, sagte Alfredo.
Und weil Ben wusste, dass das Treffen mit seinen Leuten davon abhing, dass er den Tests zustimmte, die ihm jetzt als eine rechte Kleinigkeit vorkamen, der er sich unterziehen musste, bevor ihn Alfredo in die Berge bringen konnte, war er einverstanden, morgen mit Alfredo und Teresa hinauszufahren: Alfredo sollte vorbeikommen und sie abholen.
Er schlief nicht, und Teresa lag auf ihrem Bett, weinte manchmal, fühlte sich manchmal nur elend und dachte auch an Alfredo, der, das wusste sie, ein Mann für sie war. Er mochte sie. Wenn diese Sache mit Ben nicht zwischen ihnen gestanden hätte, dann hätte sie die Nacht damit verbringen können, von Alfredo zu träumen. Aber diese Tests – sie hatte Angst. Alles, was sie wusste, war, dass man Blut abnehmen würde. Das hörte sich nicht gut an, doch sie wusste, dass das dauernd geschah. Man würde Spritzen setzen, und sie hatte auch Angst davor. Die moderne Medizin war an ihr vorbeigegangen, außer wenn sie sich wegen Geschlechtskrankheiten hatte untersuchen lassen, und

das war eine Prozedur gewesen, die sie niemals wiederholen wollte. Doch Inez sprach von Tests und Spritzen, als könne sie sich gar nicht vorstellen, dass Menschen davor Angst hatten.
Und sie dachte an Ben, der jetzt auch wach lag, zu glücklich, um schlafen zu können.
Bevor Alfredo gegangen war, hatte sie ihm zuflüstern können, während Ben außer Hörweite war: »Haben Sie wirklich Menschen wie Ben gesehen?«
»Bilder«, antwortete Alfredo. »Ich hab' sie in den Bergen gefunden, als ich in den Minen arbeitete. Malereien auf Felsen – Menschen haben sie in uralter Zeit gemacht. Wissen Sie, wie die Bilder auf den Felsen bei uns zu Hause. Nur viel besser als zu Hause. Nicht so zerbröckelt und beschädigt.«
Sie verstand, weshalb Alfredo nicht in der Lage gewesen war, Ben die Wahrheit zu sagen. Sie selbst müsste es ihm sagen – und schaffte es doch nicht. Diese Glückseligkeit, die er verströmte, sie füllte diese Räume, sie konnte spüren, wie sie davon umgeben war. Sie konnte Bens Grunzen und Seufzen und leises Geheul hören, als sie aufstand und in die Küche ging, um sich Wasser zu holen. Seine Freude war so groß, dass sie in Lauten aus ihm drang, die sie lächeln ließen, obwohl sie so unruhig wegen morgen war.
Am nächsten Morgen war Ben angezogen und gekämmt und saß fertig am Tisch, den Blick auf die Tür gerichtet, als Alfredo kam. Zuerst mussten sie mit dem Auto fahren, doch er war bereit dazu.

Sie nahmen die Straße am Meer entlang, wobei Ben seine Augen vom blendenden Licht der Wellen abwandte, und fuhren dann aus der Stadt, und zwischen satten Wiesen hindurch, auf denen Kühe bis zum Bauch im Gras standen und grasten, auf die Hügel vor ihnen zu. Ben saß da und hielt sich am Rahmen der Fenster fest, die heruntergelassen waren, damit er frische Luft bekam, dennoch wurde ihm schlecht, und Alfredo hielt den Wagen an, um ihn aussteigen zu lassen. Auch Teresa stieg aus. Ben übergab sich und stand dann am Straßenrand und starrte zu den Hügeln hinüber: Er dachte daran, wegzulaufen, doch erinnerte sich, dass Alfredo versprochen hatte … und stieg wieder in das Auto ein, das bald eine gewundene Hügelstraße hinauffuhr. Er griff nach Teresas Hand, so schlecht ging es ihm, doch sie sagte: »Sieh mal, da, Ben!«, und er öffnete die Augen und stieß ein angstvolles Grunzen aus, denn über ihnen schwebten drei Männer unter bunten Dingern herunter, die wie rechteckige Flügel aussahen. Ben hatte sich nicht vorstellen können, dass es so etwas gab, und er sagte: »Was ist das, was machen sie?« Und Alfredo meinte, das sei nichts Besonderes, es seien nur Drachenflieger. »Weißt du, Ben, die sind wie Regenschirme, und damit können sie langsam herabgleiten.« Die drei stiegen aus dem Wagen, standen da und sahen hoch, hoch, hoch hinauf, während die drei Männer an ihnen vorbeisegelten, auf ihrem Weg zu einem Landeplatz, der außer Sichtweite die kurvige Straße hinunter lag. Bens Mund stand offen, während er ihnen nachstarrte.

»Könnten wir das auch machen?«, fragte er.
»Das könnten wir schon«, sagte Alfredo und verstand sehr gut, wie sich nicht nur Ben, sondern auch Teresa klein vorkommen musste vor dieser reichen, klugen Welt, wo Menschen mit Schirmen in die Luft springen und sich sicher dabei fühlen konnten, weil ihr Leben immer sicher gewesen war. »Das könnten wir, wenn wir das Geld dazu hätten.«
»Geld«, sagte Ben. »Wo ist mein Geld?«
»Es ist im Geldschrank in der Wohnung«, antwortete Teresa. Allzu viel war nicht mehr übrig, doch Teresa war sicher, dass Alex, egal, was er sonst tun mochte, ganz bestimmt das ersetzen würde, was sie ausgegeben hatte.
»Hättest du Lust, das auch zu machen?« fragte Alfredo, tatsächlich neugierig zu erfahren, wie Ben diese fliegenden Männer sah, die den Hügel hinab verschwanden, während sie ihnen nachschauten.
Ben war still, starrte, und sie wussten nicht, was er dachte.
Wieder ging es ins Auto, und hinauf in die Hügel. Schön waren sie, und das dachte auch Teresa und war dankbar, dass sie es sehen konnte, doch Ben saß mit geschlossenen Augen. Sie mussten noch einmal anhalten, damit er sich übergeben konnte.
Als sie erreichten, was sie als »das Institut« beschrieben bekommen hatten, wobei sie sich ein Gebäude vorstellten, war das, was sie sahen, eher so etwas wie eine Stadt: Eine Menge niedriger Gebäude lagen verstreut,

und dazwischen höhere, imposantere Gebäude, von denen eines in großen schwarzen Buchstaben als Hospital gekennzeichnet war. Doch über die ganze Welt ist eine Art Raster oder Netz von Hospitälern, chemischen Labors, Forschungsinstituten, Beobachtungsstationen gezogen, und ihre Funktionen verschwimmen und verschmelzen ineinander. Ben und Teresa sahen sich noch nach dem »Institut« um, als der Wagen vor einem Gebäude hielt, das sich in nichts von einem Dutzend anderer unterschied. Alfredo öffnete ihnen die Wagentüren. Er wirkte nervös, angespannt. Das lag daran, dass man ihm befohlen hatte, auf keinen Fall in die Nähe einer gewissen Gruppe von Gebäuden zu kommen und Ben und Teresa nichts von ihnen zu erzählen. Das, was in diesen Gebäuden geschah, beschämte jeden, der hier arbeitete, und wenn es ihn nicht beschämte, dann wurde er defensiv, auch wenn er seine Arbeit in einem anderen Bereich tat. Inzwischen war Alfredo mehr als interessiert an Ben – jeder musste das sein –, er hatte Mitleid mit ihm, und er fühlte sich schuldig, denn als er die Felsmalerei erwähnt und Ben gesagt hatte, er habe Menschen wie ihn gesehen, da hatte er nicht nachgedacht, und das, was er ausgelöst hatte, war etwas so Schlimmes, dass er es noch gar nicht ganz übersehen konnte. Irgendwann musste Ben die Wahrheit gesagt werden, und Enttäuschung war kein ausreichendes Wort für das, was er dann fühlen würde. Unterdessen gab es eine näherliegende Sorge: Was hatten diese Leute – und Alfredo mochte seine

Arbeitgeber nicht besonders – mit Ben vor? Ihr Befehl, Ben nichts von dem *schlimmen Platz* zu erzählen – oder den »Käfigen«, wie die meisten Leute es nannten –, bedeutete, dass man irgendetwas Schädliches im Schilde führte. Alfredo mochte nichts an dieser Situation, nur Teresa, und als er ihr sagte, diese Untersuchungen seien nicht so schlimm, und ihr ein Lächeln zuwarf, das er als Beruhigung meinte, sagte es viel mehr. Ben und Teresa wurden in einen großen Raum gebracht, in dem alle möglichen Geräte standen, und Alfredo parkte den Wagen. Er hatte gehofft, in Teresas Nähe zurückkehren zu können, bekam jedoch andere Aufgaben zugewiesen.

In dem Raum waren zwei junge Frauen in weißen Overalls. Eine von ihnen war Inez, die sich einen Overall hatte leihen müssen: Man hatte beschlossen, dass ihre Gegenwart Ben beruhigen würde. Er war völlig verängstigt, und Teresa auch, doch war sie entschlossen, es nicht zu zeigen.

Die Assistentin war genau eingewiesen worden. Sie bat Ben, Teresa zu »helfen«, indem er sich dicht neben sie setzte und ihre Hand hielt, während sie auf der Kante eines niedrigen Tisches saß und den Arm ausstreckte, damit man ihr eine Gummiröhre anlegen konnte, die aufgeblasen wurde, um ihren Blutdruck zu messen. Dann war Ben an der Reihe. Er grinste, was die Assistentin beruhigte, die nicht wusste, was dies bedeutete, während sein Blutdruck gemessen wurde. Er hasste es, wie die Gummiröhre ihm den Arm abklemmte. Dann sagte man Teresa, dass ihr Blut aus dem Arm genommen würde. Sie schloss die Augen und wandte das Gesicht ab, während sich die Spritze mit Blut füllte. Und jetzt Ben: Wäre er bereit dazu?

»Komm schon, Ben«, sagte Teresa, »jetzt musst du das machen, genau wie ich.«

Ben ließ zu, dass die Nadel hineingestochen wurde, und sah zu, wie sich der Kolben mit Blut füllte. Diese Szene war ihm nicht neu: Man hatte Untersuchungen mit ihm angestellt, als er noch ein Kind war. Tatsächlich war er mehr daran gewöhnt als Teresa, deren Kindheit ganz gewiss keine teure medizinische Versorgung eingeschlossen hatte. So weit, so gut. Und jetzt die Augenuntersuchung. Eine andere Frau kam von irgendwo herein, um diese durchzuführen. Ben hatte vor kurzem bei den Augenärzten in Nizza Untersuchungen gehabt, und so machte ihm diese nichts aus.

Ohren … Inez bat Teresa, Ben zu fragen, ob er schon einmal eine Ohrenuntersuchung gehabt habe, und Teresa sagte: »Warum fragst du ihn nicht selbst?« Ihre Stimme klang leise und bitter; sie merkte, dass sie nicht in der Lage war, Inez anzusehen, die Schuldgefühle hatte und trotzig wirkte.

»Hast du jemals einen Hörtest gemacht, Ben?«, fragte Inez.

Ben wusste, dass sein Gehör schärfer war als das von irgendjemand anders, doch er sagte nur: »Ja.«

Er ertrug es, dass ihm Instrumente in die Ohren gesteckt wurden und dass man in sie hineinleuchtete.

Und jetzt Urin: Inez erwartete, dass er vor allen anderen pinkeln würde – wie ein Tier, dachte Teresa –, doch Ben nahm die Flasche und sah sich nach Schutz um. »Einen Wandschirm«, befahl Inez, und Teresa empfand ihre Stimme als scharf und verächtlich. Hinter einem Wandschirm pinkelte Ben und brachte die Flasche zurück.
Man schnitt ihm ein bisschen Haar ab und ein paar Fingernägel und schabte ein Stückchen Haut ab.
All dies ertrug Ben, schweigend, stumpf – grinsend.
Jetzt wollten sie ihm eine Manschette über den Kopf stülpen, um seine Gehirntätigkeit zu messen, doch als Ben den Apparat sah, wich er rückwärts zur Tür, wollte fliehen, und Teresas Mut machende Rufe (auf Inez' Befehl), dass sie es auch machen würde, überzeugten Ben nicht.
Inez sagte: »Also gut, dann machen wir jetzt eben die Röntgenaufnahmen.«
Teresa ließ es zu, geröntgt zu werden – zum ersten Mal in ihrem Leben. Es war eine lange Prozedur. Beine, Arme, Füße, Becken, Rückgrat, Schultern, Nacken. Sie schlugen nicht vor, auch den Kopf zu röntgen, um Ben nicht zu ängstigen. Er stand daneben und sah zu, und als die Aufnahmen entwickelt waren und Teresa und ihm gezeigt wurden, schien er interessiert und sah sich Teresas Knochen an.
»Bist du jemals geröntgt worden?«, fragte Inez.
»Ja«, meinte Ben. »Ich habe mir mal das Bein gebrochen.«

Inez ungeduldiger Seufzer sollte wohl bedeuten, dass er ihnen das gleich gesagt haben könnte, doch sie sagte nur: »Dann macht's dir nichts aus, das auch für uns zu machen, nicht wahr?«

Er ließ es geduldig über sich ergehen, mit Teresa neben sich, während Inez alles aufmerksam überwachte.

Und jetzt war es schon Nachmittag geworden.

Ben sagte: »Ich habe Hunger.«

Man wollte keine Kommentare provozieren, indem man ihn in die Kantine mitnahm. Sandwiches wurden gebracht. Teresa hatte Hunger. Ben hatte noch nie besonders gut Brot essen können, doch nahm er den Fleischbelag heraus und aß ihn so. Teresa bat um Obst, und als man es brachte, aß er es gierig auf.

Jetzt meinte Inez, er müsse sich Drähte an den Kopf legen lassen für die Gehirntests.

»Nein«, sagte er. Dann rief er beinahe: »Nein, nein, nein, nein!«

Man hatte vor, das Funktionieren seines Verdauungstrakts zu testen, seinen Kreislauf, seine Atmung: Es gab noch eine Menge zu tun, doch die Gehirntests wurden als die wichtigsten betrachtet, und Ben rief »Nein« und begann, umherzustampfen.

Inez ging zum Telefonieren hinaus, wobei ihr schlanker, kompakter kleiner Körper eine Entschlossenheit zeigte, die Teresa verstand.

»Ich will nach Hause«, sagte Ben und meinte die Wohnung in Rio.

Inez kam zurück, mit strahlendem, falschem Lächeln,

und sah Teresa nicht an, die wusste, dass Betrug geplant wurde, und sagte, dass Alfredo sie beide zurückbringen würde.

Die rasche, kurvige Rückfahrt hinab durch die Hügel sorgte dafür, dass Ben schlecht wurde, und sie mussten zweimal anhalten. Endlich fuhren sie die Promenade entlang, und dann waren sie wieder in der Wohnung. Alfredo kam gerade lange genug mit herein, um zu sagen, dass man Ben morgen für weitere Tests noch einmal dort haben wollte. Er wusste, dass Ben nein sagen würde, und das tat er auch.

Alfredo und Teresa standen nah beieinander und sahen sich an. Ihre Augen sprachen deutlich, sie sagten, dass sie Ben verteidigen würden und dass sie zornig über das waren, was geschah; sie sagten auch, dass sie sich mochten, sehr sogar. Wenn Ben nicht dort gewesen wäre, über den Tisch gebeugt, um mit seinen Fäusten immer wieder darauf einzuschlagen, dann hätten sie sich wahrscheinlich in den Armen gelegen, oder es wäre wenigstens etwas gesagt worden. Dieses tiefe Einverständnis zwischen ihnen, so, als hätten sie sich immer schon gekannt, endete mit ihrer Heirat, ein paar Monate später. Und so hat wenigstens ihre Geschichte ein Happy End: Die Dinge gingen gut aus für sie.

Alfredo ging, und Teresa und Ben saßen am Tisch, und Teresa kochte für ihn, ein Steak, und noch ein Steak, denn er hatte Hunger.

Sie war so voller Angst, dass sie kaum schlief, denn sie

wusste, dass böse Dinge geplant wurden. Sie konnte hören, wie Ben in seinem Zimmer umherlief, aber wenigstens schlug er seinen Kopf nicht gegen die Wand.
Am nächsten Morgen klingelte das Telefon: Luiz Machado wollte kommen, um über Ben zu reden. Teresa erzählte es Ben, und jetzt hörte sie tatsächlich das dumpfe Schlagen an der Wand. Eine ganze Zeit lang saß sie fast regungslos am Tisch, und ihr Atem ging flach und ängstlich: Dann begann sie, sich ihr langes schwarzes Haar glatt zu streichen, als sei es das Leben selbst, das sie so in Ordnung zu bringen versuchte, und so wartete sie und sagte sich, dass sie jetzt stark sein und Ben verteidigen musste – und sich selbst auch. Sie fühlte sich, als wolle sie allein beim Gedanken an diese mächtigen Leute schon in Ohnmacht fallen oder weglaufen; es wurde von ihr erwartet, sich dem entgegenzustellen, was ihr das ganze Leben lang Ehrfurcht eingeflößt hatte: die gebildete, kluge, omnipotente Welt modernen Wissens. Wer erwartete es von ihr? Sie, sie selbst. Alfredo. Und der arme Ben.
Luiz Machado war nicht allein, denn es kam ein gewisser Stephen mit ihm, auch er Amerikaner, Professor Stephen irgendetwas – sie verstand den Namen nicht: Gumlack oder Goonlach –, und der war ein dünner, hagerer Mann mit einem Gesicht voller breiter Knochen und einem großen Mund, den die Zähne nach vorne schoben. Seine Augen saßen in kantigen Höhlen, die hervorstehenden Augäpfel schienen heraus- und auf sie zuspringen zu wollen, wenn er blinzelte. Er kam

von irgendeinem berühmten Institut in den USA: Sie begriff, dass es berühmt sein musste, weil er, als er den Namen nannte, von ihr erwartete, dass sie ihn kannte, und sie wusste auch, dass sie, weil sie nicht reagierte, als ignorant eingestuft wurde.

Ben kam ins Zimmer, und sie verstand, dass die beiden Männer erwarteten, dass sie ihn wegschickte, damit sie über ihn reden und ihr dann Befehle erteilen konnten. Laut, weil sie Angst hatte, ihre Stimme könnte zittern, sagte sie zu Ben: »Das ist Luiz Machado – du hast ihn schon kennen gelernt, Ben, und dies hier ist Professor Stephen ... Gumlack ...«

»Gaumlach«, warf er prompt ein und ließ erkennen, dass er verärgert war.

»Professor Gaumlach«, wiederholte sie sorgfältig. »Er stammt aus Amerika, wie Alex.« Zu ihnen gewandt, sagte sie: »Alex hat Ben hierher gebracht, um einen Film mit ihm zu drehen.« Zu Ben sagte sie: »Setz dich, Ben. Ist schon in Ordnung.«

Die beiden Männer waren verwirrt, das konnte sie sehen. Sie bekam Oberwasser: Sie würde Ben nicht wegschicken, wie man es mit ihr einmal gemacht hatte, wie einen Dienstboten.

Ein kurzes Schweigen, dann lehnte sich Professor Stephen Gaumlach vor und sagte: »Dies ist sehr wichtig, wirklich sehr wichtig.« Seine Lippen formten die Worte, prägten jedes einzelne, während es herauskam, rollten sie auf Teresa zu wie kalte Marmorkugeln. Seine Augen waren kalt, fanatisch, besessen. Selten hatte sie jemanden so wenig gemocht wie diesen Mann. »Das musst du einsehen, Teresa …«

»Ich heiße Teresa Alves«, schnitt sie ihm das Wort ab.

Das brachte ihn zum Schweigen. Er saß da und blinzelte. Erholte sich wieder, machte weiter: »Miss Alves, dies ist wahrscheinlich die wichtigste Entdeckung meines gesamten Lebens. Sie müssen das doch einfach verstehen. Dies ist eine einzigartige Gelegenheit. Dieser … Ben ist einzigartig.«

»Ben Lovatt. Er heißt Ben Lovatt.«

Dies brachte ihn tatsächlich zum Schweigen. Das große, vorspringende Maul stieß voller Verärgerung auf sie zu, und er sah hilfesuchend Luiz Machado an, der entspannt, höflich, ruhig zuhörte.

Ben hörte zu, grinste und warf Blicke um sich, als könne sich in den Ecken des Raumes ein Fluchtweg auftun – vielleicht in Wälder hinein, wo nur er die Wendungen kannte, die Wege hinaus in die Freiheit. Er dachte: Aber es gibt doch Leute wie mich, Alfredo hat mir doch gesagt, dass es sie gibt; er hätte es laut gesagt, wenn er nicht so viel Angst gehabt hätte.

Teresa sagte ruhig: »Wenn Ben einverstanden ist, dann geht es in Ordnung. Wenn er es nicht ist, dann dürfen Sie ihn nicht zwingen.«

Professor Stephens Rednermund öffnete sich, um zu widersprechen, als er sich jetzt energisch nach vorn beugte und die Hand hob, doch Luiz lächelte verbindlich und sagte, es sei keine Frage von Zwang. Dies auf Portugiesisch, für sie; doch auf Englisch sagte er, damit sein Kollege es verstand: »Er muss dazu gebracht werden, die Situation zu verstehen.« Wieder zu Teresa auf Portugiesisch: »Sie verstehen nicht, wie unwahrscheinlich wichtig dies hier ist. Dies ist Professor Gaumlachs Forschungsgebiet. Er ist eine internationale Kapazität. Dies ist wichtig für die ganze Welt.«

»Das haben Sie schon gesagt«, sagte sie auf Portugiesisch. Dann laut auf Englisch: »Doch Ben ist in meiner Obhut. Alex Beyle hat Ben Lovatt in meiner Obhut gelassen.«

Sie wusste, dass Luiz zumindest durch Inez von Alex gehört hatte; und sie hatte große Angst, dass er inzwischen auch wusste, dass Alex nicht vorhatte, Ben zu gebrauchen. Es war eine Sache, wenn Ben auf der Lohnliste einer Filmgesellschaft stand, auch wenn es nur einen Plan gab, doch eine ganz andere, wenn er nur ein armer Ausgebooteter war, der nirgendwo mehr hingehen konnte.

Laut sagte sie: »Ben muss das selbst entscheiden.«

Jetzt sahen sich die beiden Männer an: Sie fassten stillschweigend Beschlüsse, das wusste sie.

Aus einer plötzlichen Eingebung heraus sagte sie: »Ben hat seinen eigenen Pass.«

Sie war überrascht, dass sie nicht früher daran gedacht hatte.

Die Männer waren sichtlich beeindruckt von dieser Nachricht; das hatten sie ganz offensichtlich nicht erwartet.

Sie sagte: »Er ist eine britische Person.« Sie kannte

das Wort »Bürger« nicht. »Sie können ihn zu nichts zwingen.«
Ein kurzes Schweigen: Das bedeutete, dass die stille Konferenz der Männer, die Beschlüsse, die sie gefasst hatten, nicht verworfen wurden, weil sie jetzt Bens legale Situation kannten. Luiz stand auf, und der Amerikaner auch. Sie verabschiedeten sich förmlich von ihr, mit »Dona Teresa« von Luiz, »Miss Alves« von Professor Gaumlach. Und dann gingen sie, ohne Ben anzusehen.
Später rief Alfredo an und sagte, dass die Dinge nicht gut standen. Man hatte ihm befohlen, nach Rio zu fahren, mit Ben zu sprechen, und wenn er sich weigerte, mit ihm zum Institut zurückzufahren, sollte er, wenn es nötig wäre, Gewalt anwenden.
»Das können sie doch nicht tun«, sagte Teresa. »Wie können sie das tun?«
»Ich habe nein gesagt«, meinte Alfredo. »Ich habe ihnen gesagt, nein. Jetzt habe ich keinen Job mehr.«
»Dann komm doch einfach her, wenn du nicht weißt, wo du hin sollst«, sagte sie. Sie wollte herausfinden, ob Alfredo verheiratet war oder eine Frau hatte oder einen Platz, wo er hingehen konnte, und Alfredo sagte: »Glücklicherweise lebe ich nicht im Wohnheim des Instituts. Ich wohne im Haus eines Freundes« – womit er ihr sagte, was sie, wie er wusste, wissen wollte. »Aber ich werde euch morgen besuchen kommen, Teresa.«
Als er am nächsten Morgen ankam, war die Wohnungstür aufgebrochen, und weder Teresa noch Ben waren da.

Folgendes war geschehen. Als sie und Ben mit dem Frühstücken fertig waren, beide nervös, fahrig, in Erwartung, dass irgendetwas geschehen würde, ohne zu wissen, was, sagte Teresa, dass sie einkaufen gehen müsse. Sie gab Ben Anweisung, in der Wohnung zu bleiben und nicht aufzumachen, außer, wenn es Alfredo sei. Ben setzte sich gehorsam an den Tisch, und als es an der Tür klingelte, rief er: »Wer ist da?«, doch dann wurde geklopft, viel, immer öfter und lauter. Ben war still und wusste, er hätte gar nichts sagen sollen. Dann wurde die Tür eingetreten, und zwei Männer stürzten herein, steckten ihre Arme auf jeder Seite unter die seinen, knebelten ihn, während er sich wehrte, und schleiften ihn zum Fahrstuhl, und dann vom Fahrstuhl zu einem Auto. Dann kurbelten sie die Fenster hoch, fesselten Bens Hand- und Fußgelenke, seine Knie und ließen ihn hinten im Wagen herumtoben, während sie schnell die Hügel hinauffuhren. Einmal mussten sie halten, weil es Ben schlecht wurde und der Knebel ihn mit Erbrochenem zu ersticken drohte. Sie nahmen ihm den Knebel aus dem Mund, gossen ein wenig billigen Wein hinein – die einzige Flüssigkeit, die sie dabei hatten –, um ihm den Mund zu spülen, knebelten ihn von Neuem mit dem gleichen Stück Stoff, und fuhren, als sie zum Institut kamen, nicht dorthin, wo er gestern gewesen war, sondern zu dem »anderen« Ort, den Alfredo ihn nicht hatte sehen lassen dürfen. Es ist nirgendwo auf der Welt schwierig, Leute für diese Art Arbeit zu finden, und in Rio ist es gewiss nicht schwieriger als irgendwo anders.

Als Teresa mit ihren Einkaufstüten zurückkehrte, fand sie die Tür aufgebrochen und Ben verschwunden. Das traf sie wie ein Schlag in die Magengrube, und sie konnte kaum atmen. Sie brach über dem Tisch zusammen, die Arme ausgebreitet, ihr Kopf auf einen Arm gelegt. Ihr erster Gedanke war: ›Alfredo kommt gleich, er wird helfen.‹ Sie wusste nicht, dass er schon da gewesen und wieder abgefahren war und jetzt so schnell er konnte zum Institut zurückfuhr, um herauszufinden, was los war. Dann dachte sie: ›Vielleicht kommt Alex ja.‹ Doch der hatte zwei Tage zuvor angerufen, um ihr zu sagen, dass er noch eine Reise zu dem Indianerstamm unternehmen würde. »Meine Indianer«, hatte er sie genannt.
Sie kam nicht auf die Idee, dass sie die britische Botschaft anrufen und sagen könnte, dass ein britischer Staatsbürger entführt worden war. Sie wusste nicht, dass der Bürger eines Landes solche Rechte hatte, sie wusste nur, dass einem ein Pass eine Identität gab, die Beamte respektierten. Sie hatte oft in Alex' Pass mit den vielen Visa darin herumgeblättert und gedacht: ›Vielleicht habe ich ja eines Tages auch einmal einen Pass. Dann reise ich auch in all diese Länder.‹
Eine Weile lang konnte sie nicht klar denken, dann fiel ihr ein, dass Alfredo nicht gekommen war, also würde er anrufen, um zu erklären, weshalb. Sie war zu nervös, um in Ruhe zu warten und ging wie blind im Zimmer umher, stieß sogar gegen einen Stuhl. Sie öffnete das Fenster noch weiter, um mehr von der schweren, war-

men Luft hereinzulassen. Langsam trat Inez in den Vordergrund und füllte ihre Gedanken. Ja, Inez: Sie rief Inez an und sagte, als sie ihre Stimme hörte: »Hör zu, ich bin's, Teresa ...«, und dann, schnell und entschlossen: »Leg nicht auf, Inez, mach das bloß nicht.« Sie hörte Inez atmen und wusste, dass sie Angst hatte. »Wo ist Ben?«, fragte sie eindringlich. »Man hat ihn entführt. Also, wo ist er?«
Sie hörte ein schwaches: »Ich weiß nicht«, und sagte mit einer kalten Stimme, die sie selbst überraschte: »Du weißt es. Du weißt es genau. Ist er da, wo wir das letzte Mal waren?«
»Nein«, sagte Inez. Eine Stille entstand, während der beide das Atmen der anderen hören konnten. Und dann sagte Teresa: »Ich bring dich um. Wenn du mir nicht hilfst, bringe ich dich um.« Und jetzt begriff Inez, was sie so angezogen hatte an dieser Vertreterin des harten, wilden Lebens der Armen, weshalb sie sich so um Teresa bemüht hatte. Die angstvolle Erregung, die sie bei diesen Worten spürte, lief durch ihren Körper und schmerzte ihr sogar bis in die Augen. Sie zitterte, während sie Teresa zuhörte. »Du warst meine Freundin, Inez, meine Freundin. Und dann hast du dies getan.«
»Ich hab es nicht gewusst«, brachte Inez gerade noch heraus. »Ich wusste nicht, dass sie das tun würden.«
»Aber jetzt weißt du es, Inez. Du weißt, wo er steckt.«
Inez wusste es tatsächlich, denn sie hatte den Wagen mit Ben darin vorüberfahren sehen. Jeder im Institut hatte es mitbekommen. Die Leute drängten sich an

den Fenstern und hörten ersticktes Geheul und Bellen aus dem Wagen. Einige behaupteten, sie hätten Ben verzweifelt toben gesehen. Inez wusste – alle wussten es –, wohin Ben gebracht wurde, und ihr war übel. Sie war nicht die Einzige. Die Laborassistentin, die die Tests mit Ben gemacht hatte, war schockiert. Was sie erzählte, war überall im Institut durchgesickert. Dieser Yeti, dieses Monster, war ein höfliches Wesen, beinahe wie normale Menschen: Man sollte ihn nicht so behandeln. Das Unbehagen, die Scham, die über das empfunden wurde, was in den ›anderen‹ Gebäuden vor sich ging, kristallisierte sich um Ben, der – das wussten alle – entführt worden war.

Jezt hörte Inez Teresa sagen: »Du musst kommen und mich abholen. Ich muss Ben finden. Ich muss dahin fahren, wo er ist.«

»Ich kann nicht«, antwortete Inez. »Ich kann nicht einfach von meiner Arbeit weg.« Doch sie wusste, was sie als Nächstes hören würde: »Inez, ich meine, was ich sage. Ich bringe dich um. Ich weiß dann, dass du ein böser Mensch bist.« Und Teresa fuhr fort ihr zu befehlen, nach Rio zu kommen und sie abzuholen, und zwar gleich. »Ben hat einen Pass, Inez. Sie können das nicht machen. Sag ihnen das.«

Inez war während dieser Unterhaltung im Labor. Die Assistentin vom Vortag hörte zu und sagte aufgebracht zu Inez: »Warum tun sie das? Er ist doch kein Tier!«

Inez ging zu ihrem Wagen hinaus, unbeobachtet, wie sie glaubte, von ihren Vorgesetzten – von Luiz –, und fuhr nach Rio hinunter, während sie dachte, sie könnte ihren Job verlieren. Sie glaubte eigentlich nicht, dass das geschehen würde. Das, was geschah, war ungesetzlich. Sie war sich ziemlich sicher, dass der Plan darin bestand, diesen Ben – sie hatte keine Gefühle für ihn, dachte nicht einmal an ihn als eine Person – aus dem Institut wegzubringen, worauf er verschwinden würde. Es kam vor, dass Leute verschwanden. Luiz – nein, nicht Luiz, dieser Amerikaner – rechnete mit etwas, und sie glaubte, das er Recht hatte: Alle im Institut hatten so große Angst davor, ihre Jobs zu verlieren, ihre kostbaren, so schwer zu ergatternden Jobs, dass sie schweigen würden. Was sie betraf, was für ein Verbrechen beging sie denn? Sie verließ ihr Büro im Institut für ein paar Stunden. Sie fuhr schnell, und als sie ankam, wartete Teresa schon auf sie. Sie hatte einen Koffer gepackt mit Kleidern für Ben und seinen Sonnenbrillen. Sie wusste nicht, was sie tun würde, wenn sie – gemeinsam – Ben fänden. Kurz bevor Inez kam, hatte Alfredo angerufen und erzählt, dass ihm von dem Fahrer, der im Institut seinen Platz eingenommen hatte, berichtet worden war, dass man Ben zu dem üblen Ort gebracht hatte. Alfredo sagte Teresa, sie solle dahin kommen, wo er war, einem Zimmer in einem Haus nicht weit vom Institut entfernt, in einem Dorf. Gemeinsam wollten sie dann beschließen, wie sie Ben retten könnten.

Die Fahrt in die Hügel hinauf verlief schweigend. Teresa beobachtete Inez' Profil, das diese ihr ohne Unterbrechung bot, kalt, nüchtern, feindlich – und schuldbewußt. Sie hatte Angst vor einer Falle: Plante Inez etwa, sie auch zu entführen? Um sie davon abzuhalten, Ben zu helfen? Plötzlich – sie wusste selbst vorher nicht, dass sie damit herauskommen würde – fragte Teresa Inez genau dies, und Inez begann zu weinen und sagte, dass sie, Teresa, ungerecht und grausam sei – Inez hatte Ben doch nicht entführt, oder?

Als sie dort ankamen, wo Teresa nach Alfredos Angabe abgesetzt werden musste, hielt Inez an und hörte Teresa beim Aussteigen sagen: »Mach ihnen klar, dass sie etwas Falsches getan haben. Es ist falsch. Die Polizei könnte sie bestrafen. Sag ihnen das.«

Inez hatte nicht vor, irgendetwas zu sagen, sondern hoffte nur, dass ihre Abwesenheit nicht bemerkt worden war.

Teresa stand im Staub am Rande einer Piste, die Sonne brannte auf sie nieder, und sie sah Alfredo aus einem kleinen Haus treten. Ihr beider Lächeln füreinander kam aus einer Region, die weit jenseits ihrer Sorge um Ben lag, und er legte seinen Arm um sie, während er sie zu seinem Zimmer geleitete.

Es war jetzt Nachmittag, ungefähr drei Uhr. Alfredo wusste, wo Ben war, und erzählte es Teresa. Er meinte, sie sollten dorthin gehen, sobald es ganz dunkel wäre. Nachts war niemand bei den Käfigen – doch heute Nacht konnte jemand dort sein, wegen Ben. Er war mit Beruhigungsmitteln voll gepumpt worden, hatte der andere Fahrer gesagt. Er hatte Luiz und dem Amerikaner zugehört, als sie sich im Wagen unterhielten. Luiz war unschlüssig, was passieren sollte; das Wort »Pass« hatte ihm zu denken gegeben. Stephen war entschlossen, Ben festzuhalten. »Er ist ein bisschen verrückt, dieser andere«, sagte der Mann, Antonio, Alfredos Freund. »Er ist wie ein Hund mit einem Knochen. Er hat ihn, und er will ihn behalten.« Antonio kannte die Käfige besser als Alfredo. Er meinte, sie bräuchten eine kräftige Drahtschere, und als Erstes müssten sie den Draht der Alarmanlage durchschneiden, der zum Hauptgebäude lief, wo die ganze Nacht über ein Wachmann war. Und danach, was wollte Alfredo dann machen? Alfredo erzählte es ihm. Darauf sagte Antonio, sie müssten ihn in ihren Fluchtplan einschließen, denn er würde sicherlich seinen Job verlieren, den er eben erst bekommen hatte.

Pläne waren es auch, die Teresa und Alfredo jetzt besprachen. Wenn es ihnen gelänge, Ben sofort aus Rio wegzuschaffen, dann, so meinten sie, würde es keine Verfolgung geben. Alfredo sagte Teresa, wenn es zu einer Verfolgung käme, dann müsste das britische Konsulat in Rio alarmiert werden. Teresa hörte interessiert zu, wie Bürger fremder Länder vor Übergriffen hier geschützt werden konnten. Sie hätte niemals gedacht, dass eine Regierung sich so sehr um eine kleine Person kümmern würde wie sie selbst. Doch sie hatten es mit einem Verrückten zu tun, dem amerikanischen Professor. Es überraschte sie nicht zu hören, dass Antonio ihn verrückt nannte: Sie glaubte auch, dass er das war. Sie konnte sich leicht den großen, vorstehenden Mund vorstellen, der Worte in ihre Richtung ausspie, während die grünen Augen sie anstarrten, ohne zu sehen, weil die Aufmerksamkeit des Mannes nur nach innen gerichtet war, auf seine eigene Besessenheit.

»Ist es denn wichtig?«, fragte sie Alfredo. »Ist es wichtig zu wissen, was Ben ist?«

»Sie sagen, er sei ein Rückfall in – längst vergangene Zeit. Sehr lang vergangene Zeiten. Tausende von Jahren. Durch ihn können sie herausfinden, wie die Leute früher gewesen sind.«

Dieser Gedanke gefiel Teresa tatsächlich, doch er sprach einen anderen Teil von ihr an, ihre leidenschaftliche Sorge um Ben. Sie dachte, dass sie ihm Gefühle entgegenbringe wie einem Kind – etwas Hilflosem jedenfalls. Diese Leute von früher waren ihr egal. Sie liebte den armen Ben.

Bei dieser Unterhaltung in dem heißen, kahlen Zimmer, während sie Coca-Cola tranken, erinnerten sie sich gegenseitig daran, dass es ein drängendes, bestürzendes Problem gab. Ben glaubte, dass Alfredo wusste, wo Bens Leute waren. »Wir müssen es ihm erzählen«, meinte Teresa und dachte an Bens Freude und daran, wie sein gesamtes Ich bei den Gedanken an sie zu wachsen und frohlocken schien. Doch noch während sie sprach, spürte sie, wie sie davor zurückschrak, es ihm zu sagen. Zu sagen, dass es alles nur eine Illusion war, nur Bilder an einer Felswand … grausam, schrecklich. Doch er musste es erfahren.

»Können wir ihn nicht mitnehmen und ihm die Felsmalerei zeigen? Das wäre besser als gar nichts, meinst du nicht?«

»Als ich in den Minen bei Jujuy arbeitete, bin ich in die Berge gegangen – ganz hoch hinauf, Teresa. Ich mag das, allein in den Bergen zu sein. Aber die hier sind hoch, sehr hoch, nicht wie die bei uns zu Hause. Nicht viele Leute gehen dort hinauf. Eines Morgens erwachte ich – es war dunkel gewesen, als ich mich schlafen legte –, und dort direkt vor mir waren Bilder auf dem Felsen. Die Sonne beschien sie. Wenn die Sonne auf sie fällt, kann man sie gut erkennen, doch wenn der Felsen im Schatten liegt, dann kann man direkt daran vorübergehen, ohne sie zu sehen … Wir müssen dort hinauf gelangen.«

Teresa wusste, wieviel Geld Ben noch übrig hatte. Sie hatte noch ein hübsches Sümmchen zurückgelegt, doch wollte sie keinen *Real* mehr davon ausgeben, als sie unbedingt musste. Alfredo hatte Ersparnisse. Sie besaßen mehr als genug für drei billige Flugtickets. »Kein Problem«, meinte Alfredo. »Ich werde meinem Freund sagen, dass er uns mit seinem Auto abholen soll. Ich habe Freunde. Ich habe drei Jahre lang in den Minen gearbeitet. Ich kann dort wieder Arbeit bekommen. Ich halte mich für 'ne Weile aus Rio fern. Das habe ich schon früher mal gemusst – das kann ich dir sagen, Teresa.«

Beide dachten, wenn er blieb, um in den Minen zu arbeiten, und Teresa bei ihm blieb, dann wäre alles,

was sie sich in Rio aufgebaut hatte, umsonst gewesen. Ob es Theater, Tanzgruppen, Filmemacher in Jujuy gab, fragte sie. Alfredos Antwort war: »Ich kann in den Minen gutes Geld verdienen. Und man kennt mich da. Ich könnte ein Jahr da bleiben, und du kannst in Rio auf mich warten.« Dies war das erste Mal, dass sie ihr Einverständnis in Worte fassten. »Wir können in Jujuy heiraten, um sicher zu gehen – und ein Jahr geht schnell vorbei.« Teresa dachte an die drei Jahre zurück, die sie jetzt in Rio war und die so voller Ereignisse und Menschen gewesen waren, und sie kamen ihr sehr lang vor. »Wir können später noch darüber reden«, sagte er schnell, als er ihr zweifelndes Gesicht sah.
Es wurde dunkel. Den Hügel hinauf, zwischen den Bäumen hindurch, konnten sie die Lichter des Instituts sehen. Sie nahmen die Drahtschere und gingen ruhig, so als wollten sie zum Wohntrakt des Instituts, wo die meisten der Angestellten lebten, doch liefen daran vorbei und in den Wald hinein, der das Institut umgab. Keins dieser beiden Kinder wilder Gegenden fürchtete sich vor irgendetwas im Wald. Sie tapsten schnell einen Pfad entlang, den ihre Füße schon zu kennen schienen, kamen an den Hauptgebäuden des Instituts vorüber, ließen sie hinter sich, und dann brannten vor ihnen, ein paar Hundert Meter, Lichter an einem abseits gelegenen Block. Von dort hörten sie Heulen, Schreie, Kläffen. Dies war ein übler Ort: Teresa wusste das, und Alfredo flüsterte: »Ich komme nicht gern hierher.«

Wo war Ben? Sie standen am Waldrand, sahen auf die verstreut liegenden Gebäude und wussten nicht, wohin sie gehen sollten. Und dann hörte Teresa es, ein leises, aus- und einsetzendes Rütteln, Bang, Bang, Bang, und wieder das Rütteln. »Da ist er«, sagte Teresa, »er ist dort drüben«, und sie lief los, über die flache, staubige Fläche auf das Gebäude zu. Während sie rannten, wurde das Geräusch lauter, das rüttelnde Knallen. Es war jetzt dunkel. Die Lampe war an diesem Gebäude auf der Vorderseite, und sie schlichen sich auf die Rückseite und sahen Fenster. Sie waren offen. Ein fauliger Geruch drang nach außen. Zuerst kletterte Alfredo, dann Teresa über das Fensterbrett. Ein schwaches Licht brannte an der Decke. In Reihen von Käfigen saßen Affen, kleine und große, auf eine Weise angeordnet, dass die Exkremente aus den oberen Käfigen auf die Tiere darunter fallen mussten. In einer Bank wurden Kaninchen, die an den Hälsen festgezurrt waren, Chemikalien in die Augen geträufelt. Ein großer Straßenköter, der von der Schulter bis zum Hüftknochen aufgeschnitten und dann mit groben Stichen wieder zugenäht worden war, lag wimmernd auf schmutziger Streu, sein Rücken war mit Exkrementen verklumpt. (Dieser Hund war sechs Monate zuvor aufgeschnitten worden, und von Zeit zu Zeit wurde die Wunde geöffnet, um zu sehen, was seine Organe machten, man verabreichte ihm dieses oder jenes Medikament und nähte ihn wieder zu wie einen Jutesack. Die Wundränder waren tatsächlich teilweise abgeheilt und verkrustet, zwischen ihnen konnte man die pulsierenden Organe sehen.) Aus den Käfigen streckten Affen ihre Hände heraus, und ihre menschlichen Augen bettelten um Hilfe. Teresa bemerkte nichts von alledem. Sie sah Ben, der am Boden seines Käfigs saß und seinen Kopf gegen den Draht schlug. Man hatte ihn nicht mit Medikamenten ruhig gestellt: Professor Stephen wollte ihn unverseucht haben. Er war unbekleidet, diese Kreatur, die seit ihrer Geburt bekleidet gewesen war. In einer Ecke seines Käfigs lag ein Haufen Kot.

»Die Alarmanlage«, sagte Teresa zu Alfredo, der sich nach dem Kabel umzusehen begann, und beim Klang ihrer Stimme setzte Ben sich auf und heulte los, sein Gesicht zu ihr emporgehoben. »Sei still«, zischte Teresa. »Wir bringen dich von hier weg.« Seine Augen – was war mit ihnen los? Im schwachen Licht sahen sie aus wie dunkle Löcher, doch sie waren ausdruckslos vor Schmerz und Schrecken. »Ben, Ben, sei still, du musst still sein.« Er verstummte, aber sein Atem klang wie ein Stöhnen. Alfredo hatte das Kabel der Alarmanlage gefunden und durchgeschnitten. Dann musste er sich übergeben: der Geruch, dieser Geruch – und es war so heiß hier drinnen.

Er begann, ein großes Loch in den Draht von Bens Käfig zu schneiden, der für ein kräftiges Tier gedacht war – dicker Draht. Teresa sah einen Käfig, in dem eine weiße Katze ausgestreckt lag, ein Muttertier. Drähte führten von einem Instrument in ihren Kopf, das am

Käfigdraht befestigt war. Vier kleine Kätzchen saugten an ihr: Alle hatten Drähte an ihren Köpfen. Die Katze sah Teresa an, und ihre anklagenden Augen ließen sie die Hand vor ihre eigenen Augen legen wollen. Jetzt war das Loch in Bens Käfig groß genug. »Leise, leise, sei leise, Ben«, flüsterte Teresa und legte ihre Arme um ihn, um ihm Halt zu geben. Er war verdreckt, und er zitterte, eine arme, hilflose, zerschmetterte Kreatur, die jetzt etwas für sie Überraschendes tat und aus ihren Armen und durch das Fenster in die Dunkelheit sprang. Er rannte dem Wald zu, und Teresa und Alfredo rannten ihm nach. »Halt, Ben, da sind Leute. Lauf nicht weiter, komm hierher.« Sie und Alfredo bewegten sich vorsichtig unter den Bäumen im Dunkel und hörten nichts. Aber sie wusste, dass Ben dort war. »Ich werde mich jetzt hierhin setzen, Ben. Und Alfredo auch. Er ist ein Freund. Komm hierher zu mir. Wir bringen dich zu Alfredos Haus, und dann hauen wir ab von hier.«

Stille. Leise Waldgeräusche. Hinter ihnen, in dem Gebäude, das sie verlassen hatten, begannen die Affen ein Geheul, einen entsetzlichen Lärm aus der Hölle, die überall auf der Welt entsteht, wo wir Menschen unsere Zivilisation machen.

»Ben, Ben, komm her zu mir, Ben.«

Es war der Geruch, der sie wissen ließ, dass er kam.

»Bringt ihr mich zu den Leuten, die so sind wie ich?«, hörten sie.

»Ja, ja, Ben, das tun wir«, sagte Teresa, verzweifelt wegen seiner Verzweiflung.

Dann war er bei ihnen, kauernd, zitternd.

»Jetzt komm mit, Ben, leise, leise. Mach keinen Lärm, Ben.«

Es war sicher für sie im Wald, sie waren gut versteckt, aber sie mussten eine kahle Fläche überqueren und liefen dabei Gefahr, gesehen zu werden. Glücklicherweise waren die meisten Leute in den Häusern beim Abendessen. Sie konnten Fernsehgeräte hören, Radioapparate, Stimmen. Alfredo sagte: »Lauf los, jetzt.« Und Teresa: »Lauf schnell, Ben.« Die drei liefen durch die Dunkelheit, die von den Lichtern durchschnitten wurde, die aus den Häusern fielen, zu Alfredos Zimmer.

Dort schob Teresa Ben unter die Dusche, wusch ihn, ließ das Wasser laufen, bis es klar seine Füße umspülte, holte ihn wieder heraus, trocknete ihn ab, zog ihm die sauberen Kleider an, die sie mitgebracht hatte. Alfredo holte Orangensaft für ihn und Obst. Er wollte trinken, aber nichts essen. Seine Augen waren bittend auf Teresa gerichtet: Wie die Augen jenes Affen, dachte sie, obwohl sie die in dem Moment gar nicht bewusst gesehen hatte.

»Warum dürfen sie das tun?«, fragte sie Alfredo.

Er schwieg, wirkte grimmig, und – das konnte sie sehen – er schämte sich. »Das ist Wissenschaft.«

Ben zitterte jetzt nicht mehr, doch fiel es ihm schwer, sie anzusehen, und so saß er gebeugt auf seinem Stuhl, mit hängenden Fäusten und vorgestrecktem Kopf, die Augen noch immer erfüllt von angstvollem Schmerz.

»Wir fahren dich jetzt nach Rio hinunter«, sagte Teresa. »Und morgen fliegen wir mit dem Flugzeug fort.«

»Zu meinen Leuten?«

»Ja«, antwortete sie hilflos und wagte es nicht einmal, Alfredo anzusehen dabei. Was sollten sie denn tun?

Um Mitternacht herum, als es in den Häusern der Institutsangestellten dunkel geworden war und sich nichts zu bewegen schien, schlichen sie hinaus, hörten einen Hund bellen und fanden Antonio im Auto auf sie warten. Es war spät in der Nacht, als sie die Wohnung erreichten. Die Tür war mit Latten zugenagelt worden, vermutlich vom Hausmeister.

Sie sagten Ben, er solle zu Bett gehen und zu schlafen versuchen. Er brauche keine Angst zu haben. Unterdessen berieten sich Alfredo, Teresa und Antonio. Antonio hatte auch in den Minen gearbeitet. Er zog seinen Ausweis hervor, legte ihn auf den Tisch und sagte zu Alfredo: »Ist deiner in Ordnung?«

Alfredo holte den seinen aus einer Innentasche und legte ihn neben Antonios. Teresa konnte sehen, dass es irgendwelche Probleme mit diesen Ausweisen gegeben hatte, doch dass jetzt alles in Ordnung war. Sie sahen sie an, und jetzt nahm sie ihren Ausweis aus ihrer Handtasche, und die drei Dokumente lagen nebeneinander auf dem Tisch. Sie dachte an Alex' Pass und fand diese drei armseligen Stücke Papier, ihre Ausweise, beleidigend.

»Eines Tages möchte ich einen richtigen Pass haben«, sagte sie zu Alfredo. Antonio lachte überrascht, doch

Alfredo, der auch zu lachen begonnen hatte, hielt inne, als er an ihrem Gesicht sah, dass sie etwas Wichtiges sagte. »Ich möchte einen Pass wie ein kleines Buch, so wie ihn die Ausländer haben – wie die Amerikaner.« Alfredo nickte und wartete darauf, dass sie weitersprach. Sie bedachte ihren Ausweis mit einer verächtlichen Geste. »Der ist nicht gut genug«, sagte sie. Alfredo dachte ein Weilchen darüber nach und sagte dann: »Okay, ich werd' dir einen machen.« Und er stand auf, holte Papier aus einer Schublade, faltete es zu einem kleinen Buch zusammen, brachte es an den Tisch, setzte sich und sah mit gezücktem Kugelschreiber streng Teresa an. Sie fing schon an zu lachen, und Antonio lachte auch und sagte: »Ihr seid beide verrückt. *Loco.*«

»Name?«, fragte Alfredo streng wie ein Beamter.

»Teresa Alves.«

»Dona Teresa Alves. Haarfarbe schwarz?«

Später in ihrem Leben würden sie sich diese Szene noch oft ins Gedächtnis rufen, sich gegenseitig daran erinnern, ihren Kindern davon erzählen, wie Alfredo etwas über Teresa erfahren hatte, über ihr Leben – während Antonio lächelnd dabei saß und Ben nebenan schlief.

»Dunkelbraun«, antwortete Teresa und hielt eine Locke hoch, damit er sie sehen konnte.

»Schwarz im Schatten und braun in der Sonne«, sagte Alfredo. »Hab' ich schon gesehen. Ich werde schwarz eintragen.« Er schrieb es hin und meinte dann: »Deine Augen sind schwarz, würde ich sagen, aber *sie* werden bestimmt nicht hineinsehen. Soll ich schwarz schreiben?«

»Das ist schon in Ordnung.«

»Du bist – wie groß?«

Sie sagte es ihm.

»Fast so groß wie ich. Eine gute Größe. Hast du irgendwelche besonderen Kennzeichen? Das wollen sie immer wissen.«

»Ich hab' ein kleines Muttermal an meinem – verlängerten Rücken.«

Antonio lachte.

»An deinem Hintern?«

»Ja, und dann noch eins hier zwischen meinen Schultern«, und sie hielt ihren Kragen von ihrem Hals ab, damit er es sehen konnte.

»Ich glaube, wir behalten die Muttermale besser für uns«, sagte er. »Sonst noch irgendwas?«

»Ich hab' hier eine Narbe, wo ich drauffiel, als ich Kürbisse für die Ziegen zerteilte, da fiel ich auf einen spitzen Stein.« Sie streckte ihren Arm aus: Eine dünne weiße Linie lief ihr Handgelenk hinab bis an ihre Handfläche.

»Das brauchen sie nicht zu wissen«, meinte Alfredo. »Also gut. Größe, Haarfarbe, Augenfarbe – das reicht für sie. Wie heißt dein Dorf?«

»Genau wie deins. Staubdorf, Staubprovinz, Staubland. Aber eigentlich Aljeco.«

»Das schreiben wir auf. Dein Geburtsdatum?«

Sie zögerte, unsicher, ob sie wollte, dass er erfuhr, um wieviel jünger sie war, als sie ihm gesagt hatte.
Er sah, dass sie zögerte, und sagte: »Ich schreib' das gleiche wie meins auf. Jetzt brauchen wir noch ein Foto.«
Und nun übergab er das kleine Päckchen gefaltetes Papier Teresa mit einer Verbeugung. »Ihr Pass, Dona Teresa.« Und sie erhob sich von ihrem Stuhl, nahm das Ding entgegen und machte einen kleinen Knicks.
Plaudernd verbrachten sie die Zeit, und Antonio sagte, er würde ihnen nach Jujuy folgen, und zu den Minen. Weit fort von Rio wäre er für eine Weile glücklicher.
Als es hell wurde, tranken sie Kaffee, und die beiden Männer gingen los, um die Flüge zu reservieren.
Teresa ging zu Ben hinein, sah, dass er wach war, und sagte ihm, dass er tapfer und geduldig sein müsse. Wenn irgendjemand die Wohnung betrat, dann würde sie aufpassen, dass sie nicht in seine Nähe kamen. Sie sagte das alles, weil sie ziemlich sicher war, dass »sie« wegen Ben kommen würden, und mit der eingeschlagenen Tür gab es keine Möglichkeit, sie davon abzuhalten, hereinzukommen. Sie brachte im Saft, sagte ihm, es wäre das Beste, wenn er schliefe, und dass er auf keinen Fall einen Laut von sich geben solle, wenn jemand käme.
Es dauerte nicht lange, da hörte sie die Männer draußen. Sie öffnete die Tür und sagte: »Sehen Sie, was Ihre Diebe mit dieser Tür gemacht haben?« – womit sie sie gleich ins Unrecht setzte, obwohl sie, wie sie dachte, eher aussahen wie Polizisten, die einen Ver-

brecher jagen. »Setzen Sie sich, bitte«, sagte sie und setzte sich auch, wobei sie sah, dass beide auf Bens Tür starrten.

Luiz saß am Kopfende des Tisches, nahm gewohnheitsmäßig den Platz desjenigen ein, der die Befehle gibt. Der Amerikaner saß Teresa gegenüber, seine vorstehenden Augen waren drauf vorbereitet, zornig zu werden.

Teresa begann sofort: »Das war übel, was Sie da getan haben. Sie haben ihn von hier verschleppt. Er ist nicht Ihr Eigentum.« Sie sprach zu Luiz gewandt, doch der sagte: »Ich habe keine Schuld. Ich hatte nichts damit zu tun. Der Teil des Instituts hat nichts mit Brasilien zu tun. Er ist unter besonderer internationaler Kontrolle.« Dann wartete er darauf, dass Stephen Gaumlach sprach. Der tat das aber nicht. Er saß halb umgedreht da und starrte auf Bens Tür.

»Doch Sie sind beide gekommen«, sagte Teresa und ergriff – wie sie meinte – die Initiative in der Unterhaltung.

»Ich bin ein alter Freund von Professor Gaumlach«, sagte Luiz.

»Aber Sie wussten, dass diese Männer herkamen, um Ben zu holen.«

»Ich bitte um Verzeihung – im Namen von Professor Gaumlach.« Wieder warf er seinem Kollegen einen auffordernden Blick zu – er wurde ignoriert. »Man hielt sich nicht an die Anweisungen. Die Tür hätte nicht aufgebrochen werden sollen.«

»Wenn Sie erwarteten, dass wir Ihnen Ben so übergeben würden, weshalb schickten Sie dann diese Verbrecher? Das waren ganz gewöhnliche Verbrecher.« Und bevor einer der Männer irgendetwas sagen konnte – der Amerikaner schien kein Bedürfnis danach zu haben: »Und Sie haben Ben wie ein Tier in einen Käfig gesperrt, ohne Kleidung.«

»Ich sage Ihnen doch«, gab Luiz Machado zurück. »Das hatte nichts mit unserem Institut zu tun. Aber es war offensichtlich ein Missverständnis.«

Teresa antwortete: »Ich glaube, das Missverständnis war eher, dass Sie nicht erwarteten, dass wir ihn so finden würden.«

Hier nickte Luiz und gab damit zu, dass sie Recht hatte, und auch, dass er davon beeindruckt war, wie sie sich schlug. Sie wusste – musste es von Inez wissen –, wie wichtig er war.

Jetzt sprach Stephen Gaumlach, als habe er nichts von ihrem Streit mitbekommen. »Sie können ihn nicht hier behalten. Sie begreifen das nicht, nicht wahr?«

»Ich weiß, dass Sie ihn für Ihre Versuche haben wollen. Das weiß ich. Ich habe es mit eigenen Augen gesehen …« Und sie wies mit ihren beiden Zeigefingern auf ihre Augen.

Er lehnte sich über den Tisch zu ihr hinüber, die Fäuste geballt, das Gesicht dunkelrot vor Wut. »Dieses … besondere Exemplar könnte Fragen beantworten, wichtige Fragen, wichtig für die Wissenschaft – auf der ganzen Welt. Er könnte das verändern, was wir über die Menschheitsgeschichte wissen.«

Und jetzt fühlte sich Teresa direkt in ihrer großen Achtung, ihrer Verehrung für Wissen und Bildung angegriffen; jenes Gebiet wie ein Fenster zu einem unbekannten Himmel, vor dem sie hätte niederknien und beten können – und sie brach in Tränen aus. Wütend sagte sie sich, dass sie müde war, und dass sie deshalb weinte, doch sie kannte die Wahrheit. Was Luiz anging, so dachte er, dieses dumme Mädchen sei verängstigt, weil es die Behörden herausforderte und deshalb große Schwierigkeiten bekommen könne. So, wie er Professor Gaumlach kannte – er mochte ihn nicht besonders –, kam ihm Teresa eher vor wie eine Maus, die beschlossen hat, sich auf die Hinterbeine zu stellen und einer Katze zu drohen.
Was den Professor anging, so war er irritiert darüber, dass Teresa weinte.
Beide Männer dachten, sie sei besiegt: Es gab eine Menge von Dingen, die sie als Anschuldigung gegen sie hätte vorbringen können, was sie aber nicht getan hatte – Gesetze waren auf eine Weise gebrochen worden, die leicht schwere Folgen haben konnte. Doch waren es nicht rechtliche Überlegungen, die sie das sagen ließen, was sie jetzt sagte. Es war das hasserfüllte, drohende Gesicht vor ihr, jene kalten, bösen Augen, während sie in ihrem Kopf Ben nackt in seinem Käfig heulen sah, sie sah die weiße Katze, auf deren Fell aus dem Käfig darüber Kot tropfte. Sie sagte auf Portugiesisch: *»Voce e gente ruim.«* Der Hass in ihrer Stimme drang zu ihrem Gegner durch, auch wenn er die Worte nicht

verstand. Jetzt wiederholte sie auf Englisch: *»You are bad people. You are a bad person.«*
Sie sagte dies nicht zu Luiz, und zwar weder, weil sie sein Institut von aller Schuld freigesprochen hätte, noch weil sie Gedanken politischer Art im Kopf hatte – dieser Amerikaner war ein Bürger der mächtigsten Nation der Welt –, irgend so etwas: Politik interessierte sie nicht. Nein, sie mochte Stephen nicht, hasste ihn so instinktiv, wie sie Alex Beyle für einen freundlichen, aber schwachen Mann hielt, der sie gut behandelte, während er da war, sie aber sofort vergaß, wenn er abreiste. Um einer Katze Drähte in den Kopf zu stecken und in die Köpfe ihrer Kätzchen und so ihre Gefühle zu messen, während sie sie zu säugen versuchte und Schmutz auf ihr weißes Fell tropfte; um Affen krank zu machen – sie sah jetzt nur zu deutlich die kleinen Hände, die sich hilfesuchend nach ihr ausstreckten –, würde dieser berühmte Professor alles tun und keine Sekunde daran denken, was es für die Tiere bedeutete, das wusste sie. Er war ein Monster an Grausamkeit.
Aber sie weinte immer noch wegen des innerlichen Konflikts, der sie zu zerreißen drohte.
Luiz sagte: »Sie sagen, Ben gehört – wie sagten Sie, heißt er doch gleich?«
»Inez – sie ist doch Ihre Freundin, nicht wahr? – sollte den Namen wissen. Alex Beyle. Er ist ein amerikanischer Filmemacher, und Ben wird der Hauptdarsteller sein.«

»Ich hatte gehört, dass es keinen Film mehr geben würde!«
»Das stimmt nicht. Alex ist in ...« – sie nannte das kleine Bergdorf, wo Alex und Paulo an ihrem Skript arbeiteten, wobei sie wusste, dass es nicht sehr wahrscheinlich war, dass Luiz es kannte. »Er ist jetzt am Drehort. Das Wetter ist schlecht dort. Das Telefon funktioniert nicht. Ich werde ihm berichten, was geschehen ist, wenn er mich anruft, und ich werde ihm sagen, dass Sie mit ihm über Ben reden möchten.«
Ihre Stimme klang jetzt fest. Sie erhob sich. »Wenn Sie mich jetzt entschuldigen. Ich habe zu tun.«
Langsam standen auch die beiden Männer auf. Luiz war wie immer ruhig und lächelte. Was den anderen Mann betraf, so starrte er auf Bens Tür und sah dabei aus wie eine rote Ameise – jetzt wusste sie, wo die Ähnlichkeit herkam, die sie nicht sofort hatte erkennen können.
Sie sagte: »Ben schläft. Es geht ihm nicht gut, nach allem, was ihm angetan worden ist.« Und sie stellte sich vor Bens Tür.
»Sie dürfen Ben nicht außer Landes bringen«, sagte Stephen drohend und schien sich auf sie stürzen zu wollen.
»Er kann hingehen, wo er will. Er hat einen Pass«, antwortete sie.
Luiz meinte zu Stephen: »Wir sollten jetzt gehen.« Seine Stimme sagte beiden, sowohl Stephen als auch Teresa, dass er einen Plan im Kopf hatte.

Die beiden Männer gingen. Teresa weinte vor Erleichterung; sie zitterte am ganzen Körper wegen der Anstrengung, die die Auseinandersetzung für sie bedeutet hatte. Sie wusste, diese Männer – sie unterschied nicht zwischen ihnen, sagte etwa, dieser ist schuld daran, der andere nicht; sie hatten beide Macht und waren für sie gleich – würden bald etwas tun, um ihren Besitzanspruch auf Ben legal zu machen. Dieses Mal wäre es keine Entführung: Sie würden das Gesetz hinter sich haben: Man würde Ben unter irgendeinem Verdacht verhaften.

Teresa nutzte die Zeit, bis Alfredo und Antonio zurückkehrten, um Kleider für Ben einzupacken, und ging dazu leise in seinem Zimmer aus und ein, um ihn nicht aufzuwecken – er stöhnte im Schlaf. Sie nahm einen warmen Pullover und eine Mütze mit, und für sich selbst genauso.

Dann kamen Alfredo und Antonio zurück.

Sie hörten von ihr, was geschehen war, und wussten, dass sie sich beeilen mussten.

»Schnell, Ben, wie fliegen mit dem Flugzeug, ganz weit weg von hier«, sagte Teresa, während er sich im Bett aufrichtete, erst erschrocken, doch dann ganz gespannt. »Zu meinen Leuten? Jetzt gleich?«

»Na, komm schon, Ben«, meinte Alfredo. Der Blick, den Teresa und Alfredo tauschten, verriet ihre Hilflosigkeit: Wie konnten sie seinen hoffnungsvollen Eifer beenden? Sie mussten es aber tun, unbedingt.

Teresa ließ auf dem Tisch einen Brief für Alex zurück,

in dem sie ihm schrieb, dass sie Ben zusammen mit einem guten Freund an einen sicheren Ort brächte – sie verriet nicht, wohin, denn sie wusste, es würde nicht Alex sein, der den Brief zuerst las. Sie hatte dem Hausmeister gesagt, er solle den Einbruch der Polizei melden und die Tür sicherer vernageln.

Und so verließen sie Alex' Wohnung und stiegen auf der Straße in Antonios Auto: Er brachte sie zum Flughafen. Dort verabschiedete er sich von ihnen, doch würde er sie bald in Humahuaca wieder sehen, wo Alfredo Arbeit suchen wollte; es lag ein paar Autostunden von Jujuy entfernt.

Dies war ein großes Flugzeug, eines von denen, die die Leute benutzen, um von Kontinent zu Kontinent zu fliegen, doch in São Paulo bestiegen sie ein kleineres, mit ganz anderen Leuten, die aussahen, als hätten sie mit der Arbeit auf dieser Welt zu tun. Dieses Flugzeug flog tiefer und brachte die Landschaft näher zu ihnen heran, und sein Schatten flackerte über zerklüftetes Gebiet, wo Menschen wie Teresa einherliefen und nach oben schauten, um ein Flugzeug vorbeifliegen zu sehen, in dem keiner von ihnen jemals zu fliegen hoffen konnte. Doch einmal hatte auch Teresa geglaubt, dass sie nie mit einem Flugzeug fliegen würde. Ben sah nach unten, voller Interesse. Außer jenem ersten kleinen Hüpfer über London mit Johnston war dies das erste Mal, dass er wach in einem Flugzeug saß, und er wollte mitbekommen, was um ihn her vor sich ging. Zuerst war es schwierig für ihn, als Teresa sagte: »Sieh mal den gro-

ßen Fluss da unten«, oder: »Das ist eine Hügelkette.« Er fragte: »Ein Fluss? Das ist ein Fluss?«, oder: »Das da sind Hügel? Sie sehen so flach aus.« Dann gewöhnte seine Wahrnehmung sich daran, und er begriff alles und war glücklich und stolz, dass er verstand. Doch sein kleines Grinsen, nicht das breite, verängstigte, verriet Teresa und Alfredo, woran er dachte.
»Werden wir heute bei meinen Leuten sein?«
»Nein, heute nicht mehr, Ben, sie leben weit weg in den Bergen.«
»Die Berge da unten?«
»Nein, das sind kleine Berge, verglichen mit den großen. Du wirst es schon selbst sehen.«
Das Flugzeug landete in Paraguay, und Leute stiegen aus und ein, und dann sahen sie unter sich grüne und gelbe Ebenen und Rinderherden, und bald würden sie in Humahuaca sein. Antonio und Alfredo hatten gemeinsam beschlossen, dass es besser wäre, dort zu landen, mit den Bergarbeitern und den Ingenieuren und anderen Arbeitern der Minengebiete, als in Jujuy, wo man ihre Ausweise genauer kontrollieren könnte. Als das Flugzeug an Höhe verlor, konnte man sehen, dass unter ihnen eine Menge von Leuten den Minen zustrebte. Niemand kümmerte sich hier groß um Grenzen oder darum, wie Leute sie überquerten: Tausende von Menschen – wer konnte sagen, wie viele? – gingen über Grenzen, die in ihren Köpfen nichts als Barrieren der Phantasie waren.
An dem kleinen Flughafen bereitete Teresa sich schon

darauf vor, ihren Ausweis herauszuholen, doch der Mann am Schalter kannte Alfredo: Er hatte selbst einmal in den Minen gearbeitet. Alfredo sagte, Teresa sei seine Schwester. Der Beamte warf Ben zwar einen genauen Blick zu, doch winkte diesen großen, vierschrötigen Mann durch, der in dieser Menge nicht so besonders aussah.

Unterdessen hob das Flugzeug, mit dem sie gekommen waren, wieder ab für den kurzen Sprung nach Jujuy: Es flogen damit vor allem Arbeiter der Tabakplantagen dort. Alfredo hatte einen Freund angerufen und ihn gebeten, sie mit seinem Auto in Humahuaca abzuholen. Er war noch nicht angekommen. Sie saßen auf Stühlen unter einem Baum, froh über den Schatten. Es war stechend heiß. Teresa sagte, sie habe Kopfschmerzen, die Höhe machte ihr zu schaffen. Ben meinte, er fühle sich wohl: Er schien nicht in der Lage zu sein, das Prinzip Höhe zu begreifen, bis Alfredo nach den Anden wies und sagte, Ben müsse sich das Meer zu Füßen der Berge vorstellen und sich dann vorstellen, dass er hinaufstiege und jeden Schritt mitzähle.

»Werden wir da meine Leute finden?«

»Ja, das werden wir.«

Ben saß da, lächelte und machte die rauhen, kleinen Töne, die ein Lied waren, wenn man ihn kannte.

Sie sahen den Leuten zu, die an ihnen vorbei zu den Minen unterwegs waren.

»Minen brauchen Arbeiter«, meinte Alfredo. »Und sie stellen keine Fragen.«

»Und was für Fragen könnten sie dir denn stellen?«, fragte Teresa und spürte, dass sie sich am Rande eines Abgrunds befand. »Wovor fürchtest du dich am Flugplatz von Jujuy?«
»Als man mir im Institut den Job gab, fragte man mich, wo ich gearbeitet hatte. Ich antwortete, Jujuy. Ich sagte nicht Humahuaca: Man darf ihnen nie mehr erzählen als nötig. Wenn sie mir also Schwierigkeiten machen wollten, weil ich Ben aus dem Käfig befreit und nach Rio gefahren habe, dann hätten sie in Jujuy angerufen. Doch ich glaube, die Mühe machen sie sich gar nicht, ich bin mir sicher, sie haben Schlimmeres mit Ben vor.«
Sie unterhielten sich auf Portugiesisch, und Ben hörte seinen Namen und sagte: »Was habt ihr gesagt?«
»Nur, dass wir dich von da weggebracht haben.«
Alfredo sprach auf Portugiesisch weiter, in dem Dialekt der Gegend, aus der sie beide kamen, und den ein Außenstehender kaum verstehen konnte, als fürchte er, jemand könne sie belauschen – obwohl es niemanden in Hörweite gab. »Da ist aber noch was, Teresa. Als ich damals hier ins Minengebiet kam, da war ich in Schwierigkeiten. Das war vor sieben Jahren. Aber sie haben Unterlagen – die Polizei hat aus der Zeit immer noch meinen Namen.«
Und er erzählte ihr eine Geschichte, die sie so oft gehört zu haben glaubte, dass sie seine Worte hätte nehmen und selbst weiter erzählen können.
Die Favela zu verlassen war für ihn genauso schwer ge-

wesen wie für sie. Er hatte zu einer Straßenbande gehört, kleine Straftaten begangen, und die Polizei kannte ihn. Eines Nachts war es zu einem Kampf zwischen ihm und dem Anführer der Bande gekommen – mit Messern. Der andere war nicht zu Tode gekommen, doch schwer verletzt worden, und er beschuldigte Alfredo, obwohl er selbst es gewesen war, der den Streit begonnen hatte.

Alfredo beschloss, Rio für eine Weile zu verlassen. Drei Jahre später kam er zurück, mit etwas gespartem Geld und vielen neu gelernten Fähigkeiten. Die Straßenbande, zu der er gehört hatte, gab es nicht mehr – sie war verschwunden, und der Bursche, den er verwundet hatte, war tot, wegen eines anderen Streits. Alfredo war jetzt ein Mann, voller Verantwortung und Können: Er fand leicht einen Job, und so kam er zum Institut.

Nun war der Augenblick gekommen, wo Teresa ihm von sich selbst erzählen sollte, und es fiel ihr so schwer, ihre Stimme wurde leiser und stockte und war kaum noch hörbar. Sie musste diesem Mann, von dem sie wusste, dass sie ihn liebte, erzählen, dass sie eine Hure gewesen war. Alfredo war verlegen. Er rutschte auf seinem Stuhl herum, und es sah fast so aus, als wolle er aufstehen und fortgehen. »Teresa, erzähl mir ein andres Mal davon. Erzähl es mir, wenn du Lust dazu hast.«

»Aber ich muss es dir doch erzählen. Ich muss dir davon erzählen.«

»Hör zu, Teresa, du vergisst, dass ich auch in den Favelas gelebt habe, genau wie du. Ich kenne die … Ich

habe eine Schwester, die immer noch dort lebt. Sie hat es noch nicht heraus geschafft. Ich werd' ihr später helfen.« Er beugte sich vor, lächelte – obwohl es, das wusste sie, nicht einfach für ihn war – und nahm ihre Hand. »Wir werden ihr gemeinsam helfen, Teresa.«
»Redet ihr über mich?«, fragte Ben wieder.
»Nein, über uns«, antwortete Teresa auf Englisch.
Jetzt kam Alfredos Freund José mit seinem Auto, und sie fuhren die neunzig Kilometer nach Jujuy. Die beiden saßen vorn und unterhielten sich, und Teresa saß mit Ben hinten. Sie wusste, dass ihm schlecht werden würde: Es war ein altes, klappriges Auto.
Zu ihrer Rechten stiegen die Berge auf, und sie fuhren in ihrem Schatten.
»Werden wir morgen hinfahren?«, fragte Ben.
»Nein. Wir müssen noch die Dinge besorgen, die wir mitnehmen wollen.«
»Wann fahren wir denn dann?«
»Vielleicht übermorgen.«
Sie versuchte sich dazu zu zwingen, zu sagen: »Sieh mal, Ben, du verstehst nicht, wir haben es dir auch nicht gut erklärt …«, doch brachte sie die Worte nicht heraus. Was sollen wir bloß machen?, fragte sie sich. Wie sollen wir es ihm sagen?
José hatte mit Alfredo zusammen in Humahuaca gearbeitet. Als Alfredo und Antonio weggegangen waren, absolvierte er einen Kurs als Bergbauingenieur, der ihn aus der Masse gewöhnlicher Bergleute hervorhob. Er besaß ein kleines Haus in Jujuy. Er hatte eine Frau,

die dort arbeitete. An den meisten Wochenenden kam er zu ihr nach Hause. Sie war jetzt nicht da: Sie besuchte gerade Verwandte.

Es war ein hübsches, kleines Haus mit drei Räumen, einer Küche und einer Dusche. Es gab ein Fernsehgerät und einen Radioapparat. Es war wie das Haus, in dem Alfredo in der Nähe des Instituts gewohnt hatte: Es war wie die Häuser für Menschen ihrer Art überall auf der Welt.

Sie aßen ihr Abendbrot, während das Fernsehen lief, doch niemand sah zu. Ben war in seinem Traum, und die Männer unterhielten sich, und Teresa sah sie an und hörte zu. Sie freute sich, dass Alfredo einen so guten Freund hatte – zwei gute Freunde hatte, denn dadurch fühlte auch sie sich unterstützt. Ein Mann mit guten Männerfreunden – sie wusste, welchen Wert das für eine Ehefrau hatte. Ihr Vater hatte seine Freunde gehabt, in einer Zeit, die so weit zurückzuliegen schien, in ihrem Dorf, doch seit sie nach Süden gezogen waren, keine Freunde, nur seine Frau. In der Favela, keine Freunde, mit denen er zusammensitzen und reden konnte. Er trank allein. Er betrank sich.

Teresa wusste, seit sie Alfredo getroffen hatte, war ihr die Hälfte ihrer Sorgen und Probleme abgenommen worden. Schon jetzt, so kurz nachdem sie ihn kennen gelernt hatte, fiel es ihr schwer, sich vorzustellen, wie es früher gewesen war, allein, nur mit sich selbst als Stütze.

Als es Zeit wurde, in ihre Zimmer zu gehen, gab es keinen Zweifel, dass Alfredo bei José schlafen würde, und nicht nur deshalb, weil sie noch nicht alle Neuigkeiten ausgetauscht hatten. Wenn sie allerdings mit Alfredo allein im Haus gewesen wäre – doch er hob die Hand mit einem Lächeln als Gute-Nacht-Gruß und ging mit José. Sie musste bei Ben bleiben, weil er ihr vertraute. Sie dachte daran, dass Ben in Alex' Wohnung sein eigenes Zimmer hatte, doch hier waren jetzt zwei Betten, nur durch eine Armlänge getrennt. Im Badezimmer zog sie sich ein Nachthemd an und fand Ben angezogen auf dem Bett liegen, als sie zurückkam. Sie wusste, dass das daher kam, weil er in seiner Phantasie bereits seine Reise in die Berge begann. Er lächelte zur Decke hinauf und fragte: »Fahren wir ganz früh los?«

»Morgen nicht, Ben. Das hab' ich dir doch gesagt.«

Sie schaltete das Licht an der Tür aus und legte sich in ihr Bett, wobei sie daran dachte, dass Ben, seit sie ihn kannte, meistens krank, verängstigt, bedrückt gewesen war und dass sie ihn nie so gesehen hatte, wie er eigentlich war, glücklich und zuversichtlich. Noch im Halbdunkel des Zimmers konnte sie sein Gesicht sehen, und er lächelte. Dies war der Augenblick, da sie sagen sollte: »Sieh mal, Ben, da ist etwas falsch gelaufen …« Doch Augenblicke, Minuten verstrichen, und sie schwieg.

Ich werde mit Alfredo darüber reden, und mit José auch, und uns wird schon etwas einfallen, wie wir es ihm erklären können; doch welch ein Unsinn war das, dachte sie: Ben erwartete, seine eigene Art zu treffen, und er würde seinen Traum nicht so einfach loslassen. Wenn sie sagten: »Aber Ben, es ist besser, dass du sie nicht siehst, sie sind arme, erbärmliche Leute«, dann würde er sie immer noch kennen lernen wollen. Wenn sie so taten, als suchten sie den Ort in den Bergen, wo die Leute gewesen waren, und dann sagten: »Scheint so, als seien sie weitergezogen«, würde Ben weiter suchen, so stark war seine Sehnsucht. Teresa versuchte sich vorzustellen, wie es sein musste zu glauben, die einzige Person wie man selbst auf der Welt zu sein, zu wissen, dass man allein war, von zufälliger Freundlichkeit abhing, benutzt, doch dann verlassen wurde – aber sie konnte es sich nicht vorstellen, da war nur eine Panik vor der Leere und der Einsamkeit, die sie ergriff und sie kalt und krank machte. *Aber wir müssen es ihm doch sagen, das müssen wir doch*, sagte sie sich immer wieder, während sie einschlief und wieder erwachte und Ben über sich stehen sah. Draußen schien ein starker, gelber Mond, und der Raum war hell genug. Ben hatte seine Jacke und seine Hose ausgezogen, und das, was sie in seiner Hand sah, ließ sie sich aufsetzen und mit scharfer Stimme sagen: »Nein, Ben, nein, halt.« Er beugte sich über sie, und sie wusste nicht, ob er sie einfach betrachten wollte oder … Er richtete sich auf, und seine Hand ließ den schrumpfenden Penis los.

»Du solltest wieder ins Bett gehen, Ben«, sagte sie.

Das tat er auch, still, gehorsam, und lag da, wach. Und sie auch. Er sagte wütend: »Rita mochte mich. Sie mochte mich. Du magst mich nicht.«

»Doch, Ben. Ich mag dich wohl. Das weißt du genau.«
Sie hörte, wie er atmete: Es war eher wie das Atmen eines Kindes, das in Tränen ausbrechen will. Sie dachte, dass dieser … Mann, oder was er auch war – stark und voller Energie, wenn er nicht elend war –, seine Instinkte hatte; und was hatte er in Bezug auf Sex gemacht, auf Frauen? Rita – das war lange her – Monate. Sie wusste, dass er, wie er so dalag und ein bisschen vor sich hin schniefte, daran dachte, dass, wenn er zu seinen Leuten käme, eine Frau für ihn da sein würde. Bald darauf änderte sich seine Atmung, und er war eingeschlafen. Sie schlief nicht. Sobald es hell wurde, stand sie auf und zog sich an und ging in die Küche, um Kaffee zu machen. Der Geruch weckte die Männer.
Die Tür zwischen diesem Raum und Bens war geschlossen, dennoch sprach sie mit leiser Stimme, als sie ihnen sagte, dass sie Ben alles erklären mussten, sie mussten es einfach, es war grausam, so weiterzumachen.
»Er wird es schon merken«, meinte Alfredo. »Er wird es selbst herausfinden.«
»Ich habe Angst«, sagte Teresa, aber sie meinte nicht, um sich selbst oder um sie alle drei, doch Alfredo und dann auch José versicherten ihr, dass sie alle beieinander sein würden, und wenn Ben zornig würde, dann würden sie sie und sich selbst verteidigen. Alfredo sah, dass sie nicht beruhigt war, und sagte zu José, dass Teresa Ben sehr mochte. »Und ich mag ihn auch. Er ist nicht einfach nur ein – Tier.«

»Er empfindet die Dinge so wie wir«, meinte Teresa.
Und hierbei kam Ben herein, lächelte und war so gespannt auf den neuen Tag wie ein Kind, und bevor er fragen konnte: »Können wir heute losfahren?«, sagte sie ihm, dass sie heute einkaufen gehen mussten.
Gemeinsam fuhren sie in Josés Wagen los, um noch warme Sachen für die Berge zu kaufen, Wasserkanister aus Plastik, eine Decke für jeden, Lebensmittel. Das nahm den ganzen Morgen in Anspruch.
Dann klagte Teresa wieder über Kopfschmerzen: Die Höhe verursachte ihr Übelkeit.
José kochte Tee aus Kokablättern und ließ sie alle davon trinken, gegen die Höhenkrankheit. Sie verschlief den Nachmittag, während die Männer jemanden besuchen gingen und Ben unruhig im Wohnzimmer hin und her lief.
Beim Abendessen erzählten Alfredo und José Teresa, dass sie einen Plan für sie hatten. Sie könnte hier in diesem Haus wohnen, bei Josés Frau, die in Jujuy arbeitete und sich ihre Wochenenden frei hielt, wenn José aus Humahuaca kam. Am Nachmittag waren sie bei einem Freund gewesen, der beim Fernsehsender des Ortes arbeitete – ein kleiner Sender, nicht zu vergleichen mit den tollen Einrichtungen in Rio, doch wenn sie Geduld hatte, konnte sie dort sicher etwas bekommen. Unterdessen gab es noch das archäologische Museum, wo sie nachfragen konnte. Jujuy zog Männer für den Tabak an, alle Arten von Experten, und sie brauchten Leute wie Teresa, die sich um sie kümmer-

ten. Was hielt sie davon? Würde sie in Jujuy bleiben?, fragte Alfredo, und sie sagte sofort ja. Ben hörte dieser Unterhaltung zu, wie es ein Kind tut, wenn das, was geredet wird, nichts mit ihm zu tun hat, doch Teresa dachte zum ersten Mal: Was werden wir mit Ben machen? Wenn wir ihn zu Alex zurückschicken, dann bekommt ihn dieser Professor Gaumlach. Ich kann Josés Frau nicht bitten, auch noch Ben aufzunehmen. – Sie hatten kaum an Bens Zukunft gedacht: Es war so dringend gewesen, ihn aus Rio fortzubekommen, weg von der Gefahr. Es sah ganz so aus, als sei jetzt sie – und das hieß auch Alfredo (doch weshalb sollte er ja dazu sagen?) – für Ben verantwortlich. Oder vielleicht sollte man ihn besser nach London zurückschicken, zu dieser Rita, von der Ben gesprochen hatte.

»Wann fahren wir morgen los?«, fragte Ben.

»Wenn wir die Sachen ins Auto geladen haben«, sagte José.

»Bringen wir sie zu den Leuten?«

»Nein, die brauchen wir selbst«, sagte José. »Es wird kalt sein dort.«

»Weshalb wohnen sie an einem so kalten Ort?«

»Das wirst du schon sehen«, antwortete Alfredo nach einer kleinen Pause, in der die Blicke der drei sich getroffen und sofort wieder getrennt hatten, damit Ben ihre Sorge nicht sah. Er hatte sie jedoch gesehen: oh, ja. Ben verstand viel mehr, als die Menschen je meinten.

»Warum sagst du das so?«, wollte er wissen. »Stimmt etwas nicht mit ihnen?«

»Nein«, sagte Teresa, und José unterbrach und erinnerte sie daran, dass es noch nicht einmal acht war, und warum gingen sie nicht alle vier zusammen in ein bestimmtes Hotel, damit sie das Nachtleben von Jujuy mit eigenen Augen kennen lernten?
Ben sagte, er habe keine Lust. Teresa meinte, er habe doch in Rio immer gern auf den Gehsteigen gesessen und dem Treiben zugesehen, nicht wahr?
Das Hotel war ein ziemlich schäbiges Gebäude, überhaupt nicht so wie die stattlichen Gebäude an den berühmten Stränden von Rio. An der Fassade brannten bunte Lichter und hoben es von der Umgebung ab, und im Saal war es hell, überfüllt und laut. Die Ankunft der vier wurde kaum bemerkt, und was Ben betraf, so gab es dort genug kräftige, vierschrötige Männer. Essen wurde auf die Tische gestellt, doch war es die Bar, die eine ganze Wand einnahm, weswegen die Leute herkamen. Die ganze Bar entlang standen Männer, meist von den Tabakplantagen, und musterten die kessen, lauten jungen Frauen, die ihretwegen dort waren. Die vier suchten sich einen Tisch und zwängten sich dahinter; Ben sah nicht glücklich aus: Der Lärm machte ihm zu schaffen. Er störte auch Teresa, in ihrem gegenwärtigen Zustand, in dem sie ihre Kopfschmerzen und die Übelkeit nur gerade so unter Kontrolle hielt. Und sie beobachtete die Mädchen und versicherte sich selbst, dass sie nie so rüde und laut gewesen war, da war sie ganz sicher; sie sagte sich, dass die Mädchen, wie sie selbst, wahrscheinlich Familien zu versorgen hatten –

und sie wünschte, sie wäre gar nicht erst hergekommen. Dann bemerkte sie eine junge Frau, die sie zuletzt vor dem Hotel gesehen hatte, das sie zuerst benutzte, in ihrem neuen Kleid. Sie bekam Angst, erkannt und begrüßt zu werden und dass José etwas von ihr erführe. Das wäre nicht schön für Alfredo. Sie duckte sich hinter Alfredo, der es merkte, sich nach dem Grund umsah, begriff und meinte, sie bräuchten nicht lange zu bleiben. Mittlerweile war José an der Bar von einem Mädchen mit Beschlag belegt worden, das er offensichtlich gut kannte: Sie tauschten Nettigkeiten aus.
»Wie lange ist José denn schon verheiratet?« fragte Teresa, und als Alfredo daraufhin lachte, meinte sie: »Wenn ich in Rio auf dich warten müsste, würde ich eifersüchtig werden.«
Sie dachte, Ben hätte nichts verstanden, doch er sagte: »Warum, Teresa? Warum bist du eifersüchtig wegen Alfredo?«
»Wir haben nur Spaß gemacht«, antwortete Teresa und beobachtete José mit der Frau. Dann sagte sie leise zu Alfredo: »Nein, ich habe überhaupt nicht Spaß gemacht.«
»Du wirst schon dafür sorgen, dass ich nicht in Schwierigkeiten komme«, meinte Alfredo.
In diesem Moment kam José zurück und brachte Bier für sich und Alfredo, Saft für Ben und Kokatee für Teresa. »Morgen wird es hart werden«, sagte er zu ihr. »Wir fahren noch viel höher hinauf, und es wird dir schlecht gehen, wenn du diesen Tee nicht trinkst.«

»Trinken meine Leute diesen Tee auch?«, fragte Ben.
»Wenn man dich so sieht, brauchen sie das wohl nicht«, meinte José. »Wo hast du nur diese Lunge her?«
Dann lachte er verschwörerisch und sagte: »Ich hab das fast so gesagt, als gäbe es sie wirklich.« Er sagte das auf Portugiesisch und teilte diesen grausamen Scherz mit Teresa und Alfredo. Auf Portugiesisch: Doch Ben hatte es begriffen, hatte irgendetwas begriffen. »Weshalb lacht ihr?«, fragte er José. Sofort war er voller Mißtrauen.
»Wir machen manchmal schlechte Scherze«, sagte José auf Englisch, und dann auf Portugiesisch: »Dieser Ben ist ja wirklich nicht schwer von Begriff.«
»Warum hast du das gesagt? Weshalb hast du meinen Namen gesagt, Ben, was redet ihr über mich?«
»Ach, gar nichts«, warf Teresa ein und dachte, dass dieser José nicht besonders empfindlich war für die Gefühle anderer Menschen, nicht so wie Alfredo. Dann dachte sie: Aber Ben sollte die Wahrheit nicht so herausfinden, nicht auf diese unfreundliche Weise.
»Was ist los?«, fragte Ben eindringlich und sah ihnen ins Gesicht, eines nach dem anderen.
Und dies war jetzt der Augenblick, da sie sagen könnte: »Ben, es hat da ein Missverständnis gegeben …« Doch konnte sie sich nicht dazu bewegen, es zu tun. Sie schwieg. Alfredo sah aus, als fühle er sich nicht wohl, als wolle er sich entschuldigen – bei ihr, konnte sie sehen, als sei diese Peinlichkeit für sie verletzend gewesen, nicht für Ben. José ging an die Bar zurück, um der

Frau irgendetwas zu sagen – einer flüchtigen Bekanntschaft oder mehr –, Teresa beruhigte sich selbst, indem sie sich sagte, dass José nicht Alfredo war.
Alfredo sagte zu José, dass sie gehen sollten. Er wusste, dass Teresa das Lokal nicht gefiel. José hätte das nicht bemerkt. In der Zwischenzeit saß der arme Ben ganz zerknirscht da und sah sich misstrauisch um, so, als seien nicht nur sie drei, sondern alle anderen auch seine Feinde geworden. Teresa ging an dem Mädchen aus Rio vorbei und hatte das Gefühl, als strecke ihre Vergangenheit einen Fangarm nach ihr aus und versuche, sie wieder in sich hineinzuziehen. Während die beiden zum Wagen gingen, Ben, der sie misstrauisch beäugte, hinter ihnen, legte Alfredo den Arm um sie und sagte: »Aber du bleibst doch bei mir, Teresa? Du bist doch einverstanden? Und wenn wir aus den Bergen zurückkommen, dann heiraten wir.« Er hatte dies auf Portugiesisch gesagt und sagte jetzt auf Englisch, für Ben: »Teresa und ich werden heiraten.«
Ben reagierte nicht. Und Teresa dachte: Was wird nur mit Ben? Alfredo wird mich nicht wollen, wenn er glaubt, dass ich mich um Ben kümmern muss.
Als sie bei Josés Haus ankamen, sagte Ben, er wolle schlafen gehen, und Teresa, die sich Sorgen darüber machte, was er wohl fühlen mochte, ging mit und lag in der Dunkelheit wach. Auch Ben schlief nicht. Sie konnte das ruhelose Glimmen seiner Augen sehen. Er sprach nicht.
Sie hörte die Männer nebenan reden und stellte sie

sich vor. Sie waren sehr verschieden. José war ein schlanker, sehniger Mann mit einem scharf geschnittenen Gesicht und unruhigen Augen. Seine sonnenverbrannte Haut war eigentlich hell, nicht so gleichmäßig kupferfarben wie die ihre und Alfredos. Sie dachte: Unsere Kinder werden hübsch aussehen. Sie werden Alfredo und mir ähneln. Wir sind hübsch aussehende Menschen. José ist hässlich, weil er eine Zeit lang in seinem Leben nicht genug zu essen bekommen hat ... Sie wusste, dass das so war, weil er auf gewisse Weise unfertig aussah. Wenigstens hatten wir zu essen, Alfredo und ich, hatten genug zu essen, bevor die schlimmen Dürrezeiten begannen. Und unsere Kinder werden gesund sein. Sie stellte sich Alfredos Gesicht vor, wenn er ihr erstes Kind sähe. Während diese zuversichtlichen Gedanken der Selbstachtung in ihrem Kopf abliefen, schlug ihr Herz angstvoll wegen Ben.

Am Morgen war Ben schweigsam und stellte keine Fragen. Während der Wagen gepackt wurde, stand er da und starrte auf die Berge, und zwischen diesen langen, düsteren Blicken wandte er sich zu ihnen um und sah sie an, mit verwirrten, misstrauischen Augen. Er begann einen stampfenden, zornigen Tanz, und das dauerte an, bis der Wagen gepackt war und das Haus abgeschlossen wurde. Dann hielt er inne, stand da und starrte auf die Gipfel, jene grausamen, hohen, dunklen Gipfel. Was sie auf seinem Gesicht sah, ließ sie zu ihm

hinübergehen und ihm die Hand auf den Arm legen, ganz leicht, weil sie Angst hatte, er könne wütend werden. Doch reagierte er auf ihre mitfühlende Hand nicht: Er rührte sich nicht, starrte nur nach oben, mit von Schmerz und Verlust dunklen Augen.
Teresa dachte: Dann weiß er es. Er muss es wissen. Irgendwie hat er alles verstanden.
Im Wagen saß Teresa vorn, aus Angst, dass ihr schlecht werden könnte, und in dem Bewusstsein, dass auch Ben übel werden könnte. Alfredo saß bei Ben, und Teresa sah an seiner Haltung, dass er darauf vorbereitet war, Ben unter Kontrolle zu halten, wenn sein Zorn noch einmal ausbrach.
Die Straße, auf der sie fuhren, war zunächst breit, mit Wohnvierteln an den Seiten und dem seltsamen Hotel, und wurde dann schmaler und stieg langsam an. Die Luft war dünn und perlend, und Teresa hörte auf, sich über irgendetwas anderes Gedanken zu machen als ihre Übelkeit und die Höhenkopfschmerzen, die in kalten Wellen in ihren Kopf hinein und wieder heraus brandeten. Die Straße wand sich die Hügelhänge empor und wieder hinab, denn dies war das Vorgebirge, und es gab noch Bäume, die langsam weniger wurden, und es gab kaum noch Schattenstücke quer über die Straße. Sie hatten die Baumgrenze erreicht. Es wurde kälter, und sie hielten, um sich Jacken über ihre Pullover zu ziehen. Ben stand neben dem Auto und starrte hinauf, hinauf, und dann um sich herum, auf die Hügel und Gipfel und felsigen Täler, wo es niemanden gab,

und kein einziges Haus weit und breit. Spät am Nachmittag erreichten sie das Hotel, das letzte an dieser Straße, die von hier ab zur von Schlaglöchern übersäten Piste wurde. Das Hotel wurde von Erzsuchern, Bergsteigern und Ingenieuren benutzt. Sie waren jetzt die einzigen Gäste hier. Teresa wollte nur, dass das Rütteln aufhörte und sie mit geschlossenen Augen dasitzen konnte. Ben schwieg. Er stellte sich an ein Fenster nach dem anderen und sah hinauf. Alfredo ging, das richtige Essen bestellen – eine leichte Mahlzeit, wegen der Höhenkrankheit. Und wieder kam ein Tablett mit Kokatee, den sie alle dankbar tranken. Sie waren über fünftausend Meter hoch, und der Einzige, dem das nichts ausmachte, war Ben.

»Das macht die Brust, die du hast«, meinte José. »In dieser Gegend hat jeder so eine Brust wie du, weil die Luft so dünn ist und man eine große Lunge braucht.«

»Wer ist jeder? Wo sind sie?«, fragte Ben. »Hier ist doch gar keiner.«

Es war eine kalte Nacht, mit Wolken, die vor den Fenstern vorbeizogen: nichts zu sehen. Sie gingen zeitig zu Bett, José mit Alfredo, Teresa mit Ben. Teresa lag wach, wegen ihrer Kopfschmerzen, und Ben lag wach. Es war dunkel und stickig im Zimmer, doch der weiße Nebel draußen, den die Lampe über dem Eingang beleuchtete, sandte einen dünnen Schein in ihr Zimmer. Teresa dachte, wenn sie ihm jetzt sagte, dass seine eigene Art, seine Leute, nicht existierten, dann wäre es nicht mehr als das, was er ohnehin dachte.

Sie standen früh auf, in einer dünnen, erregenden Luft, die Sonne blendete hell von den Felswänden und Gipfeln. Kein Zeichen von Nebel oder Wolken war zu sehen. Während sie frühstückten, kamen zwei Männer; sie hatten vor, zu den Gipfeln emporzusteigen, doch vor Einbruch der Dunkelheit zurückzukehren. »Keine Gegend, wo man sich verirren sollte, wenn es dunkel wird«, meinten sie.
Und jetzt musste die Ausrüstung neu gepackt werden. Sie behielten ein Zimmer und brachten alles hinein, was sie nicht benötigten, denn von jetzt an würden sie ihre Füße gebrauchen. Und der Wagen wurde verschlossen und so zurückgelassen, dass die Besitzer des Hotels ein Auge darauf haben konnten. Jeder trug einen Rucksack voller warmer Sachen, Wasser und Nahrung; und José hatte einen kleinen Ofen und einen Topf dabei.
Sie stiegen nicht weiter hinauf, sondern blieben ungefähr auf gleicher Höhe. Wenigstens nicht heute, fügte José hinzu und warf einen Blick zu Ben hinüber. Die Nachricht, dass sie heute nicht ans Ende ihrer Reise kommen sollten, wurde von Ben schweigend aufgenommen: nicht leicht, sein Gesicht zu lesen, während er die riesige Landschaft um sich her betrachtete. Was sie darin zu sehen glaubte, ließ Teresas Augen sich mit Tränen füllen, und sie wandte sich ab. Bevor sie loswanderten, sahen die vier den zwei Neuankömmlingen nach, die nach oben verschwanden, in eine steile Wand hinein, die ihren Schatten auf das Hotel warf.

An diesem Abend wollten sie eine Hütte erreichen, die von Bergsteigern benutzt wurde, und morgen früh würden sie die Felswand suchen, an die sich Alfredo erinnerte. Sie trugen jetzt alle ihre dicksten Pullover und gefütterten Jacken und hatten ihre Sonnenbrillen aufgesetzt. Zuerst gingen sie auf einem Pfad, der breit genug für einen Esel oder ein Maultier war, doch dann kamen schmale Trampelpfade, manchmal im Schatten liegend, manchmal in der Sonne. Alfredo hielt von Zeit zu Zeit an, wenn die Pfade sich teilten, um sich ihrer Richtung zu versichern: Er und José stritten darüber. José sagte, sie sollten die mehr genutzten Pfade wählen, »denn dort gehen auch die Steinleute«. Womit er die Archäologen, die Paläontologen meinte, die in den Bergen Dinge entdeckten, die das Museum unten in Jujuy füllten. Er fragte Alfredo, weshalb seine bestimmte Felswand (er nannte sie »deine Gemäldegalerie«) noch nicht entdeckt worden war.

»Das wirst du schon noch sehen«, antwortete Alfredo.

Sie sagten dies vor Ben auf Englisch, doch stellte er keine Fragen, sondern folgte nur José, der Alfredo folgte. Teresa ging am Schluß, von wo aus sie Ben im Auge hatte. Sie war sich ziemlich sicher, dass Ben die Wahrheit wusste, doch dann trat auf dieses bärtige Gesicht ein Blick solcher Sehnsucht, solchen Staunens, dass sie meinte, sie betrachte ein Kind, das die für morgen versprochenen Wunder erwartete, und dann verschwand dieser Blick, und sie sah nur Trauer.

Es war ein harter Tag für sie, auch wenn sie nicht

viel höher stiegen. Manchmal wanderten sie im tiefen Schatten auf Pfaden zwischen hoch aufragenden Wänden, manchmal gingen sie am Rande von steilen Abgründen. Die Brust tat ihnen weh – Ben, so schien es, jedoch nicht –, und sie hatten Kopfschmerzen, trotz Josés Gebräu aus Kokablättern, das er aus seiner Thermoskanne ausschenkte. Am Nachmittag hielten sie, weil sie eine Hütte erreicht hatten, nicht mehr als ein einfacher Unterstand aus Stämmen, die auf Maultieren hier heraufgebracht worden sein mussten, denn es gab keine Bäume. Alfredo sagte, er erinnere sich an die Hütte, die damals in besserem Zustand gewesen sei: Dort, wo die Stämme sich gesenkt hatten, klafften jetzt zwischen ihnen Spalten, und einige der Schindeln auf dem Dach waren verrutscht. Sie war lange von niemandem benutzt worden, nur von irgendwelchen kleinen Tieren, die ihren Dung hinterlassen hatten. Sie reinigten die Hütte und stapelten ihre Sachen ringsum an den Wänden. José sammelte Zweiglein und Flechten für ein Feuer, doch gab es so wenig davon, dass sie beschlossen, sie bis zur Dunkelheit aufzuheben. Wegen der hohen Gipfel um sie her brach die Nacht früh herein, doch hatte Alfredo noch Zeit, die Richtung für den nächsten Tag auszukundschaften: Er kletterte zwischen den Felsen umher und hielt vor einer unbezwingbaren Felswand oder an einem Abgrund. Als es kalt wurde und die Sonne außer Sicht versank, gingen sie hinein und setzten sich in ihre Decken gehüllt um das kleine Feuer. Ihre Köpfe summten wegen der Höhe, und niemand hatte Lust, viel zu essen. Die anderen drei warteten mit gespannten Nerven auf Bens: »Wo sind meine Leute? Wo werden wir sie finden?«

Alfredo hatte ein kleines Radio, aber es funktionierte nicht sehr gut. Eine schwache, blecherne Musik plärrte von Tausenden von Metern unter ihnen; Stimmen, männliche und weibliche, erklangen und erstarben mit Nachrichtenfetzen, der Zeile eines Liedes, den Worten einer Rede – sie schalteten es aus.

Das Feuer war winzig, nicht mehr als ein Flackern auf den Wänden. Durch die Lücken zwischen den Stämmen war eine kalte Nacht zu sehen. Sie gingen hinaus und standen alle wie verzaubert da. Kein Smog in diesen Bergen, und die Sterne waren ein kalter, glitzernder Glanz, blitzende blaue, rote, gelbe Feuer, die auf sie herniederstürzten, und die Milchstraße war über den Himmel geworfen wie eine Straße ins Nirgendwo. Die Sterne so zu sehen, sauber und klar und unverhüllt, war, wie eine Erinnerung neu zu entdecken. Sie schwiegen ehrfurchtsvoll, und dann hörten sie von Ben einen rauhen, unmelodischen Gesang und sahen, dass er sich zu bewegen begonnen hatte – er tanzte und sang zu den Sternen hinauf.

»Sie sprechen«, rief er. »Sie singen zu uns her.«

Als sie versuchten, sich für das zu öffnen, was Ben hören konnte, schien es den dreien, als hörten sie ein hohes, gläsernes Flüstern, ein winziges Aneinanderklingen, doch Ben jubelte: »Die Sterne singen, sie singen!«

Er fuhr fort zu tanzen, bog und beugte sich und streckte

seine Hände zu den Sternen aus, stampfte und stieß mit den Füßen und wirbelte umher, ohne Ende, während seine Zuschauer zitterten und sich fest in ihre Decken hüllten.

Und er machte immer weiter und weiter, bis sie dachten, er würde vor Erschöpfung umfallen, dort vor der kleinen Hütte, die zwischen die Felsen und die Wände gebaut war, deren Spitzen in das Feld von Sternen stachen.

Es schien ihnen, als seien Stunden vergangen, in denen sie sich in die Gefühllosigkeit hineinzitterten, und zuerst zog sich Teresa und dann auch die Männer in die Wärme der Hütte zurück, von wo aus sie durch die Spalten Ben im Sternenlicht tanzen sahen und seine Hymne an die Sterne hörten.

Später verstummte er, und sie gingen hinaus und sahen ihn mit ausgestreckten Armen stehen, den Kopf zurückgeneigt, schweigend, so sah er hinauf, hinauf. Der flackernde Glanz dort oben hatte sein Muster verändert, und Sternenschatten reichten über die freie Fläche bis dorthin, wo Ben stand. Er war in Trance oder in Ekstase, und dann ließ er schließlich die Arme fallen und stand still und begann zu zittern. Teresa brachte ihn hinein und hüllte ihn in Decken. Er blieb dort sitzen, wo sie ihn hingesetzt hatte, starrte in die Reste des Feuers und begann wieder seinen leisen, rauhen Gesang. Er war weit fort von ihnen und vom Bewusstsein ihrer Gegenwart. Sie sprachen leise, um ihn nicht aus dem Zustand zu wecken, in dem er sich be-

fand. Sie schliefen nicht, sondern wachten gemeinsam mit ihm.
Am Morgen, als sie die Tür öffneten, lag die Hütte noch im Schatten, während sich der Himmel golden und rosafarben zwischen den Gipfeln ausbreitete.
Sie wärmten sich mit heißem Tee und gingen draußen vor der Hütte umher, um ihre Steifheit loszuwerden. Ben nicht, er hing seinem Traum nach, oder was immer es war: Sie wussten es nicht. Sie ließen alles in der Hütte zurück und gingen im Gänsemarsch los, auf einem schmalen Pfad mit einer hohen, schwarzen Felswand auf einer Seite, und auf der anderen einen Hang schwarzer Felsen, der in ein steiniges Tal tief unter ihnen hinabfiel. Über ihnen schwebte ein Kondor und zeigte ihnen an, wie sie auf dem schlüpfrigen Pfad vorankamen. Nach ein paar Stunden sagte Alfredo: »Hier ist es. Ich erinnere mich genau.« Er bog scharf nach rechts ab, durch einen Spalt in der Felswand, wo sie kriechen und klettern und sich an winzigen Kanten und Vorsprüngen festhalten mussten, und dann traten sie auf eine große, ebene Fläche hinaus, mit steil aufragenden Felswänden ringsum und vor ihnen einer hohen Felsplatte. Es war jetzt ungefähr zehn Uhr morgens. Das Sonnenlicht lag auf der anderen Seite der Wand, durch die sie gekommen waren, und über ihr lag ein heller, sonnendurchfluteter Himmel. Alfredo ging umher, am Fuß der Felsplatte entlang, trat näher heran … tat ein paar Schritte zurück … bewegte sich wieder nach vorn, schüttelte den Kopf … wechselte auf diese

Seite, dann auf die andere, wobei er sagte: »Nein, hier nicht, ja, hier ist es« – ging fort, kam zurück, und plötzlich fiel ein Lichtstrahl schwach über einen Gipfel, wurde jedoch schnell stärker und erreichte die Felsplatte an ihrer Kante. Sofort trat eine Figur aus der schwarz glänzenden Tiefe des Felsens hervor, wo, tiefer im Glanz verborgen, andere Figuren darauf warteten, vom Sonnenlicht geweckt zu werden. Der Sonnenstrahl wurde zur Flut, und da standen sie alle, eine Galerie von Bildern, Bens Leute. Er hatte einen Schritt nach vorn getan, dann noch einen, stand vor dem Felsen, während die drei hinter ihm warteten und ihn Besitz ergreifen ließen. Jetzt lag die Sonne ganz und gleißend auf der Felsplatte, und sie war voll von Bildern, mindestens vierzig, und mehrere sahen aus wie Ben, abgesehen von dem, was sie trugen. Waren das Rindenstreifen? Häute? Es waren richtige Kleider, aus fließendem Stoff, der in Falten fiel, an der Taille gegürtet war und an den Schultern von Metallschließen gehalten wurde. Die Kleider waren bunt, nicht einfach grau und braun, sondern rötlich, blau, grün. Das Haar dieser Menschen fiel bis auf die Schultern, war länger als Bens es jetzt war, und sie hatten eine breite Brust. Sie trugen Bärte, doch nicht alle, nein, das da müssen die Frauen sein, diejenigen ohne Bart; und sie waren kleiner und zierlicher gebaut, obwohl sie fest auf ihren Füßen standen. Sie trugen keine Waffen, obwohl einige so etwas wie ein Musikinstrument zu halten schienen. Ben starrte sie an. Was er jetzt dachte, wuss-

ten die anderen nicht, doch ihre Herzen klopften laut, ganz gewiss nicht nur wegen der Höhe, sondern aus Sorge darum, was er jetzt fühlen mochte. Ben trat vor und streichelte die Umrisse einer Frau, die ihn anzulächeln schien. Dann beugte er sich vor und schnüffelte an ihr, rieb seinen Bart über sie und stieß kleine Schreie aus, die wie eine Begrüßung klangen.
Das Schweigen danach war schrecklich, schrecklich. Ihr Atmen, rau und schwer, unterstrich es noch.
Bens Rücken war immer noch den anderen zugewandt. Und so stand er da und streichelte jene andere, die ihn aus den Tiefen des schwarzen Felsens heraus anlächelte. Und jetzt wurde das Sonnenlicht dünner, rutschte und glitt über den Fels davon, und während es das tat, verschwanden die Leute einer nach dem anderen. Bald waren nur noch ein paar von ihnen an der Kante der Felsplatte übrig, und Ben stand da und berührte, streichelte das weibliche Wesen. Dann verließ die Sonne auch sie, und sie hörten sein Heulen, als er sich gegen den Felsen warf und dort zusammenbrach.
Die Sonne hatte die Szene verlassen. Die Bilder waren verschwunden. Neben Bens kauernder Figur konnten sie, wenn sie lange genug den glänzenden Fels anstarrten, ganz schwache Umrisse von dem erkennen, was kurz zuvor so stark und lebendig gewesen war. Leicht zu begreifen, dass Menschen an dieser Felsplatte vorbeigehen konnten, ohne etwas zu sehen – außer sie hatten das Glück, gerade den richtigen Augenblick zu

erwischen, wenn die Sonne im richtigen Winkel darauf fiel.
Ben richtete sich auf, den Rücken immer noch ihnen zugewandt: Er nahm sich Zeit, um sie wieder anzusehen. Er war so grausam von diesen dreien betrogen worden, die sich seine Freunde nannten – das musste er fühlen; und sie fürchteten sich vor dem, was sie sehen würden. Doch er wandte sich nicht um, schien dort an der Felsplatte zu kleben, eine Faust dagegen gestemmt. Dann wandte er sich doch um, es kostete ihn Mühe: Sie konnten sehen, dass es ihm schwer fiel. Er schien kleiner zu sein, als er gewesen war, ein armes Tier. Seine Augen klagten sie nicht an: Er sah sie nicht.
Teresa wagte es, zu ihm zu gehen und den Arm um ihn zu legen, doch spürte er es nicht und merkte auch nicht, dass sie dort war. Auf dem langen Weg zur Hütte zurück stolperte er neben ihr einher. Auf dem Pfad, der an dem Abgrund entlang führte, hielt er einen Augenblick inne und sah hinunter, doch auf eine Berührung von Teresa hin ging er weiter. In der Hütte legten sie noch etwas Brennstoff in das Feuer und machten Tee und boten ihm etwas davon an. Er sah sie gar nicht. Dann – und es geschah so plötzlich, dass sie sich erst gar nicht rühren konnten – verließ er sie und lief den Pfad hinunter, den sie eben erst entlanggekommen waren. Eine Stille. Dann begriff Teresa und wollte schon hinter ihm herrennen, als Alfredo den Arm um sie legte und sagte: »Teresa, lass ihn nur.«

Sie hörten einen Schrei, das Rutschen kleiner Steine, dann Stille.
Langsam erhoben sie sich, langsam folgten sie ihm. Sie gingen zu der Stelle, wo der Abgrund steil vom Pfad abfiel. Da lag Ben, tief unten, ein Haufen bunter Kleider. Sein gelbes Haar sah aus wie ein Büschel Berggras.
Schwankend standen die drei dort am Abgrund und starrten hinunter, streckten die Arme nacheinander aus, um das Gleichgewicht zu halten. Eine Windböe blies über eine Kante blaue Luft, wo der Pfad ein kurzes Stück vor ihnen um eine Biegung führte, heftig genug, um sie auf dem Pfad zurückweichen zu lassen, der nicht viel mehr war als ein Grat über freiem Raum, wo sie mit ihren Rücken gegen die Felswand standen. Jetzt konnten sie Ben nicht mehr sehen, nur die andere Seite des Tals, das sich in Steilwänden und Felsen verlor.
Alfredo sagte: »Wenn wir ins Hotel zurückkommen und ein Telefon haben, können wir Professor Gaumlach anrufen und ihm erzählen, was passiert ist.«
»Ich werde anrufen«, meinte José. »Er wird mich nicht erkennen. Ich werde weder dich noch Teresa erwähnen.«
»Er wird böse auf dich sein«, antwortete Alfredo. »Du kannst ihm sagen, selbst ein Tier hat das Recht, freiwillig in den Tod zu gehen.«
»Sie werden ein, zwei Tage brauchen, um hier in dieses Tal zu kommen – sie werden Mulis dazu benötigen«, sagte José.

Alfredo meinte: »Die Vögel werden nicht viel von ihm übrig lassen.«
Und da war schon ein Kondor. Er tauchte über dem Berg hinter ihnen auf, schwebte an ihnen vorüber in die Tiefe und kreiste über dem Tal. Sie konnten sehen, wie sich die Sonne auf seinem Rücken spiegelte.
»Das macht nichts«, sagte José. »Sie wissen alles über eine Person, wenn sie nur ein Stückchen Fingerknochen haben.«
»Sie werden wissen wollen, was er hier oben gemacht hat«, sagte Alfredo.
»Wirst du ihnen die Felsbilder zeigen?«, fragte José.
»Die Bilder sollen sie selber finden«, meinte Alfredo.
Ein weiterer Kondor fiel von den Berggipfeln ins Tal hinab.
Teresa hatte sich nicht am Gespräch beteiligt.
José sagte: »Teresa, es wäre dumm zu weinen. Was Ben getan hat, war richtig.«
Alfredo meinte: »Aber das weiß Teresa ja.«
»Ja«, sagte Teresa. Und fügte hinzu: »Und ich weiß, dass wir froh sind, dass er tot ist und wir nicht weiter über ihn nachdenken müssen.«

Danksagungen

Mein herzlicher Dank gilt, wie immer, meinem Agenten Jonathan Clowes. Ganz besonders möchte ich ihm dafür danken, was er zu dieser Geschichte von Ben Lovatt, dem fünften Kind, beigesteuert hat.

Mein Dank an Suzette Macedo. Ihre Ratschläge für den brasilianischen Teil des Buches waren hilfreich. Ich danke auch Martin Corpertari, der mir mit Informationen über die Bedingungen im Nordwesten Argentiniens half, ein ganz wunderbarer Teil der Welt.

Bemerkung der Autorin

»Die Käfige« wurden mir vor zehn Jahren in groben Zügen von jemandem beschrieben, der sie in einem Londoner Forschungsinstitut gesehen hatte. Hier sind sie wegen der Erfordernisse der Geschichte nach Brasilien verlegt, aber ich bin mir sicher, dass in Brasilien eine so unerfreuliche Sache nicht existiert.

Die Behörden haben die kriminellen Kinderbanden von den Straßen im Zentrum Rios verbannt. Sie dürfen inzwischen keine Touristen mehr belästigen.

Weitere Bücher von
Doris Lessing
bei Hoffmann und Campe

Das fünfte Kind
224 S., gebunden –
auch als Hörbuch erhältlich,
3 Kassetten

Das Doris Lessing Buch
558 S., gebunden

Der Preis der Wahrheit
London Stories
256 S., gebunden

Rückkehr nach Afrika
528 S., gebunden

Unter der Haut. Autobiographie
528 S., gebunden

Und wieder die Liebe
428 S., gebunden

Schritte im Schatten
Autobiographie. 1949–1962
528 S., gebunden

Gespräche
256 S., campe-paperback